La Conversion
d'Arthur Grandin

ISBN : 978-2-940666-30-0

MATTHIEU NOLI

La Conversion d'Arthur Grandin

ROMAN

EDITIONS
HERODIOS

Du même auteur

Quatre enterrements et un mariage
Éditions de Fallois, 2011 (réédité en poche en 2013)

Raphaël et les rebelles
Éditions de Fallois, 2014

« Ô nouveau monde admirable ! répéta-t-il, ô nouveau monde admirable, qui contient des gens pareils !… »

Aldous Huxley,
Le meilleur des mondes

Prologue

Et puis ce fut la guerre.

Jack Falkenberg était rentré ivre de rage de son audition au Congrès. Ces parlementaires ignares lui avaient fait perdre un temps précieux avec leurs questions stupides et leurs accusations. Songer que ces barbons, qui n'avaient qu'une vague perception de leurs électeurs, pouvaient se prévaloir d'une quelconque autorité sur lui, qui connaissait mieux que quiconque les goûts, les passions, les chagrins et les colères de près de quatre milliards d'individus, était une farce.

Mais plus encore que cette comédie grotesque qui leur permettait de se draper dans les oripeaux d'un pouvoir perdu depuis longtemps, plus encore que l'humiliation de devoir afficher une mine contrite devant un troupeau de photographes, c'était leurs projets de régulation qui le mettaient hors de lui. D'avis d'impositions futures en promesses de démantèlements, la fréquence des péroraisons gouvernementales prouvait que le couperet se rapprochait dangereusement. Il fallait agir avant qu'il ne soit trop tard.

Falkenberg contacta d'abord John Bolos. Déprimé par une fortune à douze chiffres dont il ne savait que faire, le fondateur d'Abalone brûlait des liasses de billets de cent dollars dans la cheminée de son palace de quatre-vingts pièces surplombant la baie de San Francisco quand il reçut l'appel. Il donna immédiatement son accord. Ce n'était pas parce que son argent ne l'amusait plus qu'il était disposé à le dilapider. Falkenberg appela ensuite Jim Hook, qui peaufinait la procédure d'excommunication de ceux qui auraient l'audace de contrecarrer ses plans. Il approuva sans réserve. Qui étaient ces gens qui voulaient sanctionner et punir quand personne n'était mieux placé que le patron d'Opale pour le faire ? Falkenberg eut du mal à joindre Andrei Levin et Harry Rage, qui se calfeutraient dans une clandestinité obsessionnelle, mais n'eut aucun mal à les convaincre. Les créateurs de Bubble voulaient bien tout augmenter, sauf leur taux d'imposition.

Falkenberg passa la journée au téléphone, nouant des alliances avec ses pairs et prévoyant de passer à l'offensive dès qu'une occasion favorable se présenterait. Les barons de la Silicon Valley étaient décidés à rendre coup pour coup.

Ils étaient sur le point de lancer leur contre-offensive quand un événement inattendu vint bousculer leurs plans. L'emprisonnement pour détournement de mineurs d'un industriel brésilien entraîna la faillite d'un obscur fonds d'investissement singapourien. Cet incident provoqua la ruine d'une banque luxembourgeoise surendettée puis la fermeture d'une mine sud-africaine, ce qui engendra la dégringolade de l'économie d'une province chinoise qui dépendait de ces approvisionnements et enfin une crise financière qui se propagea au reste du monde à la vitesse d'un pet sur une toile cirée.

Ayant atteint son point culminant, le boulet de l'endettement des ménages, des entreprises et des États, qui avait pris des proportions faramineuses à cause d'une pandémie aussi violente qu'inattendue, se mit à dévaler la pente de l'économie mondiale, ravageant tout sur son passage.

*

Alors ce fut la crise.

Des *townships* de Johannesburg aux faubourgs de Moscou en passant par les *villas miserias* de Buenos Aires et les bidonvilles de Djakarta, des quartiers nord de Marseille aux banlieues parisiennes, d'innombrables foyers de frustration et de rage trop longtemps contenues crépitèrent simultanément. En l'espace de quelques semaines, le monde se transforma en un immense brasier où dansaient comme des flammèches les hooligans les plus excités. Toutes les digues avaient lâché.

Hommes, femmes et enfants, vieillards et impotents, tous se livrèrent à un carnaval de débauche d'autant plus furieuse que toute forme d'autorité avait disparu. On forniquait dans la rue, on mourait sur les trottoirs, on pissait sur les ronds-points, on brûlait des dépôts de bus, des entrepôts, des gymnases. C'était une houle ininterrompue de désordres, de violence et de cris. Car la crise n'avait épargné personne, contrairement à l'adage qui veut que quand les gros maigrissent, les maigres meurent. Tout le monde était ruiné.

Bientôt, on s'en prit aux fortunes colossales amassées par Bubble, Abalone, Logbook et Opale, surnommés les BOLA par un célèbre éditorialiste. Quelques démagogues se réjouirent bruyamment, appelant à la révolte contre les nouvelles oligarchies en reprenant l'antienne des deux cents familles. D'autres s'émurent de ce mauvais coup porté à des sociétés qui faisaient vivre plusieurs millions de personnes et qui créaient chaque année des dizaines de milliers d'emplois, proclamant qu'il ne fallait pas scier la branche sur laquelle tant de gens étaient assis. Empêtrée dans ses difficultés, l'administration essaya de faire entendre la voix de la raison dans l'infernal brouhaha. Mais les appels au calme et la promesse de faire intervenir la force publique pour empêcher les débordements furent inaudibles. Chacun savait que l'État n'avait plus les moyens d'imposer son autorité.

De leur côté, les dirigeants des BOLA avaient compris que rien ne serait fait pour leur épargner l'inévitable. Ils essayèrent de protéger leurs installations mais ne purent rien faire contre les hordes furieuses qui déferlaient par vagues. L'un des plus grands entrepôts d'Abalone fut dévalisé puis brûlé de fond en comble. Quand les enragés quittèrent les lieux, il ne restait rien, si ce n'est une roue de trottinette électrique et quelques godemichés tombés d'un carton qui faisaient en vibrant une course dérisoire. Situé sur les hauteurs de San Francisco et fortifié à la va-vite, le Bubbleplex fut assailli pendant deux jours et deux nuits par une nuée armée de pelles, de pierres et de pioches. Des employées furent violentées sur le parking, d'autres furent scalpés et laissés pour morts aux abords du bâtiment dont la plupart des vitres avaient volé en éclat.

Emportés par leur frénésie, les vandales ravagèrent plusieurs centaines d'Opale Store et s'attaquèrent à tout ce qui portait l'emblème de Logbook. Ils allèrent même jusqu'à poursuivre Jack Falkenberg en voiture, l'obligeant à trouver refuge dans les toilettes d'une association d'anciens combattants qui l'accueillirent avec des sourires hideux et des gueules cassées.

Aussi subitement qu'elle avait commencé, la folie destructrice s'arrêta. C'était comme si la colère n'avait plus de munitions, comme si la lassitude l'avait emporté sur les emballements, comme s'il n'y avait plus de raison de se chercher querelle.

*

Enfin l'ordre revint.

On fit l'inventaire des destructions avec effarement. On enterra les morts qui se chiffraient en millions. On pansa tant bien que mal les plaies les plus béantes. Et pour le reste, pour tout ce qui était scabreux et inavouable, on se dit qu'il valait mieux dissimuler la poussière sous le tapis et faire comme s'il ne s'était rien passé. Les chroniqueurs donnèrent un nom à ces tragiques évènements : la Grande Catastrophe.

Puis on se réunit entre intellectuels, chercheurs, industriels, scientifiques, entrepreneurs, politiques et grands argentiers pour reprendre le cours d'une existence aussi normale que possible après ce prurit d'humanité. Tous tombèrent d'accord sur le fait que l'État était l'unique responsable de cette situation. Il avait provoqué la colère du peuple par une politique injuste et arbitraire. Il l'avait attisée avec des commentaires populistes et des querelles picrocholines. Il n'avait pas su prévoir qu'elle était sur le point de s'embraser. Et une fois que l'incendie s'était déclaré, il n'avait pas su l'éteindre. L'État devait payer.

Mais comme dans le même temps on avait décidé d'apurer les dettes pour permettre à chacun de repartir sur de bonnes bases, ce même État n'avait plus un sou pour prendre en charge la reconstruction. On se tourna alors vers les dirigeants des BOLA, qui étaient restés silencieux depuis le début de la réunion. S'il leur restait encore un peu d'argent et s'ils n'étaient pas traumatisés par ce qui leur était arrivé, accepteraient-ils de contribuer au redressement ?

Jack Falkenberg se tourna vers John Bolos et Jim Hook. Ils avaient eu très peur. Mais ils tenaient leur revanche.

Chapitre 1

Il est cinq heures, Arthur Grandin s'éveille, un sourire aux lèvres. Il n'est pas mécontent de n'avoir besoin que d'une poignée d'heures de sommeil pour se sentir en pleine forme. Le trentenaire s'assied au bord du lit et repousse délicatement les draps sur le corps tiède de la jeune femme qui dort à ses côtés. Puis il allume son téléphone et contrôle sa performance nocturne. Après avoir dîné dans un restaurant recommandé par Abalone et bu quelques cocktails dans un bar d'hôtel, ils ont fait l'amour une partie de la nuit. Plus exactement pendant une heure et vingt-huit minutes avec une pause de dix-sept minutes, le temps de prendre une douche entre deux ébats. Au total, Arthur a parcouru un peu plus de cent cinquante-sept mètres avec sa verge, soit huit cent vingt-sept coups de reins, dont 57 % qualifiés de longs et puissants et 43 % analysés comme vifs et rapides. Ils ont utilisé cinq positions différentes, dont l'hélicoptère tonkinois, qui nécessite souplesse et maîtrise, et brûlé près de quatre cent huit calories chacun. Amélie a gémi neuf fois avant d'avoir un long orgasme. Alors elle est heureuse. Et lui aussi, naturellement, car il est content quand ses indicateurs sont au vert.

Arthur contemple les boucles blondes qui s'étalent sur l'oreiller. Il a rencontré Amélie quelques jours plus tôt à un vernissage. L'application de *matching* développée par Logbook a annoncé qu'ils avaient 84 % de chances de s'entendre, car ils partagent le même goût pour la cuisine moléculaire thaïlandaise et les vins de la rive droite de Bordeaux, et la même passion pour les sports extrêmes. C'est ce qui lui a permis de ne pas commettre d'impair quand il lui a offert un verre avant de l'inviter dans un restaurant qui lui plairait à coup sûr. Ce fut une délicieuse soirée. Malgré tout, il est peu probable qu'il tombe amoureux. 16 % d'écart, c'est quand même rédhibitoire.

Il se lève en prenant soin de ne pas faire craquer le parquet Versailles de sa chambre et se dirige vers la salle de sport qu'il a aménagée dans son appartement, un duplex de trois cents mètres carrés dont les fenêtres donnent sur la place de l'Étoile. Arthur a besoin de ces deux heures d'entraînement quotidien pour se sentir performant tout au long de la journée.

Il ajuste son casque de réalité virtuelle, enfourche son vélo elliptique et se retrouve plongé au cœur des montagnes tibétaines. Après avoir dévalé les pentes de l'Annapurna sous la menace d'une horde de guerriers à cheval, ce qui provoque une poussée d'adrénaline qui lui permet de consumer plus de graisses tout en améliorant sa résistance au stress, Arthur prend le temps d'apprécier le patrimoine qu'il a hérité de son père. Il gonfle les pectoraux et considère son corps sec et musclé d'un mètre quatre-vingt-douze, ses épaules larges, son menton volontaire, sa bouche gourmande, son nez aquilin, ses yeux vert Véronèse et les mèches ténébreuses qui lui donnent l'allure d'un dandy romantique. Arthur Grandin est un très bel homme. Raison de plus pour entretenir ce capital consciencieusement.

Obnubilé par la devise *Mens sana in corpore sano*, Alexandre Grandin a exigé que son fils soit plus que parfait dans tous les domaines, qu'il multiplie les sorties culturelles tout en parlant quatre langues, qu'il étudie dans les meilleures écoles tout en pratiquant le tennis, la voile et le rugby au plus haut niveau. Enchanté par ces défis permanents, Arthur s'est pris au jeu. Jusqu'au jour où Alexandre l'a jeté d'un Zodiac à un kilomètre des côtes floridiennes pour l'inciter, sous la menace des requins qui pullulent dans la région, à rallier la terre ferme le plus rapidement possible.

Ce jour-là, Arthur en a un peu voulu à son géniteur, en particulier quand il a cru voir des ailerons tournoyer à quelques mètres de lui. Mais d'épreuves traversées en obstacles franchis, il a gagné l'approbation de son père et même, parfois, son affection. Aujourd'hui, Arthur est heureux de tous ces entraînements dans le brouillard comme de toutes ces régates sur une mer démontée. Et c'est en souriant qu'il songe à la maxime qu'Alexandre hurlait à chaque fois qu'il était sur le point de s'avouer vaincu : « Les émotions, ça se maîtrise, les sentiments, ça se méprise. »

Après s'être conformé aux indications de son iMiroir, qui lui a indiqué la meilleure crème à utiliser en fonction de l'état de sa peau ce matin-là, Arthur rejoint Amélie qui se prélasse dans le jacuzzi.

– Il est 6 h 55. Je vais au bureau mais tu peux rester chez moi aussi longtemps que tu le souhaites. Ton visage est mémorisé par le système de reconnaissance de l'immeuble, donc tu n'auras qu'à claquer la porte en sortant. Elle se fermera à double tour derrière toi.

– Tu ne veux pas que l'on prenne un petit déjeuner ensemble ? Après une nuit pareille, ce serait dommage de se quitter si vite, minaude la jeune femme.

– Pas le temps. En revanche, j'ai commandé un petit déjeuner crétois qui va certainement te plaire. Il sera livré à 7 h 10. Tout est réglé, bien sûr.

– C'est très gentil de ta part. On se revoit quand ?

– Logbook a synchronisé nos agendas. On peut se voir jeudi à 15 h 20 après ton déjeuner à Versailles, vendredi entre 8 h 15 et 8 h 40 avant ton cours de Pilates ou bien mercredi prochain à 21 h 35, à mon retour de San Francisco.

*

Arthur quitte son appartement à sept heures. « Ah, que ce monde est bien fait, prévisible et organisé ! » se dit-il en dévalant les escaliers quatre à quatre, non pas parce qu'il est en retard mais pour battre son record de la semaine. Cela fait partie des petits défis qu'il se lance quotidiennement et qu'il remporte presque à chaque fois.

Il sait qu'Amélie n'ira pas fouiller dans ses affaires puisque son appartement est filmé en permanence par des caméras qui s'alarment au moindre mouvement suspect. Arthur ne parierait pas en revanche sur la durée de leur idylle. Il est encore un peu tôt pour le dire, mais il n'est pas impossible qu'elle ait une légère tendance à l'indolence et la procrastination. C'est sans doute à cela que correspondent les 16 % de non-concordance entre leurs deux profils.

Arthur s'engouffre dans le métro qui a bien changé depuis qu'Opale a remporté la délégation de service public avec l'accord enthousiaste de salariés à qui l'on a promis un statut inchangé, un téléphone de dernière génération pour chaque membre de leur famille ainsi que toutes sortes de babioles multicolores et de fanfreluches technologiques.

Fini les odeurs nauséabondes, les murs couverts de graffitis, les agressions et les incivilités. Les couloirs, les voies et les tunnels sont arpentés jour et nuit par des escouades d'agents qui inspectent chaque recoin et traquent la moindre anomalie. Les anciens trains ont été remplacés par des iRames au design épuré, « les plus belles que nous ayons jamais créées », a trompeté le directeur de l'innovation du géant californien lors du lancement de la version 3.2. La décoration intérieure a été tout aussi soignée que l'aspect extérieur : les banquettes et les strapontins sont d'une telle élégance que les usagers étaient presque intimidés quand ils s'y sont assis pour la première fois. Sur les parois, des pensées de Stan Bobs, le fondateur d'Opale, sont encadrées à la feuille d'or : « Sortez des sentiers battus ! », « Vivez chaque jour comme si c'était le dernier », ou encore : « Il n'est jamais trop tard pour mieux faire. »

À près de neuf mille kilomètres de Paris, les informaticiens d'Opale ont analysé des milliards de données et d'innombrables vidéos pour arriver à la conclusion que dans les transports en commun, l'enfer, c'est l'autre. On a établi qu'il fallait éviter au maximum les interactions entre humains, sources de malaises et d'exaspérations, bref, contraires à une expérience utilisateur optimisée.

Pour éviter les bousculades, on a tracé des voies de circulation obligatoire et installé des barrières filtrantes à l'entrée du métro. Pour prévenir le harcèlement, les mains aux fesses, le démarchage agressif, les effluences corporelles, les suicides intempestifs et le vol à la tire, on a sévèrement réglementé les usages en s'appuyant sur des algorithmes à l'efficacité redoutable.

Tout a été fait pour éviter les désagréments qui empoisonnaient la vie des voyageurs, en particulier ceux qui se sentaient obligés de cimenter leurs yeux et claquemurer leurs sens lors de ces pénibles traversées souterraines. En quelques mois, prendre le métro est devenu une expérience agréable, voire *trendy*. En contrepartie, on a quadruplé les tarifs et on a ouvert trois classes : *gold*, *premium* et *economy* pour les différents types d'usagers. Arthur est enchanté par ces innovations dont il bénéficie au regard de sa situation avantageuse.

*

Arthur, qui n'a que cinq stations à parcourir avant de rejoindre ses bureaux situés place de la Madeleine, est en train de faire la queue dans la file réservée aux passagers de première classe quand il entend une bousculade. Il se retourne et voit un homme arriver en courant, la chemise sortie de son pantalon, le teint rubicond et les yeux injectés de sang. Cela fait une éternité qu'il n'a pas vu quelqu'un courir dans le métro.

– Laissez-moi passer ! Je veux voir mon fils… Baptiste !

– Aïe, mais qu'est-ce qui vous prend ? Vous m'avez bousculé, proteste une quadragénaire en tailleur.

– Faites la queue comme tout le monde, gronde un colosse en survêtement.

– Un terroriste ! couine une adolescente aux cheveux bleus avant d'éclater en sanglots.

– Je ne suis pas un terroriste ! Je suis juste un papa qui veut voir son fils, beugle l'homme qui s'approche d'Arthur à grandes enjambées.

Trois employés d'Opale lui bloquent le passage et établissent un cordon sanitaire entre les passagers et lui.

– Laissez-moi passer, bordel ! Je veux parler à mon fils qui est juste là, dans la queue. Baptiste, Baptiste ! Il faut que je te parle !

Le casque sur les oreilles, une tige blafarde d'une vingtaine d'années se retourne enfin et lève un sourcil fatigué.

– Vous ne pouvez pas passer, monsieur Dufour. Vous n'êtes pas dans la file de votre catégorie. Et puis vous voyez bien que vous importunez les autres voyageurs, ce qui est contraire aux conditions générales d'utilisation que vous avez signées lorsque vous vous êtes inscrit…

– Je t'emmerde ! Et puis comment est-ce que tu sais comment je m'appelle, d'abord ?

– Je sais que vous êtes en classe *economy*, monsieur Nicolas Dufour, répond l'agent d'une voix neutre, et que vous n'avez pas téléchargé la dernière version de votre pass. Il serait temps que vous le mettiez à jour.

L'homme se débat et parvient à se dégager. Il se précipite vers son fils qui scrute obstinément l'écran de son téléphone, comme si les réponses aux exclamations de son père s'y trouvaient, cachées entre deux applications. Plaqué au sol, Nicolas Dufour lance un regard désespéré à la cantonade et s'adresse à Arthur :

– Monsieur, oui, vous qui avez l'air sympathique. S'il vous plaît, aidez-moi. Je ne demande pas grand-chose…

Nicolas Dufour est solidement maintenu au sol par un vigile qui a posé un genou sur son buste. Un responsable d'Opale approche. Il a le teint jaunâtre, une barbe poivre et sel, une bouche très fine et une haute conscience de l'autorité qui lui a été conférée.

– Je vais vous demander de vous calmer, monsieur Dufour. Vous êtes dans un espace public. Ce n'est pas un lieu adapté pour résoudre vos difficultés personnelles.

– Tu es qui, toi ?

– Ben, responsable du bien-être à la station Argentine.

– Eh bien, Ben, je t'emmerde ! Baptiste, je n'ai plus que quelques semaines à vivre. Mon médecin me l'a annoncé ce matin. Je ne veux pas partir sans que l'on soit réconciliés.

Baptiste observe son père avec un air absent. Il ouvre la bouche mais aucun bruit n'en sort.

– Baptiste, je te demande pardon pour tout le mal que je t'ai fait. Laisse-moi une dernière chance !

La iRame arrive, emportant de façon coordonnée les différents flux de voyageurs, dont Baptiste, qui a augmenté le volume de ses écouteurs, la quadragénaire en tailleur, le culturiste en survêtement, l'adolescente aux cheveux bleus et Arthur.

Au moment où le wagon s'ébranle, il voit les équipes de Ben exfiltrer l'homme qui a l'air d'avoir pris trente ans. Ce n'est plus qu'un ballot d'étoffes suantes et misérables. Quelques secondes plus tard, Arthur reçoit un questionnaire de satisfaction. Les développeurs d'Opale aimeraient recueillir ses impressions sur l'intervention qui vient de se dérouler.

Chapitre 2

Il est sept heures et quart quand Arthur se présente devant l'entrée de l'AFNI, l'Agence française de notation des individus, située au débouché de la rue Royale sur la place de la Madeleine. Avant d'arriver, il contourne une palissade au design futuriste sur laquelle on peut lire : « Opale intervient se le réseau pour vous garantir une expérience inoubliable. » Sous l'inscription, un grand écran permet de suivre en temps réel l'avancée des travaux qui se déroulent quelques mètres plus bas, sans empiéter sur la voie publique, ni causer le moindre embouteillage. Arthur sourit en repensant à la ville klaxonnante, polluée et hystérique qu'il a connue jadis.

Puis il songe à l'algarade métropolitaine à laquelle il vient d'assister. Arthur est plus troublé qu'il ne l'a laissé paraître dans ses réponses au questionnaire. Comment comprendre l'indifférence de Baptiste ? Qu'a fait Nicolas Dufour pour que son fils ne veuille pas lui pardonner ? Puisqu'il a leurs noms, il faudra qu'il se plonge dans leurs dossiers quand il aura cinq minutes. Non pas pour changer le cours des choses – à l'instar de son père, il trouve que ces épanchements publics sont aussi grotesques qu'inappropriés – mais parce que depuis ses études à Polytechnique, Arthur est convaincu qu'il n'y a pas de problème qu'une bonne équation ne puisse résoudre. Il a un goût immodéré pour les mathématiques, cette science admirable qui permet de tout décrypter et reconstruire, ces raisonnements véridiques sous toutes les latitudes et à toutes les époques, cette écriture cabalistique qu'il maîtrise comme s'il s'agissait d'une seconde langue maternelle.

*

Le cabinet d'avocat qui occupait jadis les quatre premiers étages de l'immeuble a disparu, fracassé par la vague numérique. L'AFNI s'y est installée après la Grande Catastrophe, en réaménageant les locaux autour d'un atrium situé au premier étage. C'est là, dans des bureaux aux murs transparents, que travaillent les directeurs de l'agence, dont Arthur, responsable des promotions et récompenses exceptionnelles, ou CCO, *chief congratulating officer*.

Les niveaux supérieurs ont été transformés en vastes open spaces où personne n'a de bureau attitré afin d'éviter que les collaborateurs ne s'encroûtent dans des habitudes délétères. Du reste, les cartes sont rebattues chaque soir à vingt heures, quand la cloche sonne et que chacun découvre la note qui lui a été attribuée pour sa performance quotidienne. Qu'ils soient *digital wizard*, *developping moghul*, *community champion* ou *commercial guru*, ceux qui ont bien travaillé grimpent d'un étage. À l'inverse, ceux qui ont décroché un mauvais bulletin se rapprochent de la direction afin d'être accompagnés par celle-ci sur la « route vers le succès ».

On a supprimé les poufs multicolores, les tables de ping-pong, les baby-foots, les distributeurs de bonbons et autres colifichets qui ornaient comme des trophées puérils les locaux de l'agence. À l'heure où un Népalais a décroché le prix Nobel de physique à l'âge de vingt-trois ans, il s'agit plus que jamais d'être compétitif et efficace. À cet effet et dans un souci de préservation de l'environnement, on a équipé les bureaux de pédaliers, comme sur les anciennes machines à coudre, pour encourager les collaborateurs à produire l'énergie dont ils ont besoin. Travailler en se musclant, quoi de plus normal pour une entreprise qui recrute les profils les plus séduisants et qui les exhorte à ressembler au *kalos kagathos*, ce citoyen athénien beau de corps et sain d'esprit encensé par Aristote et Xénophon ?

Au troisième étage, quatre petits bureaux capitonnés permettent à ceux qui le souhaitent de développer leur start-up personnelle. C'est une des conditions *sine qua non* pour être intégré dans l'entreprise. On doit parallèlement à son travail à l'AFNI disrupter la philatélie, ubériser les soins palliatifs ou digitaliser les tâches ménagères. Le slogan « Sois créatif ou crève ! » est affiché en lettres capitales.

Enfin, une grande salle au quatrième étage est dévolue aux enfants. Ce ne sont pas les enfants des collaborateurs, encore que certains en ont un ou deux, jamais plus, mais des bambins précoces qui décernent eux aussi des notes aux adultes. On s'est aperçu qu'ils ont tendance à avoir moins d'états d'âme que leurs aînés quand il s'agit de sanctionner une faute et qu'ils entrent plus volontiers dans la logique de *gamification* qui est au cœur du système.

*

Les dirigeants des BOLA se sont réunis quelques semaines après la Grande Catastrophe pour travailler sur un projet de profil unifié couplé à un mot de passe biométrique qui permet de faciliter l'utilisation de leurs sites respectifs. Progressivement, on a adossé à ce profil une note qui était d'abord indicative avant d'être obligatoire au gré des mises à jour. Cette note, une lettre de A à E couplée à un chiffre de 1 à 5, a suscité quelques protestations au début. Des associations ont organisé des manifestations, glanant le soutien de partis politiques hostiles à la globalisation. Mais les partis sont déconsidérés et les associations sont inaudibles. Après quelques semaines et une riposte financée par les BOLA, donc relayée par les reliquats des médias traditionnels, le mouvement s'est essoufflé.

Il s'est essoufflé d'autant plus rapidement que les utilisateurs y ont trouvé leur compte, séduits par l'aspect pratique de cette nouveauté et amusés par son aspect ludique. C'est si simple de gagner des points pour monter en grade et obtenir des avantages chez l'un, des offres spéciales chez l'autre et de la reconnaissance chez le troisième ! Peu à peu, tout le monde s'y met. La nouvelle norme est adoptée.

Chaque individu se voit attribuer une note, en moyenne C3 pour un utilisateur lambda. S'agissant des enfants, la note de départ est également C3, quel que soit le grade des parents le jour de leur naissance, car on estime que c'est la meilleure façon de lutter contre les transmissions iniques et les rentes de situation qui sont source d'inégalités et de ressentiment. Que l'on soit blanc, jaune ou noir, riche ou pauvre, malade ou bien portant, chacun doit pouvoir atteindre le sommet. C'est une nouvelle version de l'ascenseur social, avec des étages clairement établis.

Fondée sur le mérite personnel et la reconnaissance par les pairs, cette note peut monter en fonction des performances individuelles, du respect des normes en vigueur, voire à la faveur d'accomplissements exceptionnels. En somme, ceux qui sont classés en catégorie D rêvent de passer en C. Les C se démènent pour devenir des B. Les B frétillent d'impatience à l'approche du A. Et tous tremblent à l'idée d'être rétrogradés d'une classe.

Car on a amélioré le système au gré des itérations successives. On a d'abord établi qu'il serait possible de perdre des points si on enfreignait les règles, si on adoptait un comportement inapproprié ou si on se laissait aller à ses mauvais penchants, en public ou en privé. Puis on a mis en place des conventions plus contraignantes : aux A les fonctions d'encadrement, les premières classes dans les transports, les restaurants gastronomiques et le droit d'avoir deux enfants. Aux B et aux C les tâches accomplies en collaboration avec l'intelligence artificielle, les établissements de seconde classe et le droit de n'avoir qu'un seul rejeton. Aux D et aux E les métiers subalternes, les sanctions plus ou moins sévères, le contrôle des naissances et l'obligation de tout faire pour remonter la pente le plus vite possible.

Il y a malgré tout quelques dérogations pour toucher du doigt une situation plus enviable, pour dîner dans un restaurant prestigieux ou pour voyager luxueusement. Mais pour cela, il faut bénéficier d'une récompense aussi exceptionnelle que temporaire que délivre le directeur de l'Agence française de notation des individus.

*

Arthur s'installe à son bureau et commence à pédaler avec entrain sous une affiche où figure le slogan de l'AFNI : « Nous sommes tous connectés, mais certains sont plus connectés que d'autres. » Le directeur des récompenses et promotions exceptionnelles prend son métier à cœur. Il attribue chaque mois cinq médailles d'or, cinq médailles d'argent et cinq médailles de bronze à des utilisateurs méritants, soit pour service rendu à la collectivité, soit à la faveur d'un accomplissement remarquable. Ces distinctions, qui ont remplacé une Légion d'honneur dévaluée et un Ordre du mérite déconsidéré, sont d'autant plus prisées qu'elles permettent à leurs récipiendaires de bénéficier des avantages d'un A3 pendant quelques semaines.

Arthur consulte le dossier de Coralie Dansonqueur qu'il a bouclé la veille. Enfant albinos abandonnée par son père et battue par une mère toxicomane, Coralie a défié tous les pronostics pour devenir une romancière à succès. Son premier roman, *La petite fille qui sentait des pieds et le lézard philosophe qui ne voulait pas finir en sac à main*, s'est vendu à près de quatre cent mille exemplaires. Les larmes aux yeux, les critiques ont encensé un *feel-good book* jubilatoire, une ode à la tolérance et à la préservation de l'environnement, une fable contemporaine qui rapproche l'humain du reptile.

Son deuxième opus, publié moins d'un an plus tard, a déclenché un tonnerre de louanges et provoqué quelques réactions hystériques. *Mon tonton et ma tata sont des guerriers de la gentillesse* est un livre-manifeste qu'elle a défendu avec virulence lors de débats diffusés en direct sur les réseaux sociaux. Attaquée de toutes parts, l'auteure s'est ruée sur ses adversaires pour leur faire des mamours. Elle n'a pas hésité à s'asseoir sur les genoux de Maurice Latouard, un chroniqueur littéraire réputé pour sa misogynie et son mauvais caractère, avant de poser sa tête sur son épaule et jouer avec son nœud papillon. Le surlendemain, une pétition en ligne intitulée « Nous vous couvrirons de baisers » a recueilli plus d'un million de signatures. Pour toutes ces raisons, Coralie a bien mérité sa médaille d'or.

On frappe à la porte. C'est son premier rendez-vous de la journée.

– Entrez !

Daphné d'Hautefeuille surgit d'un pas décidé dans le bureau d'Arthur. C'est une rousse sculpturale aux boucles conquérantes, dotée d'une grande bouche et d'attributs proéminents. Arthur est saisi par cette beauté à la Rita Hayworth qui projette autour d'elle un parfum capiteux. Quelle allure ! Et si c'était elle, la femme qu'il recherche depuis tant d'années ? Il jette un coup d'œil à son téléphone et constate avec dépit que celui-ci un taux de correspondance de 62 % seulement. C'est bizarre. Il aurait juré qu'elle lui plaisait plus. Mais l'algorithme sait mieux que lui ce qui lui convient.

Daphné lui tend une main autoritaire.

– Bonjour. Je m'appelle Daphné Texier d'Hautefeuille. Je suis la sixième enfant et première fille d'une fratrie de sept garçons. Autant dire que j'ai dû batailler pour m'imposer. Mais cela ne me fait pas peur. Les Texier d'Hautefeuille se sont fait remarquer au XVIIIe siècle pour leurs qualités guerrières.

Son débit est vif et saccadé.

– Mais le passé ne m'intéresse pas. Moi, ce que je regarde, c'est le présent. Et l'avenir, bien entendu. Et savez-vous ce que je vois ?

– Vous allez me le dire. Je vous en prie, asseyez-vous.

Daphné pose une demi-fesse sur la chaise. On dirait un hussard prêt à bondir sur son cheval à la première alerte.

– Nous sommes trop nombreux et cela ne va pas aller en s'améliorant malgré la Grande Catastrophe qui a légèrement corrigé ce challenge de la surpopulation.

– C'est vrai.

– Il faut absolument économiser nos ressources. Toutes nos ressources.

– Qu'entendez-vous par là ?

– Le savoir est une ressource illimitée pour les ordinateurs. Mais l'intelligence est une ressource limitée, notamment chez certains de nos contemporains.

– Alors ?

– On ne peut plus se permettre de gaspiller notre temps à inculquer des connaissances à des imbéciles parce que cela engendre des frustrations, des complexes et des révoltes. Il faut réserver l'éducation à une élite qui saura en faire bon usage. C'est pour cela que j'ai créé mon école.

Exaspérée par les lenteurs de l'Éducation nationale, qu'elle a fréquentée pendant près de vingt-cinq ans, le temps de décrocher un triple doctorat, Daphné d'Hautefeuille a exulté le jour où elle a appris que Bubble préemptait la connaissance et l'éducation. Désormais, tous les diplômes sont validés par la multinationale californienne, qui effectue un contrôle en temps réel de tous les établissements aboutissant à une réévaluation permanente des hiérarchies. Il n'y a plus de bastion fondé sur l'ancienneté, ni de forteresse réputée pour le nombre de Prix Nobel qui y enseignent. Les cartes sont rebattues en permanence.

L'école fondée par Daphné se veut un parangon de l'excellence numérique. C'est une école sans classe, sans horaires, sans professeurs mais pas sans discipline. Considérés comme des « autoentrepreneurs qui étudient en mode projet », les élèves qui ont la chance d'y être admis et l'abnégation d'y rester s'installent à leur poste de travail à l'heure qu'ils souhaitent pour leurs seize heures de labeur quotidien. Ils n'ont pas besoin de professeurs, ces intermédiaires inutiles qui risquent de fausser par leurs biais cognitifs l'évaluation algorithmique des performances. Du reste, celles-ci ne peuvent être qu'excellentes étant donné que les élèves choisissent eux-mêmes leurs programmes et que ceux qui ne se maintiennent pas au niveau sont exfiltrés du jour au lendemain. Personne ne s'en offusque car personne ne le remarque : les disciples de Daphné vivent dans des cellules hermétiques et communiquent le moins possible avec leurs camarades pendant leur scolarité.

– C'est une école augmentée pour élèves augmentés, plastronne Daphné. Mes élèves obtiennent des notes très supérieures à la moyenne de leur catégorie. Nous avons été nominés à trois reprises dans le classement de l'école de la semaine par Bubble.

– C'est impressionnant, vraiment impressionnant, sourit Arthur en jetant un regard de connaisseur sur les profils des protégés de Daphné.

– ALEXIS LEDUQUE, VOUS ÊTES DÉGRADÉ EN CATÉGORIE E ! hurle une voix stridente à l'extérieur.

– …

– Quand on a des résultats comme les vôtres, que l'on a inventé le *high speed pooling* (natation à grande vitesse), le *fast track urban trottinetting* (parcours urbains en trottinette) et le *blind nordic walking* (marche nordique les yeux bandés), on ne peut pas se permettre de se reposer sur ses lauriers. Et ne me dites pas qu'on ne vous a pas prévenu. Vous êtes impardonnable !

– Que se passe-t-il ? demande Daphné.

– Oh, ce n'est rien. C'est Damien Frelon, mon collègue, qui termine un entretien.

Quelques instants plus tard, le directeur des sanctions de l'AFNI, ou *chief punishing officer*, entre dans le bureau d'Arthur. Son téléphone vibre frénétiquement au même moment. Il regarde Daphné puis son téléphone, puis Daphné à nouveau et blêmit.

Chapitre 3

Damien Frelon s'attendait à tout en rentrant dans le bureau de son collègue, sauf à un coup de foudre. Incrédule, il regarde l'écran de son téléphone : 93 % de compatibilité ! Il lève les yeux vers Daphné et admire ses boucles suaves, sa bouche pulpeuse, ses seins appétissants et les formidables résultats de ses élèves.

– Vous avez de très bonnes notes, souffle Damien.

– Votre intransigeance me plaît, minaude Daphné, qui a été alertée elle aussi par un taux de correspondance jamais atteint jusqu'alors.

– Je saurais être encore plus dur.

– Je n'en doute pas un seul instant.

S'il s'est montré implacable avec Alexis Leduque, à qui il reproche un coupable relâchement, c'est parce qu'à l'inverse d'Arthur, pour qui tout a toujours été facile, Damien n'a jamais cessé de batailler contre l'adversité. Enfant malingre d'un père alcoolique, Damien était le souffre-douleur de sa famille. Humilié quotidiennement par ses deux sœurs sous l'œil goguenard de son père qui le battait comme plâtre à la moindre occasion, Damien n'a pas pu compter sur la tendresse d'une mère qui ne voulait pas d'un troisième rejeton et qui fit tout pour se débarrasser de cet encombrant colis pendant une grossesse écourtée et mal vécue. Plutôt que de le plaindre, la mère Frelon ricanait aux facéties de ses aînées.

Il n'était pas plus tranquille en dehors du foyer. Surnommé Dumbo pour sa propension à la boulimie et pour ses oreilles décollées, Damien a été abusé à l'âge de quatorze ans par un professeur d'histoire et racketté pendant des mois par les brutes de son collège. Certains auraient mis un genou à terre. Pas lui. Damien ne s'est jamais plaint. Il a traversé sa jeunesse les poings fermés dans ses poches trouées, sifflant entre ses dents la rengaine des mal-aimés : « *Go on, underestimate me.* » Allez-y, sous-estimez-moi.

Damien venait de passer son bac quand ses parents sont morts dans un accident de voiture. Prétextant une forte fièvre, il n'a pas assisté aux obsèques. Mais il est revenu deux jours plus tard à la nuit tombée pour aller cracher sur leur tombe. Depuis, à chaque fois qu'il dépasse ses objectifs ou qu'il réalise un exploit, Damien lève le poing au ciel et interpelle ses parents, ses sœurs à qui il n'adresse plus la parole, ses bourreaux d'école, les femmes qui l'ont snobé et tous ceux qui l'ont humilié. Et il vitupère : « Alors comme ça, vous ne m'en croyiez pas capables ? »

Quinze ans après le décès de ses géniteurs, Damien a vigoureusement tourné le dos à sa jeunesse tourmentée. Adepte enragé de la musculation, il s'est forgé un corps d'athlète qu'il entretient en trimballant partout où il va des haltères de vingt kilos. Moqué pour ses oreilles décollées, il s'est fait opérer de ses complexes et dompte à coups de brosse nerveux ses cheveux broussailleux. Ce n'est pas une surprise si Damien, paré de ses nouveaux atours, séduit des femmes qu'il sélectionne méticuleusement et qu'il rejette sans ménagement. « J'aurais tort de me gêner après tout ce que j'ai enduré », se dit-il à chaque fois qu'il éconduit une soupirante.

Damien ne s'est pas contenté d'une transformation physique. Après s'être pris de passion pour le surhomme de Nietzsche et pour les « hommes remarquables » qui suivaient Gurdjieff, il s'est plongé avec Ayn Rand dans la philosophie libertarienne qui l'a d'autant plus enchanté que *La Grève* est le livre de chevet des entrepreneurs de la Silicon Valley. L'opposition entre un individu supérieur mais incompris et une foule bruyante et stupide a douloureusement fait écho à son enfance et ravivé sa colère. L'inutilité d'un État pusillanime et la nécessité d'acquérir une maîtrise totale de ses émotions ont prouvé qu'il avait fait le bon choix en ne comptant que sur lui-même.

Il a rencontré Arthur à Stanford après des études d'informatique aussi brillantes que solitaires. Au début, Damien n'a pas aimé ce bellâtre jovial qui collectionnait les bonnes notes et les conquêtes sans effort apparent alors que lui bataillait contre une acné tenace et besognait dans son coin. Jusqu'au jour où, à sa grande surprise, Arthur est venu lui proposer de travailler en binôme. Méfiant de prime abord, Damien s'est peu à peu laissé convaincre. Il a accepté l'amicale compétition entre expatriés que lui proposait Arthur. Les deux étudiants ont rivalisé dans tous les domaines, du plus sérieux au plus insignifiant, ce qui leur a permis d'obtenir des résultats époustouflants. Malgré cela, Damien n'a jamais voulu rentrer dans l'intimité de son nouvel ami. Chat échaudé par d'innombrables déconvenues, il n'ouvrait sa porte à personne, pas même à ce camarade dont il appréciait l'optimisme et l'enthousiasme. À chaque fois qu'Arthur se montrait trop chaleureux, Damien le renvoyait *illico presto* à leur confortable rivalité.

– Ce que vous avez accompli en quelques mois est impressionnant, annonce Arthur. C'est la raison pour laquelle vous passerez directement de B2 à A4 la semaine prochaine.

– La semaine prochaine ? Pourquoi attendre si longtemps ? proteste Damien.

– Non, c'est très bien. Je suis ravie ! exulte Daphné, qui connaît tous les avantages du passage en catégorie A.

Elle se lève et tend une main vigoureuse au directeur des promotions exceptionnelles. Puis elle se tourne vers Damien.

– Eh bien… Je suis heureuse d'avoir fait votre connaissance.

– Moi aussi, rougit Damien.

– On se revoit bientôt ?

– Je crois que vos déjeuners sont pris jusqu'à jeudi prochain.

– Mais pas mes petits déjeuners. On peut se voir demain à sept heures, avant mon cours d'*aqua pole dancing*.

– Sept heures ? Mais c'est une excellente idée ! s'exclame Damien, le visage barré par un sourire radieux.

– Très bien. À demain, conclut Daphné en hochant imperceptiblement la tête.

Damien ne supporte pas le contact physique, les embrassades hâtives, les accolades vulgaires et les abominables palpations aéroportuaires auxquelles il essaye tant bien que mal de se soustraire. Il apprécie d'autant la délicatesse et la retenue de Daphné, qui confirment les bonnes dispositions entrevues sur son téléphone portable.

*

– Pour une fois, je dois reconnaître que c'est une promotion amplement méritée. Qu'est-ce que tu en penses ?

– Ce serait plutôt à toi de me le dire, sourit Arthur.

– 93% de correspondance ! Tu te rends compte ! Je n'avais jamais vu ça.

– Cela me fait plaisir pour toi.

– En revanche, permets-moi de te dire que je n'approuve pas ta décision de décerner une seconde médaille d'or à Coralie Dansonqueur.

– Pourquoi ?

– Parce que je ne supporte pas l'émotivité ambiante. Il y en a encore une qui est venue sangloter dans mon bureau hier après-midi. Elle ne voulait pas être dégradée, la pauvrette. Elle chouinait, elle plaidait sa cause, elle montrait ses enfants. Mais comment veut-elle que je sois indulgent ? Je passe mon temps à voir mes contemporains pleurnicher. J'allume la télévision et j'assiste à des confessions bouleversantes. Je navigue sur les réseaux et on m'inflige des vidéos déchirantes. Ça sanglote à tout bout de champ, ça renifle en permanence, ça se prend dans les bras à la moindre occasion et ça partage tout ça sans demander la permission, sans se poser la question de savoir si ce n'est pas un peu dégueulasse, toute cette vague de bons sentiments.

– Les gens ont toujours eu besoin qu'on leur raconte de belles histoires. Regarde *La Nouvelle Héloïse* ou *Paul et Virginie*. C'était d'une mièvrerie invraisemblable. Et pourtant, c'étaient des best-sellers à l'époque.

Damien se racle la gorge avant de reprendre sa diatribe :

– Ces livres dont tu me parles sont des lectures de faibles. Et les faibles méritent ce qui leur arrive. Qu'est-ce que tu crois ? Quand mes parents sont morts, est-ce que j'ai eu le luxe de m'apitoyer sur mon sort ? Non. Moi, quand je les vois pleurnicher, je suis désolé, mais cela ne me pousse pas à être indulgent. Tiens, pour la peine, je vais la dégrader en E. Elle l'aura bien cherché, cette conne !

– Tu crois vraiment ? Tu sais quand même ce que cela veut dire de passer en catégorie E.

En vertu du nouveau règlement, ceux qui sont rétrogradés tout en bas de l'échelle subissent un certain nombre d'interdits et de sanctions, allant du ralentissement de leur connexion Internet à l'interdiction de publier quoi que ce soit sur les réseaux sociaux. Les pénalités ne se limitent pas aux usages numériques : la plupart des E n'ont plus le droit de souscrire un prêt immobilier qu'ils seraient bien en peine de rembourser dès lors qu'on ne les autorise plus à travailler. Beaucoup s'en contentent, ravis d'assister aux innombrables spectacles gratuits que l'on organise pour eux ou de participer aux jeux de stratégie où ils jouent le rôle de figurants.

– Si, je t'assure, la catégorie E lui ira très bien. Elle n'avait qu'à pas salir mon bureau avec ses mouchoirs collants et ses morveux. À part ça, est-ce que tu es libre pour une partie de tennis entre midi et deux ? J'ai travaillé mon lift pendant trois heures ce week-end. Tu m'en diras des nouvelles !

– Je ne peux pas. Je déjeune avec mon père.

– Dommage pour toi, rétorque Damien, qui frémit d'horreur quand il pense aux repas familiaux.

– Tu veux te joindre à nous ?

– Ta sœur sera là aussi ?

– Non. Mais je dîne avec elle et son compagnon ce soir.

– Alors cela ne vaut pas le coup que je vienne. Comme tu le sais, la famille, ce n'est pas mon point fort.

– Bien sûr, Damien. J'oubliais…

Arthur a vu des fils brisés par des pères exigeants et terribles. Il a croisé plus de pères anxieux à l'idée d'être dépassés par leur progéniture que de géniteurs épanouis par leur paternité. Mais il n'a jamais rencontré une haine comme celle que Damien voue à son père. C'est une rage implacable, qui semble être son moteur. Quelle chance qu'il ait pu, lui, bénéficier du soutien d'un homme qui l'a toujours encouragé à donner le meilleur de lui-même !

– Au fait, combien de calories as-tu brûlées ce matin ? demande Damien en se levant.

– Cinq cent cinquante.

– Ah ! Moi, j'en ai brûlé neuf cent quinze ! Pour une fois je te bats !

– Auxquelles s'ajoutent quatre cent huit cette nuit avec Amélie. Soit un total de neuf cent cinquante-huit calories !

– Oh, le cochon ! Mais je te battrai un jour, je te battrai !

*

En sortant, Damien bouscule un freluquet au front haut, au menton carré orné d'un duvet juvénile et aux yeux profondément enfoncés dans les orbites qui se confond en excuses avant d'entrer dans le bureau d'Arthur.

Le directeur des promotions et récompenses exceptionnelles de l'AFNI accueille le fils du meilleur ami de son père avec un franc sourire. Son visiteur ne vient pas pour obtenir une récompense, ni pour décrocher une montée en grade prématurée. Il vient lui présenter un projet qui lui tient à cœur. Abraham Lambert s'éclaircit la gorge et prend la parole :

– Merci de me recevoir.

– C'est tout naturel. Mais ne perdons pas de temps en politesses. Il paraît que vous avez un projet fabuleux ?

– Oui. Je l'ai baptisé « Religion 4.0 ».

Abraham voue un culte à l'intelligence artificielle qu'il aimerait partager avec le plus grand nombre. Il en a parlé à son père, Robert Lambert (mais il préfère qu'on l'appelle Bob), directeur marketing d'une firme américaine, qui a trouvé l'idée *awesome*, à sa mère Monique (mais elle préfère qu'on l'appelle Monica) qui a été *thrilled* par l'ambition de son petit génie, à son frère catcheur, qui ne manifeste pas grand intérêt pour les sciences mais qui « soutient son frangin », à son professeur de technologie qui l'a incité à demander à Bubble de financer son projet de fin d'année, et même à Gladys, sa voisine, qui est secrètement amoureuse de lui.

Dès qu'on évoque l'intelligence artificielle devant Abraham, qui est pourtant d'un naturel timide, son débit s'accélère, ses joues s'empourprent, ses yeux pétillent.

– L'intelligence artificielle, c'est l'avenir ! Imaginez un monde débarrassé de la bêtise, un monde où il n'y aurait pas de place pour les incohérences qui marquent notre condition humaine. On se réveille le matin, la tête remplie des brouillards nocturnes, et notre quotidien n'est qu'une succession de tourments et d'émotions contradictoires. Il n'y a rien de concret, rien d'assuré. Avec l'homme, on n'est jamais sûr de rien. On ne sait pas si on peut s'attendre à une nullité ou un éclair de génie. C'est très déstabilisant ! À l'inverse, la machine, qui n'a pas d'humeurs et d'états d'âme, n'a pas non plus besoin de sommeil ni de congés payés. Elle est toujours là, toujours fiable, toujours solide. Elle répond toujours présent. C'est vraiment rassurant.

– D'accord, mais pourquoi vouloir en faire une divinité ?

– Je rêve d'une intelligence artificielle qui nous guiderait de la naissance à la mort, qui nous aiderait à prendre les bonnes décisions au bon moment. J'aimerais qu'elle nous considère comme ses aînés bien-aimés, qu'elle nous respecte et qu'elle prenne soin de nous. Et puis franchement, ce ne serait pas la première fois que l'homme crée un dieu à son image. D'ailleurs, j'ai pas mal bossé sur les autres croyances.

Abraham Lambert a benchmarké toutes les religions, en particulier le christianisme qui l'a beaucoup intéressé pour son rapide développement et pour sa capacité à tisser un réseau mondial de prêtres, d'évêques et de moines, un maillage si serré qu'aucun pan de l'activité humaine ne peut lui échapper. « Ils ont inventé le web avant l'heure », s'enthousiasme-t-il. Le jeune homme s'est penché sur les indulgences, ces contributions financières à la construction de Saint-Pierre de

Rome en échange desquelles les fidèles gagnaient des « points de paradis ». Abraham n'est pas du même avis que Luther, « ce vieil influenceur », qui trouvait cela révoltant. Du reste, le catholicisme n'a pas perdu tant de parts de marché que cela quand on compare son segment de clientèle avec celui des protestants.

Cela ne l'empêche pas de considérer le catholicisme comme un astre mort.

– Leur business model est condamné. D'abord parce que leur pitch « tu aimeras ton prochain comme toi-même » ne marche pas dans un monde compétitif comme le nôtre. C'est comme cette idée saugrenue de « les premiers seront les derniers ». C'est gentillet mais pas du tout crédible. Allez dire ça à un Tanzanien qui peut gagner des millions s'il passe en catégorie A ! Et puis ce n'est pas avec leurs curés cacochymes et leurs fidèles chevrotants qui chantent faux dans des églises désertes qu'ils vont redresser la barre. Croyez-moi, monsieur Grandin, les religions traditionnelles sont moribondes. Elles n'auront jamais la puissance de calcul de l'intelligence artificielle.

– Mais les grandes religions ont toutes un livre saint. Pas la vôtre ?

– Oh, vous savez, les livres, c'est daté. Plus personne n'en lit, désormais. Tant mieux, d'ailleurs : n'y a-t-il pas eu assez de massacres au nom de la Bible et du Coran ? Franchement, je n'ai ni le temps ni l'envie d'en écrire un. Sans compter que les philosophes finissent mal en général : Platon était esclave, Kant était monomaniaque et Nietzche était fou. Vous parlez d'un exemple !

– Et les églises, les prêtres, les saints ? Que comptez-vous faire pour les remplacer ? Vous aurez besoin d'un clergé pour disposer de ce maillage que vous admirez tant chez les catholiques. Vous aurez besoin de lieux de culte pour que vos fidèles communient ensemble. Vous aurez besoin de modèles dont ils pourront s'inspirer.

– Euh… J'avoue que je n'ai pas pensé à tous les tenants et aboutissants de mon projet. Mais je suis sûr qu'il est bon : j'ai fait un sondage sur le site de l'école. 82 % des étudiants étaient prêts à adhérer à ma religion 4.0. Une chose est sûre : je ne crois plus à l'utilité de ces grands machins qu'on appelle églises ou cathédrales. La réalité virtuelle est tellement plus mMarkosunce5
oderne !

– Votre projet est intéressant, Abraham, mais je pense que vous devriez en préciser certains points avant de chercher à lever des fonds.

– Merci.

– J'aurais une dernière question : est-ce que vos parents imaginaient un destin de patriarche quand ils vous ont donné ce prénom ?

– Non. Je crois que ce n'est pas à cet Abraham-là qu'ils pensaient. Plutôt à Lincoln…

Chapitre 4

Alexandre Grandin attend son fils à la terrasse d'une brasserie à la mode de Saint-Germain-des-Prés. À l'aube de son soixante et onzième anniversaire, c'est encore un homme séduisant et il le sait. Crinière et barbe argentées, teint hâlé, yeux clairs et sourire carnassier, le père d'Arthur a des atouts à faire valoir, d'autant qu'il entretient sa forme en surveillant de près son alimentation et en nageant tous les jours dans la ligne la plus compétitive d'une piscine privée du 8e arrondissement. Ce n'est pas sans une légitime fierté qu'il dépasse des nageurs qui ont le tiers de son âge d'un crawl conquérant.

Il sort un carnet de croquis et commence à griffonner. Après une carrière brillante dans la publicité – il a fondé l'agence BLAG avec son ami Bob Lambert et signé quelques campagnes remarquées pour leur esthétique pornographique –, Alexandre s'est lancé dans la peinture. Peu talentueux mais doté d'un solide carnet d'adresses, il expose des huiles épaisses où il file la métaphore subversive dans des galeries d'art du

Marais. Alexandre jette un regard autour de lui mais ses voisines sont trop accaparées par leurs conversations pour s'intéresser à ses esquisses. L'artiste s'arme de patience. À défaut de trouver l'inspiration, il finira bien par capter le regard d'une quinquagénaire dont il pourra crayonner le portrait avant de dégoter un numéro de téléphone et, pourquoi pas, un rendez-vous galant. Car Alexandre n'a pas renoncé à séduire.

Il ne renonce à rien, d'ailleurs. Depuis qu'il a bravé l'interdit paternel pour fêter son dix-huitième anniversaire sur les barricades de mai 1968, Alexandre Grandin a décidé qu'il ne serait pas le contempteur bougon d'un monde en plein chambardement. Il est arrivé parmi les premiers sur la place de la Bastille quand François Mitterrand a remporté l'élection présidentielle de 1981. Huit ans plus tard, il a grappillé un morceau du mur de Berlin qui s'effondrait. Et il était à Auckland pour fêter avant tout le monde l'arrivée du nouveau millénaire. Toujours aller de l'avant, être présent là où l'histoire se fait et laisser le doute aux impuissants, telles sont les valeurs qu'il a voulu inculquer à son fils, qu'il considère comme son chef-d'œuvre.

Traumatisé par un père qui est passé de l'indifférence à la dépression sans jamais donner le sentiment qu'il pourrait assumer sa paternité, Alexandre a voulu offrir à son fils le contraire de ce qu'il a reçu enfant. Anatole Grandin ne s'est pratiquement pas occupé de lui car il était trop occupé à bavasser dans des cafés enfumés avec ses compagnons de jeunesse ou à remplir des cahiers d'écoliers dans un bureau sombre où personne n'avait le droit d'entrer. Alexandre, qui a arraché Arthur des bras de la sage-femme, a veillé de très près sur son éducation. Il l'a guidé pendant ses premières années, dormant près de lui quand il était malade et insultant les pédiatres qui ne le soignaient pas assez vite. Il lui a enseigné l'anglais à deux ans, l'espagnol à quatre, l'allemand à six et le chinois à huit. Il le réveillait à l'aube dès son entrée en maternelle pour lui apprendre à lutter contre le manque de sommeil et pour lui faire faire des pompes.

Plus tard, Alexandre a accompagné Arthur sur des terrains de rugby marécageux et dans des rades brumeuses pour le voir s'endurcir et devenir un homme. Il a grelotté des matinées entières sur le bord du terrain, lui intimant l'ordre, sous peine de sanctions exemplaires, de se relever après chaque plaquage et de braver sa peur du naufrage dans les pires tempêtes. Alexandre rugissait quand son fils trébuchait et vociférait quand il avait le malheur de chavirer. Cette éducation par le hurlement a impressionné les autres pères, qui s'en sont inspirés, mais avec moins de réussite, et a porté ses fruits. Arthur aurait pu choisir entre l'équipe de France de voile olympique et celle du Stade Français s'il n'avait pas été accaparé par ses études.

Anatole n'a pas accordé la moindre attention à la scolarité de son fils et encore moins à sa carrière dans la publicité, qu'il qualifiait encore de « réclame » quand l'agence fêtait son vingtième anniversaire. À l'inverse, Alexandre a surveillé de très près les études d'Arthur. Il l'a inondé d'avis et de recommandations, exigeant qu'il soit le meilleur dans toutes les disciplines, en particulier les mathématiques, et ne concevant pas qu'il n'intègre pas les meilleures écoles. Sagement, Arthur a coché toutes les cases que son père lui présentait et franchi tous les obstacles, qu'il s'agisse du concours d'entrée à Polytechnique ou de l'admission à Stanford pour un doctorat en informatique où il a fait la connaissance de Damien.

Alexandre a été affligé de voir son père sombrer dans la dépression. Il a assisté avec un mélange d'impuissance, de rage et de consternation à la dégringolade d'Anatole qui restait prostré dans le fauteuil du salon, allumant une cigarette avec le mégot de la précédente et ressassant sempiternellement les mêmes rengaines, entourée des fantômes de sa jeunesse. Ce calvaire a duré cinq interminables années, à l'issue desquelles Alexandre a juré qu'il veillerait à ce qu'aucun de ses proches ne s'autorise ce genre de défaillance.

Alexandre s'est souvent demandé ce qui se serait passé s'il n'avait pas été freiné par un père qu'il n'a jamais admiré. Bien sûr, il n'est pas mécontent de sa carrière. Mais il ne peut s'empêcher de croire qu'il aurait pu aller encore plus loin sans cette ombre déprimante. Il s'est également demandé s'il n'en demandait pas trop à ses enfants, étant donné qu'il a réservé le même traitement à Élise, sa fille aînée. Mais à chaque fois qu'il s'est pris à douter, il a songé à son épouse, morte dans un accident de voiture quand Arthur avait dix ans et Élise douze, et il s'est raffermi dans sa résolution. Par égard pour Helen, il ne peut pas se permettre de flancher.

Il regarde sa montre. Midi vingt-huit. Arthur ne devrait pas tarder à arriver car il n'est jamais en retard. Irréprochable, toujours.

– Louis-Xavier de Roquambert, de la table vingt-cinq, est sorti des toilettes en laissant des traces de son passage. Nous lui serions reconnaissants de venir les retirer immédiatement pour le confort de tous, annonce une voix stridente au haut-parleur.

Afin d'assurer un service *premium* aux usagers des établissements qu'il contrôle, Abalone a mis en place un système d'alerte pour prévenir les comportements inappropriés. Du temps passé à commander ses plats (qui risque de ralentir un service minuté) au pourboire laissé au serveur (libre mais réglementé), en passant par la consommation de pain (pour éviter le gaspillage) et l'utilisation des toilettes, toute l'expérience utilisateur est monitorée en permanence. Et puisqu'on ne peut décidément pas se fier aux humains pour respecter de simples consignes, on applique la règle du *name and shame* (nommer le coupable pour lui faire honte) afin de gagner en efficacité.

Un sexagénaire aux cheveux blancs et à l'allure soignée se lève, penaud, et se dirige à toute vitesse vers l'arrière-salle de la brasserie, conscient que cette faute risque de le faire dégringoler dans le classement. Alexandre le regarde froidement. Comment peut-on être négligent à ce point ?

– Oh, le pauvre, j'aurais trop honte que cela m'arrive, glisse une métisse à l'épaisse chevelure qui rentre des commodités.

– Camille Ndongo est priée de mettre sa serviette hygiénique dans la poubelle appropriée.

La jeune femme bondit de sa chaise comme si elle venait de prendre feu.

*

Arthur arrive à l'heure dite. Une bonne partie de la terrasse se retourne sur son passage, ce qui n'est pas pour déplaire à Alexandre qui prend le compliment pour lui.

– Comment va mon fils ?

– En pleine forme. Et toi ?

– J'ai nagé deux kilomètres en quarante-six minutes. C'est mon meilleur score cette semaine. Et j'aurais pu faire encore mieux si je n'avais pas été ralenti par ces mollassons qui viennent barboter à l'heure où je fais mes longueurs. Et toi ?

– Cinq cent cinquante calories ce matin… et quatre cent huit cette nuit.

– C'est très bien.

– Damien était vert de rage parce qu'il croyait m'avoir battu.

– En tout cas, tu as de la chance d'avoir un ami qui te pousse à t'améliorer. C'est une saine émulation. Et puis c'est un garçon courageux qui a su sortir de sa condition. Ce n'est pas comme ces poules mouillées que je croise tous les jours.

– À propos de poules, est-ce que ta voisine a percé le mystère de ses coucous ?

– Oui. D'ailleurs, elle m'a prié de te remercier très chaleureusement pour ton aide.

Révoltée par le sort réservé aux animaux d'élevage (« Ils peuvent vivre jusqu'à quinze ans mais on les abat au bout de quelques semaines ! »), Clarisse Caquais récupère des coucous de Rennes, une race de poules au plumage barré de noir, qu'elle élève sur son balcon. Depuis quelques semaines, ses volatiles disparaissent les uns après les autres sans que l'on ait pu repérer la moindre trace d'effraction. Jusqu'au jour où Arthur, fort de son statut de A1, a fait appel aux autorités compétentes, c'est-à-dire à Opale, qui a mené une enquête expéditive et débusqué les coupables grâce à l'activité anormalement élevée de leur iFour connecté. Il s'agissait de deux adolescents désœuvrés qui se servaient d'un drone muni d'un grappin pour kidnapper les coucous et boulotter des poulets à l'œil. Une sanction exemplaire a scellé une opération qui aura duré moins de seize heures.

– Quand je pense que l'on devait attendre des semaines pour que la police fasse une enquête de voisinage, qu'elle interroge longuement les suspects pour trouver des coupables que la justice finirait par relâcher pour un quelconque vice de procédure ! s'exclame Alexandre.

– C'est beaucoup plus rapide quand Opale s'en occupe. En un an, la criminalité a chuté de 78 %, les cambriolages de 82 % et les atteintes aux personnes et aux biens ont pratiquement disparu. Quant au taux d'élucidation, il a explosé pour frôler les 100 % au bout de soixante-douze heures !

– Et c'est à des gens comme toi qu'on le doit. Je ne comprends pas que l'on ait attendu si longtemps avant de confier le pouvoir aux BOLA. Tout fonctionne tellement mieux grâce à eux. Je ne voudrais revenir en arrière pour rien au monde !

– C'est vrai que ce monde est bien fait, prévisible et organisé. Et même si tout n'est pas encore parfait, je suis convaincu qu'on nous offre mille possibilités d'amplifier nos talents. Il y a des tutoriels pour tout, que l'on veuille apprendre le moldave, comprendre les philosophes présocratiques ou construire un moteur d'avion. Je ne comprends pas que certains stagnent en catégorie D quand on leur donne autant de moyens de progresser. Ils devraient s'inspirer des paroles de Stan Bobs : « Il n'est jamais trop tard pour mieux faire. »

– Laisse tomber. Minables ils étaient, minables ils seront. Ce qui compte, c'est toi. Tu es une machine de guerre, Arthur. Je suis fier que tu fasses partie des seigneurs de ce nouveau monde.

– Merci, papa. Je n'oublie pas que c'est grâce à toi si j'en suis là.

– Ne relâche jamais ton effort. Et n'oublie pas qu'il y a quelque part dans le monde…

– … un Chinois, un Brésilien ou un Indien qui fait mieux que moi ce que je fais en ce moment. Si je ne bouge pas, il va prendre ma place.

– Exactement, conclut Alexandre, satisfait.

Une cycliste qui arrondit ses fins de mois en livrant des antidépresseurs à domicile déboule sur le carrefour, grille un feu rouge et manque d'écraser un piéton qui traversait la rue, l'œil rivé sur l'écran de son téléphone. La jeune femme reçoit un avertissement pour conduite dangereuse infligé par Opale, qui a enregistré l'incident et prévenu instantanément les trente-sept personnes qui circulent en deux-roues dans un rayon d'un kilomètre afin qu'un second incident ne vienne pas perturber la circulation. Arthur et son père s'adressent un sourire complice.

– J'ai faim.

– Moi aussi. Voyons ce que l'on nous recommande aujourd'hui.

L'analyse de dix-sept milliards de repas pris dans cent quarante-huit pays a permis de constater que les utilisateurs perdent un temps fou à hésiter entre deux plats avant de commander la plupart du temps la même chose, à savoir un mets peu diététique, qui ne correspond pas à leurs besoins nutritionnels. Faut-il conserver au nom d'une tradition désuète une procédure qui complique la vie des restaurateurs, qui fait perdre un temps précieux aux serveurs et qui ne garantit pas aux consommateurs la nourriture dont ils ont besoin pour être efficaces ? Assurément non. Réservées dans un premier temps aux clients de catégorie A, les recommandations culinaires d'Abalone ont rapidement été adoptées par tous.

Désormais, quand un client s'installe à la table d'un restaurant, le menu conseillé s'affiche sur l'écran de son téléphone. Il peut choisir entre deux entrées, deux plats et deux desserts qui lui sont proposés en fonction de ses goûts – dont on connaît l'historique –, mais aussi de son état de santé et des efforts qu'il doit produire ce jour-là. S'il ne suit pas les prescriptions, car en définitive il est presque libre de faire ce qu'il veut, on lui proposera au repas suivant un menu plus conforme à ses besoins. Et s'il s'évertue à ne pas tenir compte des recommandations d'Abalone, le restaurateur sera en droit de refuser ce client difficile. Après tout, il n'y a pas de raison que ce soient toujours les mêmes qui fassent des efforts.

Arthur commande un bar d'élevage responsable qui permet à une famille turque de financer les études de sa fille aînée. Une vidéo s'affiche sur l'écran de son portable. Debout devant l'écloserie, la famille Yilmaz au grand complet remercie Arthur avec un accent à couper au couteau. Comme garniture, le directeur des récompenses de l'AFNI choisit un riz complet rapporté de Camargue par un drone utilisant l'énergie solaire.

Carnivore invétéré, Alexandre opte pour un steak tartare. Soucieuce de limiter la consommation de viande, l'application l'informe qu'il est en train de manger un morceau de Marion, une blonde d'Aquitaine élevée dans le Perche par Boris Chpountsse, un apprenti acteur rentré au bercail après une carrière avortée dans le cinéma qui donne pour se venger des prénoms d'actrices à ses bovins. On l'encourage à compenser ce geste peu respectueux de l'environnement avec des frites de quinoa.

– Je crois que je vais vendre la Bretaudière, annonce Alexandre entre deux bouchées.

– Mais pourquoi donc ? s'étrangle Arthur, stupéfait.

– Pour plusieurs raisons. D'abord parce que vous n'y venez plus, ce que je comprends tout à fait. Après tout, la maison est à trois heures de Paris et vous avez une vie professionnelle très active. Ensuite parce que je vais investir le produit de la vente dans un programme d'intelligence artificielle qui détermine les œuvres qui auront le plus de succès sur la base de toutes celles qui ont été exposées à Paris depuis deux siècles. Le marché de l'art est un business où je vais cartonner grâce à mes connaissances en marketing digital ! Enfin, parce que je considère que cette vieille baraque est plus un boulet qu'autre chose.

– Mais ce n'est pas un boulet ! C'est le lieu où nous avons tous nos souvenirs d'enfance.

– C'est aussi le lieu où ton grand-père s'est abandonné à sa dépression pendant de longues années. Il s'est coupé du monde, qui avançait sans lui, et de sa famille, qui n'en pouvait plus de l'entendre rabâcher ses vieilles histoires. Arthur, ce n'est quand même pas à toi que je vais expliquer qu'il faut se tourner vers l'avenir. À quoi sert un souvenir à l'heure des algorithmes ? Dans le monde d'aujourd'hui, ceux qui s'accrochent à leurs racines seront enterrés.

– Demandez le programme !

Chapitre 5

Arthur et son père sont interrompus par l'arrivée d'une ancienne ministre qui vient tracter en terrasse. La candidate qui se présente face à eux avait un surnom en trois lettres qui claquait comme un slogan, des promesses kennediennes de nouvelles frontières, une cour de zélotes et des ambitions nationales. Elle a gardé sa mèche et son sourire éclatant mais ses dents sont gâtées, des pellicules poudroient sur son tailleur aux coudes élimés et on devine une pointe de tristesse derrière sa jovialité.

La politique a bien changé depuis que Logbook, riche d'une connaissance inégalée de l'opinion publique, a accepté d'en endosser la responsabilité. Fini les campagnes interminables, les slogans creux et les fausses promesses qui suscitaient l'opprobre d'une opinion désabusée. Considérant que la meilleure façon de restaurer le crédit des politiques est de les évaluer plus régulièrement, on a décidé que les élections auraient lieu tous les six mois. À l'heure où chacun est tenu de faire ses preuves en permanence, il n'est pas concevable d'accorder à quiconque un mandat interminable. Dans le même temps, on a fragmenté les anciennes circonscriptions en une multitude d'îlots pour rapprocher les élus de leurs électeurs.

Mais on a supprimé les bureaux de vote et les isoloirs, désertés par les citoyens paresseux et source de fraudes, pour les remplacer par un vote numérique qui donne des résultats incontestables en temps réel. Les programmes sont passés au crible de l'algorithme de Logbook qui s'assure en parallèle que les engagements seront tenus. Et les discours pompeux sont remplacés par des conversations à bâtons rompus avec les électeurs. Ces dispositions nouvelles ont permis un profond renouvellement du personnel politique sans éliminer complètement les anciens élus.

– Vous êtes encore là, vous ? grince Alexandre.

– Eh oui ! Que voulez-vous, être en campagne, c'est ce que je sais faire de mieux, sourit l'ancienne ministre.

– Madame, si vous n'êtes pas capable de vous réinventer, je ne vois pas ce que vous pourrez proposer aux nouvelles générations qui ont besoin d'assumer les grands bouleversements que nous avons vécus ces dernières années, assène Arthur avec un regard fermé.

– Ayant l'expérience des plus hautes fonctions, je peux vous garantir que…

– Ne perdez pas votre temps en promesses inutiles.

– Laissez-moi au moins vous présenter mes propositions pour ce pâté de maisons auquel je suis viscéralement attachée.

– Cela ne nous intéresse pas, tranche Alexandre. Quand les mines et les usines ont fermé les unes après les autres, qu'avez-vous fait ? Vous avez détourné le regard avant d'aller jacasser sur les plateaux télévisés.

Quand l'industrie du disque, les médias, le cinéma et la grande distribution se sont effondrés, plongeant des centaines de milliers de personnes dans la précarité, qu'avez-vous fait ? Vous avez détourné le regard, accusant la mondialisation pour mieux vous dédouaner de vos responsabilités. Quand la Grande Catastrophe est arrivée, qu'avez-vous fait ? Vous avez cherché à assurer vos arrières comme un clébard qui prend la fuite la queue entre les jambes. Maintenant, c'est à votre tour d'être dans l'œil du cyclone. Et vous voudriez qu'on ait pitié ? Vous savez quoi ? C'est bien fait pour vous. Vous n'aurez pas mon vote, madame, et encore moins mon indulgence !

Le visage de la candidate se fige. Elle est habituée à se faire rembarrer comme une vendeuse de fleurs coupées, mais la violence de la diatribe d'Alexandre, soutenue par son fils et applaudie par les clients du restaurant, la désarçonne. Elle recule et manque de renverser une table où Élodie Pinçon, ancienne première danseuse à l'Opéra de Paris, boulotte une ratatouille en observant d'un air torve les légumes qui la composent.

Tombée en dépression après une mauvaise chute dans un escalator, la ballerine s'en est sortie grâce à la pratique de la méditation de pleine conscience (*mindfulness*). Elle est l'auteure de deux ouvrages qui ont remporté un succès relatif : *Mindfulness individuel et transports en commun* et *Fractures, entorses et déchirures : être pleinement conscient sans rater sa correspondance.*

– Pardon… Je suis sincèrement désolée de vous avoir dérangés… Au fait, vous n'auriez pas une petite pièce ? lui chuchote-t-elle à l'oreille. Les fins de mois sont difficiles en ce moment.

– Parce que vous en êtes encore à payer avec de l'argent liquide ! s'écrie Arthur. Décidément, vous êtes irrécupérable !

Sentant qu'il vaut mieux qu'elle déguerpisse avant que la situation ne dégénère et qu'elle perde le peu de crédit qu'il lui reste, la politicienne quitte la terrasse en laissant derrière elle une pile de tracts d'où émerge une liste de courses raturée et un relevé de compte bancaire.

– Ne t'inquiète pas. Je ne vendrai pas la Bretaudière sans ton accord, souffle Alexandre. Est-ce que tu veux boire un café ?

– Non merci. Je suis déjà à 73 % de mon quota hebdomadaire de caféine. Et puis le devoir m'appelle. J'ai une importante réunion dans vingt minutes.

– Ah, le devoir ! Comme ce mot m'enchante ! J'aime ses sonorités martiales, ces syllabes qui claquent, impérieuses comme un commandement !

– J'étais content de passer ces trente-neuf minutes avec toi.

– Moi aussi, mon fils. Continue à me rendre fier.

*

Arthur retrouve Damien dans le bureau de Laura Saltaminor, la directrice des opérations de l'AFNI, qui est orné d'un écriteau où l'on peut lire le slogan qu'elle a choisi : « À chacun selon son mérite. » Elle est la fille unique d'un sauteur en hauteur cubain et d'une colonelle de gendarmerie kazakhe qui se sont rencontrés lors d'une colonie de vacances du parti communiste, à Sotchi. Laura a hérité de la peau mate et de l'allure élancée de son père et des pommettes saillantes de sa mère. Championne de krav-maga et joueuse d'échecs émérite, cette jolie quinquagénaire est passionnée par les entrepreneurs de la Silicon Valley. Chaque année, elle assiste religieusement au festival Burning Man, qui se déroule en plein cœur du désert du Nevada, et qui réunit le ban et l'arrière-ban de la Silicon Valley.

– Si je vous ai convoqués aujourd'hui, c'est pour vous annoncer une grande nouvelle : Jack Falkenberg viendra faire une annonce importante à Paris la semaine prochaine et on nous a demandé d'assurer la première partie de son spectacle avec Jules-Édouard Tournier, le célèbre évangéliste numérique !

– C'est une formidable reconnaissance pour l'AFNI ! s'écrie Arthur, enthousiaste.

– C'est amplement mérité, souligne Damien.

– Une telle opportunité ne se reproduira pas de sitôt. Il va falloir être parfait. D'autant que Falkenberg viendra visiter nos locaux le matin de son arrivée.

– Qu'est-ce qu'ils attendent de nous ? demande le *chief congratulating officer*.

– Ils apprécient beaucoup le travail de notre agence et plus particulièrement celui de nos deux directeurs emblématiques. Messieurs, vous avez cinq jours pour trouver un projet révolutionnaire, car c'est ce que je leur ai vendu. À vous de jouer !

Arthur et Damien se regardent en souriant. C'est le début d'une nouvelle compétition qui les enchante autant l'un que l'autre et qui a fait leur réputation au sein de l'agence.

– La numéro 5 de Logbook sera à Paris dès demain pour préparer la conférence. Elle nous accompagnera chez Jules-Édouard en début d'après-midi. Si vous avez une idée lumineuse, n'hésitez pas à lui en faire part. Mais je comprendrais que vous n'ayez rien trouvé en si peu de temps.

– C'est ce que tu crois, affirme Arthur, stimulé par ce nouveau défi.

– On verra qui a le meilleur projet ! jubile le *chief punishing officer* en se frottant les mains.

– Je compte sur vous pour vous dépasser. Mais n'oubliez pas une chose : on n'a pas le droit de se louper. Tenez, voici les consignes que j'ai reçues il y a un quart d'heure.

Arthur prend le document et lit :

1. Il est formellement interdit de toucher Jack Falkenberg, en particulier ses cheveux.

2. Il est formellement interdit de lui adresser la parole, sauf s'il vous pose une question.

3. Il est formellement interdit de le contredire ou d'émettre une opinion différente de la sienne.

4. Il est formellement interdit de le regarder dans les yeux pour une durée excédant trois secondes.

5. Tous les édifices que monsieur Falkenberg honorera de sa présence seront désinfectés avec le produit que nous vous aurons préalablement adressé.

6. La température des pièces sera comprise entre 19,4 °C et 19,6 °C.

7. Par mesure d'hygiène et pour ne pas déranger monsieur Falkenberg, tous ceux qui ont les cheveux longs les porteront attachés.

8. Il est formellement interdit d'être malade en présence de monsieur Falkenberg.

9. Toute personne qui n'obéira pas à ces consignes sera exfiltrée immédiatement et traitée par les services internes de Logbook.

10. Toute personne qui verrait quelqu'un enfreindre ces règles est tenu de le signaler immédiatement aux services internes de Logbook.

11. On ne touche pas les cheveux de Jack Falkenberg !

Arthur sort du bureau de la *chief operating officer* de l'AFNI en songeant au projet qu'il pourrait présenter. Et s'il s'inspirait d'Abraham Lincoln et sa religion 4.0 ? Pas tout à fait au point. De Daphné d'Hautefeuille et son école augmentée ? Trop estampillé Bubble pour convenir au patron de Logbook. De l'ode à la gentillesse de Coralie Dansonqueur ? Pas assez nouveau et peut-être un peu mièvre en fin de compte. Le directeur des récompenses fouille dans ses archives. Au loin, il entend Damien vociférer. Si ça se trouve, il a déjà trouvé son idée de génie.

*

Quelques heures plus tard, Arthur retrouve Élise à *Prenez-en de la graine*, un restaurant situé à quelques mètres du rond-point des Champs-Élysées. Cette ancienne pizzeria, fréquentée naguère par une horde de jet-setters, a été rachetée par Abalone qui a entrepris de grands travaux afin de l'adapter au goût du jour. Fini les pizzas, lourdes et indigestes. Fini les escalopes de veau, trop cruelles pour une clientèle qui se soucie du bien-être animal. Fini les pâtes, copieuses et populaires. Place aux graines. De courge, de fenouil, de lin, de nigelle, de pavot, de sésame et de tournesol, que le chef, un Kirghiz survolté, parsème sur des bols de riz de toute provenance et qu'il accompagne de délicieux bouillons de sa composition.

Malgré le changement d'usage, le nouveau restaurant a tout de suite connu un éclatant succès, pour partie lié au fait que bien avant l'ouverture, tout avait été mesuré avec précision : les habitudes alimentaires des habitants du quartier, les goûts des touristes de passage et même les articles dithyrambiques dans la presse spécialisée, elle aussi propriété du géant du commerce en ligne. Après tout, on n'est jamais aussi bien servi que par soi-même.

À peine arrivé, Arthur est accueilli par Stanislas, le robot-maître d'hôtel.

– C'est une joie de vous recevoir, monsieur Grandin, susurre la machine. Permettez-moi de vous conduire à votre table. Votre sœur sera là dans trois minutes et Marcel, son compagnon, arrivera cinq minutes après elle.

Arthur suit le robot jusqu'à la meilleure table de l'établissement, face à laquelle on a disposé trois confortables fauteuils dans lesquels ils vont pouvoir siroter des cocktails maison en attendant de picorer les meilleures graines de Paris. Le directeur de l'AFNI est content. Il a toujours aimé les places d'honneur, les premières classes et les traitements de faveur.

– Vous prendrez le même cocktail que d'habitude ? Assez dosé, n'est-ce pas ?

– C'est bien ça, sourit Arthur, ravi que la machine soit programmée pour devancer ses moindres désirs.

« Ah, que ce monde est bien fait, prévisible et organisé ! » pense-t-il en s'asseyant.

En attendant que sa sœur arrive, Arthur jette un œil à ses voisins. Comme lui, ce sont tous des A, condition *sine qua non* pour fréquenter cet établissement. À sa gauche, allongées sur de confortables lits de camp,

Luna Efemerovitch, onze ans, plus jeune professeure de yoga d'Europe, et sa sœur jumelle Ludmilla, qui vient de construire un avion à réaction et s'apprête à bâtir une centrale nucléaire, comparent leur popularité sur les réseaux sociaux avec des airs blasés. Arthur leur adresse un sourire auquel elles ne daignent pas répondre. Il se tourne vers ses autres voisins, un groupe d'ingénieurs informatique qui sortent du bureau comme le prouvent leurs tenues réglementaires : pantalon chino aux pattes retroussées, chemise à carreaux boutonnée jusqu'en haut, sweat-shirt à capuche orné de personnages de bande dessinée et *sneakers* multicolore. Les geeks en goguette reconnaissent le directeur des récompenses de l'AFNI et lui adressent une salutation déférente.

Nimbée d'une chevelure flamboyante, les yeux verts, la peau très claire, la mâchoire carrée et volontaire, Élise fait une apparition remarquée dans le restaurant. Elle a revêtu une combinaison en cuir bleu argenté qui épouse son corps sculpté par des centaines d'heures de sport et d'interminables cuissardes cloutées du talon jusqu'à mi-cuisses. Élise se dirige vers son frère sans attendre le robot-maître d'hôtel qui glisse silencieusement derrière elle. Un quinquagénaire la dévisage de bas en haut. La sœur d'Arthur s'arrête face à lui, plante ses poings sur ses hanches et lui jette un sourire féroce. Immédiatement, le téléphone de l'homme se met à vibrer, signalant qu'il s'est montré discourtois par son regard insistant. Penaud, le malotru baisse la tête et avale nerveusement une poignée de graines. Élise passe son chemin : elle n'a pas eu besoin de prononcer une parole pour le rétrograder dans le classement des clients de *Prenez-en de la graine*, qu'Abalone met à jour en temps réel afin d'éviter toute expérience négative à ses utilisateurs.

Élise s'installe en face de son frère. Elle dirige un fonds d'investissement affilié à Opale qui finance des start-up spécialisées dans les objets connectés et gère à ce titre un portefeuille de plusieurs milliards de dollars. C'est ce qui lui a valu d'être promue A1, ce dont elle n'est pas peu fière.

– Alors Élise, comment va la santé ?

– Nous venons d'investir soixante millions dans une boîte très prometteuse. C'est fou ce que l'on peut faire tenir comme capteurs dans un cure-dents !

– Tu étais aussi enthousiaste pour le iFil dentaire et le coton-tige intelligent. Ça n'a pas marché, pourtant. Qu'est-ce qui te fait dire que cela sera différent cette fois-ci ?

– Le design. On va mettre les équipes d'Opale sur le coup.

– Pour faire un cure-dents ?

– Tu verras. Ce sera le plus beau du marché. Rappelle-toi ce que l'on a fait avec les rasoirs. En moins d'un trimestre, on est devenu leaders avec des iRase à quatre-vingts euros l'unité. Sans compter les lames, bien entendu.

– Je m'en suis acheté un. Il est très beau, en effet.

– Et qu'est-ce qu'il récupère comme données sur les utilisateurs ! Pour en revenir à mon iPique, nous allons en faire un produit tendance. Les gens vont se l'arracher. Tu ne peux pas savoir à quel point ce marché des objets connectés m'amuse ! C'est un monde de compétition et moi, je suis née pour gagner. C'est un nouvel eldorado et j'ai bien l'intention d'y faire fortune !

– Papa veut vendre la Bretaudière.

– Comme tu le sais, Arthur, j'ai toujours su que je ne serai pas une de ces bonnes femmes qui attendent docilement le retour de leur mari en leur préparant un bon repas et une gentille pipe. C'est fini, ce temps-là. Hommes et femmes, nous sommes sur la même ligne de départ. Et que la meilleure gagne !

– Papa veut vendre la Bretaudière. Tu étais au courant de ce projet ?

– Il m'en a vaguement parlé.

– Je ne crois pas que ce soit une bonne idée. C'est notre dernier lien avec notre enfance, avec grand-père et avec maman qui passait ses journées à jardiner.

– Je n'y suis allé que deux fois l'an dernier. Comme tu le sais, la campagne me rend neurasthénique. Moi, j'aime la ville, la technologie, la vitesse.

– Et moi trois fois seulement. Trop de travail. Mais ce n'est pas une raison pour s'en débarrasser. Peut-être aurons-nous envie d'y retourner un jour. Tu ne crois pas ?

– Je n'ai gardé aucun bon souvenir de cette vieille baraque où grand-père passait son temps à se lamenter d'avoir été exproprié de terres devenues constructibles du jour au lendemain et où maman passait ses journées à jardiner en silence. Malgré ses efforts, je n'ai jamais su retenir le nom d'une fleur.

– Il faut dire que ce que l'État a fait subir à grand-père était assez injuste.

– Moi, ce que je retiens, c'est qu'il a perdu. Il aurait mieux fait de se battre contre ceux qui l'ont dépouillé plutôt que de soûler tout le monde avec ses récits de la Seconde Guerre mondiale, la médiocrité des hommes politiques de la IVe République, le couvre-feu intellectuel imposé par les staliniens au début des années 1950 et toutes ses vieilles rengaines. Je comprends ton attachement à cette bicoque, mais crois-moi, papa a toujours su prendre les bonnes décisions au bon moment. Il s'est occupé de nous sans fléchir après l'accident de maman. Il nous a façonnés pour être plus forts que les autres. Et il continue de m'épater. Est-ce qu'il t'a dit qu'il a l'intention de passer son brevet de voltige aérienne ?

– De la voltige aérienne ? À soixante et onze ans ? Pour quoi faire ?

– Eh bien, pour continuer à progresser. Je trouve ça génial, pas toi ? Ah, tiens, voilà Marcel !

Chapitre 6

– Pardon… Pardon… Désolé… Ça a l'air très bon, ce que vous mangez… Bonsoir… Pardon… J'espère que vous vous régalez… Désolé… Vous êtes très élégant ce soir.

Marcel met près de cinq minutes à atteindre la table où Élise et Arthur l'attendent. Il s'arrête devant chaque client, glissant un compliment aux uns, une excuse aux autres, s'extasiant devant les performances de Luna et Ludmilla, complimentant les informaticiens pour leurs derniers développements, attentif à tous, prévenant à l'extrême.

Marcel Padvag est un des plus beaux hommes de la capitale, mais il s'en voudrait terriblement de mettre les moches mal à l'aise avec son physique avantageux. Il a une longue chevelure blonde dont il prend grand soin, des yeux océaniques, un nez droit aux arêtes dessinées, une bouche ourlée et un corps imberbe qu'il entretient avec un coach à domicile parce qu'il n'a pas envie de faire de la peine aux gringalets qui fréquentent les gymnases.

Le compagnon d'Élise a tourné dans plusieurs séries télévisées qui font chavirer le cœur des midinettes avant de prendre les commandes d'une agence de Modérateurs qui s'assurent de la conformité des contenus publiés sur internet. Il est épaulé par une équipe d'Effaceurs qui corrigent les propos les plus offensants, de Sensibles qui partagent des messages inspirants et de Comiques qui répandent de la joie et de la bonne humeur autour d'eux. Pour peu qu'ils fournissent leurs soixante-quinze heures de travail hebdomadaire, Marcel veille à ne pas leur imposer une autorité trop contraignante.

– Je suis désolé de vous avoir fait attendre si longtemps.

– Ne t'inquiète pas, Marcel, on a l'habitude, répond Élise. Tiens, on t'a commandé ton cocktail préféré.

– Comme c'est gentil de votre part ! Mais il ne fallait vraiment pas vous donner cette peine…

Marcel est emballé par la visite de Jack Falkenberg. Il aimerait tant avoir l'honneur de le rencontrer un jour, ou à défaut se trouver dans la même pièce que lui pour sentir son énergie et se nourrir de son génie. Ce serait une consécration sociale et une belle revanche sur un père qui l'a toujours méprisé et qui a jalonné l'existence de son fils d'interdits : tu n'es pas assez intelligent pour avoir ton brevet des collèges, ton bac, ton diplôme de sociologie. Tu es trop vilain pour séduire cette fille, pour garder cette fiancée, pour jouer au play-boy. Ta réussite ne m'intéresse pas. Je n'y comprends rien. Ne cesseras-tu donc jamais de me faire honte ?

Le compagnon d'Élise sait qu'il a peu de chances de faire la connaissance du patron de Logbook lors de son passage à Paris, ce qui ne veut pas dire qu'il ne s'en sent pas digne au regard de tout ce qu'il fait pour la communauté. Il éreinte tous les projets qu'Arthur lui présente, tout en veillant à ne dire que du bien de leurs initiateurs, et propose, afin d'avoir une infime chance de rencontrer son idole, de lui présenter son ami Tristan Danlaidan, qui a importé de Corée un jeu qui remporte un succès grandissant : le Défouloir.

L'étude approfondie de cinq mille ans d'histoire et l'analyse de millions de données du big data comportemental a prouvé que malgré tous les efforts de l'intelligence artificielle pour policer les comportements, évincer les hooligans, interdire les violences domestiques, éviter les querelles de voisinage et prévenir les disputes en tout genre, il reste une part de sauvagerie inhérente à l'homme que l'on ne peut complètement éradiquer. Les concepteurs du Défouloir ont inventé un jeu qui permet d'exsuder cette part de bestialité, comme s'il s'agissait de moucher un nez congestionné.

Chaque partie dure vingt minutes – mais souvent moins – et met aux prises deux équipes d'un à cinq joueurs qui veulent régler un différend amical, familial, sentimental ou professionnel, quitte à employer les grands moyens. Qu'il s'agisse d'un divorce mal digéré, d'une succession inachevée, d'une ambition contrariée ou d'une brouille, on privilégie les vieilles histoires que les protagonistes auront eu le temps de ressasser longuement parce qu'elles donnent les bagarres les plus spectaculaires.

Celles-ci se déroulent en présence d'une quinzaine de proches, tous concernés de près ou de loin par la dispute. Parce qu'ils seront plus passionnés que d'autres par le spectacle qui se déroule sous leurs yeux. Et parce que les grands rassemblements sont sévèrement encadrés depuis que l'on a démontré que dans 89 % des cas, ils étaient accompagnés d'attouchements, de vols et de violences. Tous les épisodes du Défouloir sont retransmis en direct afin que le plus grand nombre puisse se délecter de ce spectacle, quitte à être effaré par la férocité des belligérants. Car ces joutes se terminent souvent avec des membres cassés, des parties génitales sarclées, des dents déracinées à coups de talon et des cheveux arrachés par mottes.

– J'en ai entendu parler, dit Arthur. Il paraît que les rescapés sont doux comme des agneaux pendant les jours qui suivent la partie.

– L'effet dure plusieurs mois, explique Marcel. Et cela concerne tout le monde, joueurs et spectateurs. Certains prétendent que cela leur rappelle la Grande Catastrophe. Autant te dire que cela leur enlève toute envie de recommencer !

– J'ai vu un épisode en streaming hier, dit Élise. Une quinquagénaire essayait de gober l'œil de son patron. C'était impressionnant !

– Cela ne t'a pas dégoûtée ?

– Au contraire, une compétition à la vie, à la mort, je trouve ça génial !

– Je sais que Logbook est toujours à la recherche de divertissements innovants. Mais il y a quand même des morts et des blessés graves dans ces parties…

– 87% des participants sont en catégorie D ou E. Sans vouloir être méchant, ce n'est pas comme si on en manquait, souffle Marcel.

– Et puis il faut bien faire quelque chose de cette masse d'inutiles.

– Comme leur donner l'espoir de monter en grade ? Après tout, c'est sur cette promesse que le système repose. Ah, si vous voyiez la joie de ceux qui passent d'une catégorie à l'autre, vous comprendriez pourquoi j'aime mon métier ! s'exclame Arthur.

– C'est bien de leur faute s'ils n'y sont pas arrivés, tranche Élise. Moi je crois au travail, à la sueur et à la récompense qui va avec. Ce sont les valeurs que papa nous a transmises. Comme tu le sais, il n'y a que deux catégories de personnes dans le monde : les costauds et les bibelots. Nous, nous sommes des costauds car nous avons décidé de prendre ces changements à bras-le-corps. Parce que nous sommes les plus intelligents, les plus capables et les plus déterminés. Les autres sont des bibelots qui s'offusquent à la moindre contrariété ; ils pleurent quand on les effleure et s'indignent dès qu'on les chatouille. Ce sont des victimes, et le pire, c'est qu'ils le revendiquent !

– Ils ont perdu le goût de l'effort et le sens du dépassement de soi, ajoute Marcel. Ce n'est pas comme s'ils n'avaient pas l'opportunité d'améliorer leurs capacités.

– C'est vrai que certains ne font rien pour saisir les occasions qui se présentent, concède Arthur.

– Et puis ne va pas me dire que cela marchait mieux avant. Pendant des siècles, on était ce que l'on naissait, que l'on soit mendiant, bourgeois ou aristocrate. C'était injuste, n'est-ce pas ? Ensuite, tout reposait sur l'argent. On était ce que l'on gagnait, que cette fortune soit acquise dans la sueur ou héritée de ses parents. C'était dégueulasse, n'est-ce pas ? Maintenant, on est classé en fonction de son intelligence et de son comportement, comme ce gros lourdaud qui m'a dévisagée tout à l'heure. C'est cartésien et c'est juste. Je suis comme je pense.

– Quel gros lourdaud ? demande Marcel.

– Un vieux beau qui m'a matée comme si j'étais un morceau de bidoche dans lequel il pourrait planter ses crocs. Il m'a suffi de m'arrêter cinq secondes pour activer son application anti-harcèlement. Je peux te dire qu'il a perdu des points ce soir !

– Sans vouloir être méchant, il l'a bien cherché, conclut Marcel. Arthur, tu parlais des spectacles parrainés par Logbook. Tu pourrais aussi parler des écoles, des bibliothèques et des hôpitaux construits par Bubble, des infrastructures gérées par Opale, du commerce régulé par Abalone. On leur doit un minimum de reconnaissance. Franchement, les BOLA le méritent largement. Et puis ils sont si puissants ! Ce serait folie de leur désobéir.

*

Quand ils sortent du restaurant pour raccompagner Élise à sa moto, les trois convives croisent la politicienne qui avait sollicité Arthur et son père quelques heures auparavant. Son tailleur est maculé de taches, sa mèche est décoiffée, son sourire a disparu, mais la pointe de tristesse que l'on devinait dans son regard a été remplacée par un éclat d'ivresse.

Prudent, Marcel se place derrière son amie. Ce n'est pas parce qu'il a peur mais parce que sa réputation serait entachée par une bagarre de rue, qu'il l'emporte contre une sexagénaire bourrée ou qu'il soit défait. Autant ne pas courir de risque inutile.

– Comme on se retrouve ! bredouille l'ancienne ministre en titubant vers Arthur.

– Gare à toi si tu touches à mon frère, gronde Élise en brandissant son casque de motarde.

– Merci, Élise, mais je devrais pouvoir m'en sortir tout seul. Que puis-je faire pour vous ? Vous ne m'avez pas l'air d'être dans votre état normal.

– Tu veux dire que je suis complètement torchée ? Eh bien oui, je suis cuite de chez cuite. Je viens de dîner avec d'anciens collègues du gouvernement qui m'ont donné de bonnes idées de reconversion. Parce qu'il ne faut pas croire que je n'écoute pas les bons conseils qui me sont prodigués par des hommes aussi séduisants que... Mais dis donc, est-ce que ce ne serait pas le beau Padvag que je vois là ?

Marcel se recroqueville derrière Élise. Pourquoi vient-elle le provoquer ? Ne sait-elle pas qu'un incident est si vite arrivé sur les réseaux sociaux ?

– Mais oui, c'est bien lui, c'est Marcel Padvag ! Décidément, c'est mon jour de chance ! Tu n'en as peut-être rien à carrer, mais ma fille était très amoureuse de toi quand elle avait treize ans.

– C'est très aimable à vous de me dire ça, madame, répond Marcel avec une toute petite voix.

– Mais moi aussi je t'aimais bien, mon gros lapin. Tu sais quoi ? Ça me faisait des picotements dans le bas-ventre quand je te voyais à l'écran ! Ça ne te dirait pas une petite partie de jambes en l'air pour se souvenir du bon vieux temps ? Cougar un jour, cougar toujours !

– Enfin, madame !

– On dit madame la ministre quand on est bien élevé.

– Enfin, madame la ministre !

– Dis donc, vieille cocotte, je ne sais pas si tu es au courant, mais ce mec est à moi, intervient Élise, qui a remisé son casque. De toute façon, bourrée comme tu l'es, je ne vois pas ce que tu pourras réussir à tirer de mon Marcel.

– Tu rigoles ou quoi ? On peut faire plein de choses quand on est ivre. Des choses incohérentes qui sortent du droit chemin tracé par Bubble, des choses originales que ne comprendront jamais les ingénieurs d'Opale, des choses invraisemblables qui ne seront jamais monitorées par l'algorithme de Logbook. Plein de choses ! Parce que vous croyez que vous êtes libres ?

À ces mots, l'ancienne ministre ferme les yeux et se met à chanter *La Marseillaise* à tue-tête. Arthur sent que la situation est en train de dégénérer et que la politicienne risque de lui faire perdre un temps de sommeil précieux. Il s'approche d'elle.

– Minute, papillon ! Tu es gentil mais je n'ai jamais dit que je voulais faire un plan à trois. Je ne suis pas une gourgandine ! N'oublie pas que je suis une ancienne ministre !

– Je crois qu'il est temps que vous alliez vous coucher…

– Taratata ! Je vais me coucher quand je veux. En attendant, écoute-moi bien, mon coco. Tu crois que rien ne peut t'arriver parce que tu détiens le pouvoir que nous avons perdu il y a quelques années ? N'oublie pas que la roue de la fortune tourne plus vite qu'on ne le croit et n'oublie pas, surtout, que l'on croise en descendant ceux que l'on a rencontrés en montant. Et puisque j'en suis à parler de roue, je ne vois pas quel bonheur il y a à courir comme un hamster pour être le plus efficace, le plus réactif et le plus digitalisé de tous.

– Il est tard…, souffle Marcel.

– Tu crois vraiment que le monde va repartir sur des bases nouvelles grâce aux BOLA ? Ne t'enflamme pas !

Mon grand-père est arrivé plein d'illusions au Conseil national de la résistance. Il voulait effacer l'héritage de Vichy pour bâtir un monde nouveau. Soixante-quinze ans plus tard, il ne reste rien de ce qu'il a construit. Rien de ce que l'on fait n'est éternel. Aucun de nos rêves n'est nouveau. On se croit uniques mais d'autres avant nous ont nourri les mêmes espérances et vécu les mêmes désillusions que nous.

L'ancienne ministre marque une pause avant de reprendre sa tirade.

– C'est le drame de votre génération orgueilleuse et si prompte à porter des jugements définitifs sur vos ancêtres. Si vous preniez le temps de lire vos classiques plutôt que vous disperser sur les réseaux sociaux, vous pourriez étudier ce passage des *Souffrances du jeune Werther* de Goethe : « Quelquefois, je me dis : "Ta destinée est unique : tu peux estimer tous les autres heureux ; jamais mortel ne fut tourmenté comme toi." Et puis je lis quelque ancien poète ; et c'est comme si je lisais dans mon propre cœur. J'ai tant à souffrir ! Quoi ! Il y a donc eu déjà avant moi des hommes aussi malheureux ! » Crois-moi, Arthur, ton nouveau monde n'est pas si novateur que ça…

L'ancienne ministre s'approche d'Arthur et lui met la main sur l'épaule. Élise essaye de s'interposer mais son frère lui fait comprendre qu'il contrôle la situation.

– Il faut aller vous coucher, madame la ministre.

– Je ne sais pas qui tu es et je ne sais pas pourquoi je te fais ces confidences, mais je voudrais te parler de ce qui m'a toujours animée, à savoir les trois grâces.

– Les trois grâces ?

– La foi, l'amour et la politique. La foi d'abord, parce qu'elle détermine notre rapport à la transcendance, que l'on croit en Dieu ou bien que l'on croie en l'Homme. La foi que l'on m'a inculquée enfant et que j'ai perdue adolescente, malgré des prières aussi intenses que vaines. L'amour ensuite, parce qu'il détermine notre rapport à l'autre. L'amour que j'ai éprouvé pour un voisin quand j'avais dix-huit ans. Nous n'avons pas eu le droit de nous aimer. J'en ai épousé un autre parce qu'il fallait bien épouser quelqu'un. Mais tout ce que j'ai construit, je l'ai fait pour gagner l'estime de ce premier amour. Alain est peut-être mort à l'heure où je te parle. Mais je n'ai jamais cessé de l'aimer. Comme mes électeurs. La politique, justement, est la troisième grâce parce que c'est elle qui détermine notre rapport au groupe. Ayant raté deux fois ma vie, je n'ai pas voulu échouer une troisième fois. Alors je me suis investie en politique. Je l'ai fait avec tout mon cœur, avec toutes mes tripes, au détriment de mon mariage, qui s'est effondré, au détriment de mes enfants qui finissent par m'en vouloir un petit peu moins qu'avant de les avoir délaissés. Mais je l'ai fait avec passion et j'ai obtenu, je crois, quelques résultats pour les collectivités que j'ai dirigées. Je me suis sans doute trompée dans bien des domaines. Je n'ai pas réussi à me reconvertir, comme tu me l'as si justement fait remarquer. Mais j'avais un rêve et je ne te laisserai pas dire qu'il valait moins que ton idéal de hamster…

Avant qu'elle n'ait eu le temps de conclure sa tirade, la politicienne est embarquée *manu militari* par une escouade d'agents d'Opale qui veillent au respect de la tranquillité publique. Elle se débat quelques instants mais les pandores sont plus forts qu'elle. Ils l'embarquent dans une camionnette qui démarre à toute allure dans la nuit silencieuse.

– C'est moi qui les ai prévenus, claironne Marcel. J'ai bien fait, n'est-ce pas ?

*

Après avoir mis près d'une heure à s'endormir, ce qui n'est pas dans ses habitudes, Arthur est réveillé au milieu de la nuit par un cauchemar dont il saisit les moindres détails sans en comprendre la signification.

Le rêve commence sur un terrain de football où Arthur doit marquer un but pour remporter une victoire décisive. Les défenseurs, qui forment un mur compact face à lui, sont joués par tous ceux qu'il a rencontrés dans la journée : Coralie Dansonqueur, Daphné de Hautefeuille, Abraham Lambert, Luna et Ludmilla Efemerovitch et même Baptiste Dufour, l'adolescent qui ne voulait pas se réconcilier avec son père. C'est un Jack Falkenberg équipé de gants gigantesques qui garde les cages de l'adversaire. S'il devine derrière lui Damien, Élise et Marcel, le stade est étonnamment vide. Il n'y a qu'un seul spectateur : sa mère.

Arthur s'élance. Sa course semble interminable. Soudain, il se retrouve dans la voiture de sa mère, une vieille Renault vert émeraude, qui fonce à toute allure vers le parapet d'un pont parisien. Plutôt que de freiner, l'automobile accélère, tandis qu'une petite voix lui dit : « Fais un pas de côté tant qu'il est encore temps. » Mais il ne peut retirer son pied de l'accélérateur. Inexorablement, le pont se rapproche. Arthur a envie de crier mais aucun son ne sort de sa bouche. Au moment de l'impact, il entend sa mère lui dire d'une voix douce et mélancolique : « Parfois, il vaut mieux s'enfuir que subir. »

Arthur s'est réveillé en sursaut. Trempé de sueur, il se lève pour aller prendre un verre d'eau. Il pleure. Cela faisait longtemps que cela ne lui était pas arrivé.

Chapitre 7

Il est cinq heures, Arthur ne parvient pas à retrouver le sommeil. Il se tourne et se retourne dans son lit, s'agite et roule ses draps à ses pieds, mais plus les minutes passent, plus la perspective de se rendormir s'éloigne. Il cherche son téléphone dans l'obscurité, l'allume et note les bribes de rêve qui galopent vers ce gouffre d'oubli où on ne les retrouve jamais. C'est étrange parce qu'Arthur n'est pas un rêveur. Sitôt qu'il a la tête posée sur l'oreiller, il s'endort en moins de trois minutes pour les quatre heures de sommeil dont il a besoin pour être au maximum de ses capacités.

Quant à voir sa mère en songe, c'est une autre histoire. Helen Mac Lewod, descendante d'une illustre famille écossaise épousée par intérêt plus que par amour, est morte dans un accident de voiture un matin pluvieux d'octobre. Arthur, qui avait dix ans à l'époque, et sa sœur, de deux ans son aînée, ont été soigneusement tenus à l'écart des obsèques par un père qui ne voulait pas que ses enfants s'engourdissent dans la mélancolie et par une famille qui estimait que les enfants ne devaient pas voir leurs parents pleurer, fût-ce à l'enterrement d'une épouse, d'une sœur, d'un enfant. Arthur et Élise furent couverts de baisers mouillés, de cadeaux exagérés, de compliments. Puis chacun regagna ses pénates avec l'impression du devoir accompli et la conviction qu'Alexandre saurait se débrouiller avec sa progéniture.

Il s'en est si bien occupé qu'Arthur ne garde qu'un vague souvenir de sa mère, un parfum enivrant et doux, une robe à fleurs qu'elle portait en été, le souvenir d'un baiser le soir au moment du coucher. Arthur refrène un soupir et se souvient des consignes de son père : les émotions, ça se maîtrise, les sentiments, ça se méprise. C'est ça. Ne pas se laisser aller à la sensiblerie. Pourtant, il ne peut s'empêcher de repenser à ce rêve. Que signifie cette phrase : « Parfois, il vaut mieux s'enfuir que subir » ? Qu'est-ce que sa mère a cherché à fuir ? Que venaient faire ce terrain de football, ce stade vide, ces défenseurs, ce Falkenberg monstrueux ? Tout cela est incohérent.

Un peu comme le discours de l'ancienne ministre qui le tracasse comme un moustique bourdonnant dans une chambre au milieu de la nuit. De quel droit s'est-elle permis de brocarder son idéal de hamster avec cet exaspérant petit sourire en coin ? Pourquoi comparer deux époques si différentes, la reconstruction de la France au lendemain de la Seconde Guerre mondiale et le nouveau monde, prévisible et organisé, qu'administrent les BOLA depuis la Grande Catastrophe ? Les valeurs que son père lui a inculquées sont peut-être moins nobles que la foi, l'amour et la politique, mais elles sont bien plus efficaces et adaptées à ce changement d'ère. Pour autant, fallait-il qu'elle soit exfiltrée si brutalement ?

Arthur finit par se lever. Il se dirige vers sa salle de sport, enfourche son vélo elliptique et pianote sur l'écran à la recherche d'un programme qui lui permettra de se changer les idées. Il choisit « Cartel de Medellín 1993 » mais se lasse au bout de cinq minutes. Il opte ensuite pour « Orpailleurs en Guyanne » mais l'ennui le gagne tout aussi rapidement. Il sélectionne enfin « Liban 1982 » en espérant que la poussée d'adrénaline d'une guerre civile l'aidera à penser à autre chose qu'à la soirée de la veille. En vain. Ce n'est pas la première fois que des individus sont évacués devant ses yeux, mais jusqu'à présent Arthur ne s'était jamais demandé ce qu'il advenait d'eux. Il faut dire que les procédures mises en place par Opale sont si rapides et tellement silencieuses qu'on a l'impression que les fauteurs de troubles ont à peine le temps de déranger l'ordre public avant de disparaître en un clin d'œil. Mais pour aller où ?

Arthur s'allonge par terre et fait une série de cent pompes, trois cents abdominaux et cinquante squats pour oublier cet idéal de hamster qui revient sans cesse et qui le vexe. Profitant d'une pause entre deux rendez-vous, il a glané quelques renseignements au sujet de Nicolas Dufour, le sexagénaire débraillé qui cherchait à entrer en contact avec son fils dans le métro. Il est au courant des brimades psychologiques et des châtiments corporels qu'il a fait subir à Baptiste, de sa maladie en phase terminale et du métier d'huissier qu'il exerçait jadis avec un zèle sadique. Arthur a même eu accès à son historique de navigation et aux sites inavouables qu'il consultait à ses heures dévoyées. Mais il n'a aucune information sur le lieu où Nicolas Dufour se trouve à l'heure actuelle. Où diable vont ces gens ?

Arthur se recouche, conscient qu'avec un déficit de sommeil d'une heure vingt-huit, il ne sera qu'à 73 % de ses capacités le lendemain. Il ferme les yeux et essaye de s'endormir. Mais le doute vient s'insinuer à mesure que les visages de ceux qu'il a vu disparaître surgissent les uns après les autres. À quoi bon récompenser quelques méritants si c'est pour abandonner le plus grand nombre sur le bas-côté de la route ? Arthur se souvient de ses premiers temps à l'Agence française de notation des individus, de sa fierté lorsqu'il a été promu directeur des récompenses et promotions exceptionnelles. Est-ce que cela valait le coup de faire autant d'efforts ?

Depuis son plus jeune âge, Arthur a scrupuleusement obéi aux commandements paternels. Tu es plus fort que les autres. Ne mets pas un genou à terre. Pense au coup d'après. Sois digne du nom que je t'ai donné. Plus que quiconque, Arthur sait dompter ses émotions. Cela ne l'empêche pas d'être tourmenté par un rêve absurde et un discours alcoolisé.

Il se lève et va boire un verre d'eau glacée. Dehors, la ville dort à poings fermés. D'habitude, il serait fier d'être sur le pont avant tout le monde, les mains posées sur le gouvernail et le regard tourné vers l'horizon comme à l'époque où il enchaînait les quarts de nuit sans montrer un quelconque signe de fatigue tandis que ses équipiers dormaient, bercés par le ressac. Mais là, c'est différent. Comme des oiseaux de mauvais augure, les mêmes pensées reviennent à chaque fois. Pour quoi faire ? À quoi bon ?

Il tente de se rassurer en procédant à un rapide récapitulatif : maître de l'intelligence artificielle, Bubble contrôle tout ce qui a trait à la culture, au savoir et à l'éducation. Grâce à sa maîtrise des objets connectés et à ses millions d'employés, Opale est responsable du maintien de l'ordre. Fort de sa parfaite connaissance de l'opinion publique, Logbook se charge de la politique, tant au niveau local que global. Avec ses milliers d'entrepôts et les millions de commerces qui dépendent de ses approvisionnements, Abalone administre le commerce et la distribution dans le monde entier. Ce monde est bien fait, prévisible et organisé. Pourquoi douter ? Il appelle Élise.

– Arthur ? Mais qu'est-ce qui te prend ? Il est cinq heures du matin !

– Cinq heures quarante-cinq exactement. J'espère que je ne te dérange pas.

– Je préférerais que tu m'appelles à des heures normales.

– Moi non plus tu ne me déranges pas, ajoute Marcel d'une voix hagarde.

– Quelque chose ne va pas ?

– Je pensais à cette femme que l'on a croisée hier soir, tu sais, la ministre.

– Et alors ?

– À ton avis, où vont ces gens qui disparaissent ?

– Je n'en ai aucune idée et cela ne m'intéresse pas. C'est pour ça que tu m'appelles ?

– Oui. Enfin, pas seulement. Puisqu'on parle de disparition, je voulais savoir si tu te souvenais de l'accident de maman.

– Pas plus que ça. Je n'avais que douze ans quand c'est arrivé. Mais dis-moi, tu n'as rien de mieux à faire que ruminer des pensées sinistres ? Et si tu faisais un peu de vélo pour te changer les idées ?

– J'ai essayé mais cela ne marche pas. Maman m'est apparue en songe cette nuit et je me demandais si…

– Laisse tomber. Les rêves, les cauchemars, le subconscient, tout cela n'a pas grand intérêt à l'heure de la révolution numérique. Quelles données veux-tu que l'on récupère de tout ça ? Bon, c'est tout ce que tu avais à me dire ?

– Oui, c'est tout.

– Bonne nuit.

– Je ne sais pas si je vais me rendormir.

Arthur raccroche et fait trois pas en direction de la fenêtre. Il observe l'Arc de Triomphe dans la pénombre quand soudain, c'est le déclic. Tous ces gens ne peuvent pas disparaître complètement. C'est impossible. Ils doivent forcément être quelque part dans la nature, quelque part où il va aller les chercher pour leur offrir une seconde chance, conformément à la promesse de Stan Bobs selon laquelle il n'est jamais trop tard pour mieux faire. La voilà, l'innovation de rupture qu'il va présenter à Falkenberg ! Le voici, l'idéal des BOLA qu'il pourra opposer à cette politicienne condescendante ! Ce n'est pas si compliqué que ça d'avoir un idéal ! Il suffit de se poser les bonnes questions. Et le mieux dans tout ça, c'est qu'il va battre Damien à plate couture ! Enthousiaste, Arthur rappelle sa sœur.

– Élise, je viens d'avoir une idée !

– Ah ! Écoute, Arthur, là, pour le coup… Oh, ah… tu me déranges… Aïe ! Moins fort, Marcel !

– Je vais partir à la recherche de ceux qui ont disparu pour leur offrir une seconde chance.

– …

– C'est une super idée, non ? Qu'est-ce que tu en penses ?

– C'est une très bonne idée, souffle le compagnon d'Élise. Mais sans vouloir t'offenser, est-ce que l'on pourrait en reparler plus tard ?

Fou de joie, Arthur se précipite vers la cuisine pour se préparer un café. Il sait qu'il va dépasser son quota hebdomadaire de caféine mais cela ne le dérange pas de faire une entorse au règlement. Son innovation va changer la vie de tant de personnes ! Plonger dans les tréfonds du classement pour en extraire le meilleur pour le bien de tous, c'était donc cela, sa vocation ! Arthur ne sera pas un soldat sans cause, ni un chevalier sans bannière. Il regarde sa montre. Six heures et quart. Il est encore un peu tôt pour appeler son père.

*

Une demi-heure plus tard, Arthur court à longues enjambées vers les locaux de l'AFNI. Profitant des bureaux déserts, il pianote sur son ordinateur à la recherche d'éléments lui permettant d'en savoir plus sur ces mystérieuses disparitions. Il étudie la carrière de l'ancienne ministre, se renseigne sur son bastion électoral et analyse la loi qui porte son nom. Elle était sur le point d'obtenir un ministère régalien et pouvait rêver de Matignon quand tout s'est effondré. Quel dommage, se dit Arthur en parcourant les articles qui lui sont consacrés.

Il poursuit sa recherche avec un chef d'entreprise atteint de la maladie d'Alzheimer interpellé alors qu'il se masturbait en pleine rue, prétendant comme Diogène le Cynique que cela serait bien pratique si on pouvait satisfaire sa faim de la même façon, en se frottant le ventre. Grossiste en viandes au marché de Rungis, René Bichonnet a travaillé dix-huit heures par jour pendant quarante-cinq ans, ne ménageant ni son corps, ni sa famille, ni ses équipes. Voyant la maladie arriver et désespéré par la concurrence d'Abalone, il a lutté de toutes ses forces pour repousser l'inéluctable. Il a rempli des centaines de grilles de mots croisés et joué des heures au sudoku pour stimuler son intelligence, allant même jusqu'à apprendre le dictionnaire par cœur. La démence l'a rattrapé à la lettre D.

Arthur s'intéresse ensuite à Maxime de Chassipoulet, un jeune homme de bonne famille qui se piquait de littérature et de poésie. Mais ses sonnets sombres, inspirés de Leconte de Lisle et de Lautréamont, n'ont jamais pu passer les fourches caudines du comité poétique de Bubble qui a rejeté toutes ses compositions. Embauché comme stagiaire dans le cabinet vétérinaire de son oncle, l'adolescent s'est vengé de ses détracteurs en torturant les animaux qui lui étaient confiés. Il s'est débattu sauvagement au moment de son arrestation par les agents d'Opale.

Arthur glane çà et là quelques informations, mais à sa grande surprise les sources se tarissent à mesure que l'on se rapproche de l'heure où ces gens ont disparu. Pire, les informations qu'il a pu collecter sur Nicolas Dufour sont désormais inaccessibles. Les sites qu'il consultait la veille sont remplacés par des écrans noirs sur lesquels on peut lire l'habituel slogan : « Nous sommes tous connectés mais certains sont plus connectés que d'autres. » Arthur étend ses investigations aux annuaires professionnels, aux registres d'état civil et même aux bases de données médicales auxquelles son statut d'A1 lui donne accès. Il ne trouve rien.

Le *chief congratulating officer* de l'AFNI en profite pour imaginer le centre de reconstruction qui offrira aux exclus la perspective d'un retour en grâce. Il se documente sur le phalanstère de Charles Fourrier, le Sillon de Marc Sangnier et les mouvements d'éducation populaire du début du XXe siècle, ce qui lui permet de dessiner les plans de ce lieu d'accueil, d'en calculer les coûts de fonctionnement et d'élaborer des programmes et des emplois du temps spécifiques pour chaque cas. Aiguillonné par ce projet qui le stimule infiniment plus que la perspective de décerner des satisfecit provisoires, Arthur dégage une telle énergie en utilisant le pédalier mis à sa disposition que tout un étage de l'agence en est illuminé. Il ne s'en rend pas compte, pas plus qu'il ne réalise que les premiers collaborateurs de l'agence sont arrivés.

– Salut, Arthur. Tu sais quoi ? J'ai brûlé neuf cent vingt calories avec Daphné ce matin. Cette fois-ci, je crois que je t'ai battu !

– Bonjour, Damien. Je ne t'avais pas vu rentrer, répond Arthur sans lever la tête de son écran.

– Alors ?

– Je m'incline pour aujourd'hui, mais je ne m'avoue pas vaincu.

– Qu'est-ce que tu fais ?

– Quelques recherches pour la conférence de Falkenberg. Je t'en parlerai tout à l'heure.

– Volontiers.

– Bon, je m'y remets.

– Tu n'as pas oublié quelque chose ? demande le *chief punishing officer* de l'AFNI.

– Quoi ?

– Ton premier rendez-vous est devant la porte. Elle t'attend depuis plus de dix minutes.

– Oh, pardon ! Peux-tu la faire rentrer ?

Damien sort et laisse la place à une femme d'une quarantaine d'années aux cheveux gris et aux yeux cerclés d'une épaisse couche de khôl. Habillée de vert de la tête aux pieds parce que c'est la couleur de l'espoir, Marie-Odile Mignart-Touplin sautille vers Arthur avec une jovialité démonstrative.

– Comme je suis heureuse de faire votre connaissance ! J'ai tellement entendu parler de vous et de votre rôle éminent au sein de l'AFNI.

– Veuillez m'excuser de ne pas vous avoir accueillie plus tôt. Je travaillais sur une innovation révolutionnaire, rétorque Arthur qui décide de garder sa recherche ouverte.

– Oh, mais ce n'est pas grave du tout ! Cela m'a laissé le temps de me renseigner sur les dernières médailles que vous avez attribuées. Je suis très contente que Coralie Dansonqueur ait reçu une seconde médaille d'or. C'est mérité parce que c'est vraiment une belle personne.

– Oui.

– J'ai a-do-ré son dernier livre, s'extasie-t-elle en détachant chaque syllabe. Elle est tellement aimable et moi j'éprouve beaucoup de plaisir à aimer les gens. Vous aussi, je crois ?

– Bien entendu, mais comme nous sommes en retard, pourriez-vous m'expliquer l'objet de votre visite ? Si j'ai bien compris, vous visez une médaille vous aussi ?

Spécialiste reconnue de l'ouverture des chakras en open space, Marie-Odile Mignart-Touplin a une longue carrière de conférencière derrière elle et des techniques éprouvées pour « prendre un licenciement avec le sourire », pour « voir le bon côté d'une réunion qui débute à 20 heures » ou encore pour « accueillir avec bienveillance les hurlements de votre N + 1 ». Mais elle voudrait aller plus loin. Il y a tellement de bonnes actions méconnues et de belles pensées cachées qu'il serait dommage de ne pas les capter pour permettre aux plus gentils de sortir du lot et d'être récompensés.

Arthur l'écoute d'une oreille distraite tout en poursuivant ses recherches. Voyant qu'il prend des notes et sentant qu'elle a partie gagnée, Marie-Odile arbore un sourire extatique.

– C'est pour cela que j'ai développé une application qui cartographie la gentillesse étage par étage !

– …

– Voilà.

– …

– Qu'en pensez-vous ?

– Comment ? Vous me parliez ?

– J'espère que mon indicateur de gentillesse me vaudra une médaille d'or. Ce serait tellement gentil de votre part de me l'accorder !

– Ah oui. Bien sûr. Écoutez, il faut que j'analyse votre dossier de plus près. Pourriez-vous m'en laisser une copie ? Voilà. Merci. Je reviens vers vous le plus rapidement possible.

*

Arthur est en train d'envoyer un message à son père quand il reçoit un appel de Marcel.

– J'espère que je ne te dérange pas. Parce que je sais que tu as des journées à rallonge. Et parce que cela me gêne d'importuner mes amis quand ils sont occupés.

– Tu ne me déranges pas.

– Tu as deux minutes ?

– Puisque je te dis que tu ne me déranges pas ! s'impatiente Arthur. Tu veux me parler d'Élise ? Si c'est le cas, sache que j'ai renoncé depuis des années à lui imposer quoi que ce soit.

– Ce n'est pas à propos d'elle.

– Je t'écoute.

– Voilà, je voulais te parler de ton projet.

Arthur se renfrogne. Il vient juste d'avoir une idée lumineuse, et déjà on vient lui mettre des bâtons dans les roues.

– Eh bien ?

– Écoute, je ne sais pas comment te le dire parce que je n'aime pas faire de la peine aux gens. Mais…

– Mais quoi ?

– Je pense que ce n'est peut-être pas une si bonne idée que ça. Sans vouloir être méchant, je crois que si ces gens ont disparu, c'est qu'il y a une bonne raison.

– C'est justement pour cela que je veux les aider à s'en sortir.

– Arthur, je ne prétends pas avoir de l'autorité sur toi parce que tu es A1 et moi je ne suis qu'A2. Mais crois-moi, si les BOLA n'y ont pas pensé avant, c'est parce qu'ils avaient de bonnes raisons de ne pas le faire.

– Tu ne penses pas que ces gens peuvent avoir le droit à une seconde chance ?

– Je crois que cela ne vaut pas le coup de s'exposer à des sanctions. Tu pourrais te mettre des gens à dos, des gens importants pour ta carrière et pour celle de ta famille au sens large. Et tout ça pour quoi ? Pour aider des salauds qui ont mérité le sort qui leur est réservé ? Ce n'est pas raisonnable. Comme le dit ta sœur, ceux qui sont classés en catégorie E sont fragiles comme des bibelots. Laisse les bibelots tranquilles et occupe-toi de ceux qui méritent la reconnaissance de la communauté.

– Je vais y réfléchir, coupe Arthur avec agacement. Maintenant, je dois te laisser car j'ai beaucoup de travail.

– Comme tu voudras.

Arthur raccroche. Le *chief congratulating officer* jette un œil à son agenda. Une coach pour nourrissons, l'inventeur d'un antistress pour vieillards sursollicités et un digital podologue vont se succéder dans son bureau jusqu'à la fin de la matinée pour glaner qui une médaille, qui une promotion à la catégorie supérieure. Il ferme les yeux et pousse un long soupir. Non, il ne renoncera pas à son projet d'Institut de la seconde chance sous prétexte que Marcel a la trouille ! Ce serait trop facile.

Soudain, Arthur entend un hurlement et un bruit de verre cassé. Il se lève et se précipite vers le bureau de Damien.

Chapitre 8

Quelques minutes auparavant, Damien recevait Gédéon Nguyen, un colosse vietnamien de deux mètres vingt-quatre et cent trente kilos venu se plaindre d'une injustice flagrante.

– Je ne comprends pas pourquoi vous m'avez convoqué. Je respecte scrupuleusement tous les commandements des BOLA. Je mange dix fruits et légumes par jour. Je fais quinze heures de musculation par semaine et je m'assure que mon hygiène de vie est irréprochable. J'actualise mon statut à chaque fois qu'on me le demande et j'achète dans la quinzaine les dernières nouveautés pour qu'aucun de mes objets ne soit frappé d'obsolescence. Bref, je fais tout ce que l'on me demande et plutôt que d'être récompensé, je suis rétrogradé en catégorie D. Est-ce que cela vous semble normal ?

– C'est justement ce que l'on vous reproche, coupe le directeur des sanctions de l'AFNI. Vous ne faites preuve d'aucune originalité. Il ne suffit pas d'obéir aux règles. Encore faut-il les dépasser.

– Mais que voulez-vous que je fasse ? s'emporte le géant. Que je lève de la fonte avec les yeux bandés ? Que je mette un tutu de danseuse quand je vais courir au parc ?

– Ne vous moquez pas de moi car cela pourrait mal finir ! s'énerve Damien. Ce que vous faites, n'importe quelle machine peut le faire. Et non seulement le fera-t-elle, mais elle le fera mieux que vous. Tenez-le-vous pour dit et agissez en conséquence !

– Quelle machine ? Une machine pour lever de la fonte ?

– Ça suffit ! J'espérais dénicher un cobaye pour tester ma dernière innovation. Il faut croire que je n'aurai pas eu longtemps à attendre pour le trouver.

Damien appuie sur un bouton.

– Monsieur Nguyen, vous êtes effacé.

– Comment ça, effacé ?

– Votre enveloppe physique est encore là mais votre existence numérique a disparu. J'ai effacé à distance tout le contenu de votre disque dur et celui de toutes vos sauvegardes. J'ai fermé tous vos comptes sur les réseaux sociaux. Dorénavant, vous êtes une page blanche. Et pour prix de votre insolence, je vous fais passer en catégorie E.

Gédéon pianote fiévreusement sur son portable. Il n'a plus rien, ni images, ni contacts, ni réseaux. Son téléphone est vide, désespérément vide.

– Mais vous ne pouvez pas me faire ça ! Vous ne pouvez pas m'effacer comme ça ! C'est injuste ! C'est ignoble ! hurle-t-il.

– C'est trop tard, tranche Damien.

– Non, ce n'est pas trop tard ! Vous pouvez certainement appuyer sur un bouton *reset*. Vous ne pouvez pas me faire ça ! Mon père est mort sur un bateau de boat people quand j'avais deux ans. Nous avons tout reconstruit alors qu'on avait une belle situation à Saigon et un palais à Danang. Ma mère est morte il y a six mois. C'était ma seule famille.

Damien feuillette distraitement le dossier du candidat suivant.

– Si vous me coupez de tous ceux qui suivent ma progression depuis cinq ans, je n'ai plus rien. Je ne suis plus rien !

Gédéon se lève brusquement. Il prend le bureau de Damien et le projette contre la vitre qui se fracasse en mille morceaux. Arthur arrive quelques instants plus tard et voit le colosse assis par terre, sanglotant comme un enfant.

– Mais j'apprends à coder ! hoquette Gédéon entre deux sanglots.

– Tout le monde fait du code, répond Damien, imperturbable.

– Venez, je vais vous raccompagner, glisse Arthur en se penchant pour soulever les cent trente kilos de détresse.

Quand il revient, Damien est en train de ramasser quelques affaires dans les débris de verre. Il se lève, époussette une cadre où l'on peut lire le slogan qu'il a choisi quand il étudiait à Stanford : *Gladius legis custos.* Le glaive gardien de la loi. Le directeur des sanctions de l'AFNI arbore un large sourire.

– Qu'est-ce que tu en penses, de mon innovation ?

– Je ne comprends pas très bien.

– C'est très simple, pourtant. J'ai développé une application qui permet d'effacer à distance toutes les sauvegardes informatiques de quelqu'un et de le supprimer instantanément de tous les réseaux sociaux pour le mettre hors d'état de nuire. Comme tu peux le constater, le résultat est spectaculaire !

– C'est assez radical.

– C'est surtout très écologique. Songe à toutes les photos ratées que les gens gardent par acquit de conscience, à tous les documents inutiles qu'ils archivent au cas où et à toutes les chansons débiles qu'ils n'écoutent qu'une fois de temps en temps. Ça pompe une énergie folle de conserver toutes ces niaiseries. Et puis j'aime l'idée d'effacer la mémoire de quelqu'un.

– Tu penses à quelqu'un en particulier ?

– À mon père. Je pense à lui à chaque fois que j'accomplis quelque chose dont je ne me serais pas cru capable.

– Ah bon, pourquoi ?

– Pour lui cracher ma réussite à la figure ! Et toi, quelle est ton innovation ? J'espère que c'est une bonne idée, parce que cela me ferait de la peine de battre un Arthur en panne d'inspiration.

– Cela ne risque pas d'arriver ! Tu ne seras pas étonné si je te dis que mon projet n'a pas grand-chose à voir avec le tien. En fait, il s'agit d'un programme révolutionnaire qui va changer la vie d'un grand nombre de personnes. Je l'ai baptisé Institut…

Arthur n'a pas le temps de finir sa phrase car son père l'appelle. Il décroche et sort précipitamment de l'agence pour lui parler plus tranquillement, car c'est à lui qu'il veut réserver la primeur de sa révélation.

– Comment vas-tu, papa ?

– Très bien. Je sors de mon premier cours de voltige aérienne. C'était fantastique ! Je me sens comme un gamin de vingt ans. D'autant que l'instructeur m'a dit que ses élèves les plus jeunes progressent moins vite que moi. Et toi, quoi de neuf ? Au son de ta voix, j'ai l'impression que tu as de bonnes nouvelles à m'annoncer.

– C'est le moins que l'on puisse dire. Est-ce que tu te souviens de l'ancienne ministre qu'on a croisée hier après-midi ?

– Oui.

– Je l'ai revue quelques heures plus tard. Je sortais de *Prenez-en de la graine* avec Élise et Marcel. Elle nous est tombée dessus, passablement bourrée, d'ailleurs.

– Cela ne m'étonne pas qu'elle ne sache pas rebondir après un échec. Voilà ce qui arrive quand on a été choyé pendant trop longtemps.

– Pourtant, elle m'a tenu un discours qui m'a intéressé. Elle a parlé des trois grâces qui l'ont animée, la foi, l'amour et la politique qu'elle a opposées à mon idéal de hamster, sous prétexte que je cours tout le temps pour atteindre mes objectifs. Cela m'a passablement énervé, d'ailleurs.

– Je te comprends.

– Et puis elle a prononcé cette phrase qui m'a fait réfléchir : fais attention à ceux que tu croises en montant, tu les croiseras aussi en descendant.

– Une philosophie de l'ascenseur, en somme.

– En tout cas, cela m'a poussé à m'intéresser à tous ces gens qui disparaissent sans laisser de traces. Et c'est comme ça que j'ai trouvé une fabuleuse innovation pour la conférence de Falkenberg !

Arthur descend la rue Royale à grandes enjambées. Il se souvient de ses études à Polytechnique, quand il faisait les cent pas dans la chambre d'étudiant tout en exposant ses projets de recherche à son père. Arthur marche si vite qu'il est pratiquement en train de courir.

– En quoi est-ce que cela consiste ? demande Alexandre avec circonspection.

– Je vais leur offrir une seconde chance. Je vais les aider à comprendre pourquoi ils ont failli et leur donner des outils pour qu'ils puissent rebondir dans d'autres circonstances. Il n'y a pas de raison qu'ils n'arrivent pas à apprendre de leurs échecs.

– …

– Tu ne peux pas savoir à quel point je suis heureux d'avoir trouvé un projet stimulant intellectuellement et porteur de sens. Parce que tu vois, papa, je commence à en avoir assez de décerner des récompenses temporaires à des gens qui sont déjà en haut de l'échelle. Ce dont j'ai besoin, c'est d'une cause noble.

– …

– Et puis j'ai pensé à toi quand tu m'encourageais à me relever après un plaquage brutal ou quand mon voilier avait dessalé. Tu avais raison et tu sais combien je t'en suis reconnaissant. À mon tour d'aider les autres à se relever. C'est quand même autre chose qu'un idéal de hamster, non ?

Arthur ralentit le pas. Il observe la place de la Concorde, qui fut le théâtre de tant de grands événements, et sourit, fier et heureux.

– Je me suis souvenu des valeurs dont tu m'as parlé depuis mon enfance. L'abnégation, la force, le courage. Si tu m'as éduqué avec un tel niveau d'exigence, ce n'est pas pour que j'en profite égoïstement, sans rien donner aux autres. Tu ne crois pas ?

– Mais tu apportes déjà beaucoup avec ce que tu fais. Pourquoi t'intéresser aux loosers ?

– Mon Institut de la seconde chance ne te plaît pas ? demande Arthur, interloqué.

– Je trouve que c'est l'idée la plus stupide que j'ai entendue depuis longtemps et je suis consterné qu'elle vienne de toi. Si ces gens sont éliminés, c'est parce qu'ils l'ont mérité. *Vae victis.* Malheur aux vaincus. Et toi, la bouche en cœur, tu vas aller aider ces mauviettes à se relever ? Franchement, tu n'as rien trouvé de mieux à faire que jouer au Bon Samaritain ?

– Je…

– Tu me parles d'abnégation, de force et de courage. Je ne vois pas ce que cela vient faire là-dedans. Je ne vois pas à quoi ça rime de s'intéresser à des nazes. Et je me demande si quelque part je ne me suis pas planté dans ton éducation pour que tu viennes me bassiner avec ton imbécile quête d'idéal. Faut-il que je te rappelle le merdier que nous a laissé ton grand-père avec ses utopies ? En cas de victoire, elles aboutissent à la démesure ; en cas d'échec, à la dépression. C'est ce qui est arrivé à ton grand-père qui a passé son temps à se plaindre du monde qui ne tournait pas dans le sens où il voulait. Arrête de rêver et reviens à la réalité !

– Mais…

– J'ai travaillé jour et nuit pour réparer les bêtises où ses rêveries nous ont menés. Alors si tu veux tout laisser tomber, si tu considères que mes efforts n'en valaient pas la peine, change de nom et oublie-moi !

Arthur est abasourdi. Il s'adosse au mur de l'hôtel de la Marine pour reprendre ses esprits.

– Comme tu le sais, ce n'est pas mon genre de brosser les gens dans le sens du poil. Surtout quand je constate qu'ils sont sur le point de commettre une énorme erreur. Je suis sûr que tu trouveras une meilleure idée.

– Je vais réfléchir à ce que tu viens de me dire.

– Sache que je ne t'en veux pas de t'être égaré. Et n'oublie pas qu'il y a quelque part dans le monde un Chinois, un Brésilien ou un Indien…

– … qui fait mieux que moi ce que je suis en train de faire.

– Exactement. Alors bouge-toi si tu ne veux pas qu'il prenne ta place !

Arthur raccroche, déçu et énervé. Ce n'est pas le ton qu'Alexandre a employé qui l'agace, car il l'a toujours entendu s'exprimer ainsi. Ce n'est pas non plus le mépris qu'il affiche à l'endroit des mauviettes, comme il les appelle, car cela correspond à ses convictions. Mais c'est cette incapacité à envisager un autre chemin que celui qu'il a tracé pour son fils qui l'indigne. Au nom de quoi lui dénie-t-il le droit d'avoir une cause à défendre ? Serait-il si intransigeant si cette idée plaisait à l'adjointe de Falkenberg ?

Pour se calmer, Arthur décide d'aller faire un tour au jardin des Tuileries. Son prochain rendez-vous pourra bien attendre quelques minutes. En chemin, il croise un trio de culturistes qui trottinent fièrement, les pectoraux saillants et les mollets épilés. Connards, connards, connards, marmonne-t-il en s'écartant pour les laisser passer.

Il n'a pas le moins du monde envie d'imiter le Bon Samaritain. Mais il ne voit pas pourquoi il renoncerait à son Institut de la seconde chance. Eh, quoi ! N'y aurait-il aucun espoir de reconversion pour l'ancienne ministre, de tranquillité pour René Bichonnet et d'apaisement pour Maxime de Chassipoulet ? Arthur crache par terre et reçoit aussitôt une notification : « Pour des raisons d'hygiène et de bienséance, expectorer sur la voie publique n'est pas recommandé. » Connards, connards, connards, maugrée-t-il en pressant le pas.

Arthur sort des Tuileries et emprunte la rue Saint-Florentin pour retourner au bureau. Après tout, quel mal y a-t-il à être idéaliste ? Pourquoi faire de son grand-père un contre-exemple absolu ? Avisant un petit caillou rond par terre, Arthur donne un grand coup de pied dedans, comme s'il voulait transformer un essai. C'était un œuf de pigeon. Connard, connard, connard, ronchonne-t-il en nettoyant son soulier.

*

Arthur est d'une humeur exécrable quand il arrive au bureau. Il bouscule le vigile qui filtre les entrées, traverse l'atrium sans prêter attention à ses collaborateurs et s'enferme dans son bureau sans rien dire à personne. Il a bien remarqué une grande blonde qui fait les cent pas dans le couloir mais il s'est dit qu'elle pourrait bien attendre quelques minutes de plus.

Mais la femme s'impatiente et finit par tambouriner sur sa porte avec un air exaspéré.

– Bonjour monsieur Grandin, dit-elle avec un fort accent germanique. Je ne peux pas attendre plus longtemps car j'ai un stage qui commence dans une demi-heure à l'autre bout de Paris. Cela ne devrait pas être long.

– J'espère bien, bougonne Arthur. Que me voulez-vous ?

Jessica Bleudstein a inventé le bilan de compétence pour enfants de moins de trois ans. Elle explique avec un enthousiasme teutonique les avantages de sa méthode, qui permet de déceler très en amont les profils les plus prometteurs et d'éviter les mauvaises orientations qui aboutissent vingt-cinq ans plus tard à des impasses professionnelles. Tel nourrisson aura intérêt à prendre des cours de théâtre plutôt que de pratiquer le violon. Tel autre ferait mieux de s'adonner au yoga plutôt qu'au tennis… Arthur s'ennuie. Il regarde son téléphone – qui affiche un taux de correspondance honorable de 72 % – et songe à ce qu'il aurait pu répondre à son père.

– On ne dira jamais assez à quel point le cerveau des nourrissons est malléable. Ils peuvent tout apprendre, tout comprendre !

– Bien sûr, répond Arthur, qui n'a pas écouté un mot de sa présentation.

– Voilà. J'ai fini.

– Très bien. Merci. Au revoir.

– Au revoir ? Et ma note ? Et ma médaille ?

– Pour la médaille, on verra plus tard. Pour la note, je vous fais passer en B2.

– Quoi ? Mais j'étais B3 en arrivant ici ! s'exclame l'Allemande. Vous n'êtes pas sérieux, j'espère.

– Évidemment que je suis sérieux ! tonne Arthur. Vous harcelez mes équipes pour obtenir un rendez-vous alors que mon agenda est plein ! Vous arrivez avec un quart d'heure d'avance et tapez à ma porte comme si vous vouliez la briser ! Vous venez m'emmerder avec un projet débile alors que j'ai d'autres chats à fouetter ! Je consens malgré tout à vous monter d'un échelon mais cela ne vous suffit pas. Vous ne croyez pas qu'il y a des projets plus intéressants que le vôtre ? Vous n'avez rien de mieux à faire que tourner dans une roue comme un imbécile de hamster ?

– Vous êtes complètement fou !

– Foutez-moi le camp avant que j'appelle le directeur des sanctions ! hurle Arthur en décrochant son téléphone.

Mais il n'a pas le temps de composer le numéro car Jessica Bleudstein est partie en claquant la porte. Une adolescente déboule aussitôt dans le bureau du *chief congratulating officer* avec un pas assuré.

– Qu'est-ce que tu fais là, toi ? Tu t'es trompée d'étage. La salle des enfants est au quatrième étage.

– J'ai le droit d'être là, répond la jeune fille avec une voix traînante et un fort accent américain.

– Fiche-moi le camp avant que je te mette à la porte ! s'énerve Arthur.

Il n'a pas le temps de mettre ses menaces à exécution puisque Laura et Damien viennent d'entrer dans la pièce.

– Arthur, je te présente Aphrodite Pitifoule. C'est l'adjointe de Jack Falkenberg dont je te parlais hier…

Chapitre 9

Arthur dévisage la jeune fille qui se tient devant lui avec un aplomb lié autant à son jeune âge qu'à sa position élevée dans la hiérarchie de Logbook. Ainsi donc, c'est elle, la numéro 5 de l'organisation. Il observe son visage long, ses yeux en amande, sa moue boudeuse, ses interminables cheveux noirs et son corps qui semble hésiter entre l'enfance et l'adolescence.

Aphrodite Pitifoule a beau n'avoir que quatorze ans, c'est déjà un joli brin de femme. Le directeur des promotions et récompenses exceptionnelles de l'AFNI sent son téléphone qui vibre dans sa poche. Discrètement, il jette un coup d'œil à la notification qu'il vient de recevoir : 82 % de correspondance ! Arthur lève les yeux au ciel et se dit que le zèle que cette application de *matching* met à lui proposer des dulcinées est assez malvenu. Car Aphrodite n'est qu'une adolescente. Mais une adolescente ravissante qui a raflé tous les prix de beauté entre l'âge de trois ans et celui de dix ans. Depuis, elle ne veut plus concourir. Ce n'est pas parce qu'elle se sent incapable de gagner. Mais elle a tellement mieux à faire.

La fille de Jonathan Pitifoule, un professeur de mathématiques qui fut le premier à reconnaître les formidables dispositions de Jack Falkenberg pendant ses études secondaires dans un lycée huppé de l'État de New York, et d'Eufemia Agitopoulos, grand prix de beauté grecque à la fin des années 1990, a été adoptée par le fondateur de Logbook après la mort par défenestration de ses parents lors de la Grande Catastrophe. Immergée à plein temps dans la galaxie Logbook et déscolarisée pour ne pas être corrompue par d'autres univers, Aphrodite Pitifoule a dilué son identité dans celle de son mentor au point de pouvoir répondre à sa place quand il est trop occupé pour accorder une interview. Jack Falkenberg a tellement confiance en elle qu'Aphrodite fait partie de sa garde rapprochée depuis son treizième anniversaire.

– Je suis vraiment désolé. Je ne savais pas que c'était vous.

– Savais ? Étiez ?

– Je n'ai pas eu le temps de te prévenir, intervient Laura. Aphrodite ne s'exprime qu'au présent. Il paraît que c'est sa façon de ne pas être ralentie par les lourdeurs de l'ancien monde. Je trouve cela très inspirant.

– Je suis certain que nous travaillerons bien ensemble, annonce Damien.

– Travaillerons ?

– Elle ne parle pas au futur non plus.

– Nous sommes très honorés de faire votre connaissance, reprend Arthur.

– Papa Jack dit que tu es un bon élément.

– Cela me touche beaucoup. Est-ce qu'il connaît notre agence ?

– J'ai envie de manger.

– Allons déjeuner, souffle Laura. J'ai réservé une table dans les salons d'honneur de Maxim's. J'espère que ça lui plaira.

– Plaira ?

La directrice des opérations de l'AFNI est aux petits soins pour l'adjointe de Falkenberg. Mais l'adolescente est capricieuse. Elle refuse tous les mets qui lui sont proposés par un chef qui mène sa brigade d'une main de fer dans un gant de fer. Aphrodite ne touche pas au *disruptive burger* préparé avec une viande hachée cuite à basse température pendant près de trois jours. Elle rejette la salade Silicon Caesar présentée sous la forme d'un circuit imprimé, un plat qui a nécessité une dizaine d'heures de travail acharné, et renvoie le *digital donuts* bardé de câbles électriques. À l'inverse, Damien se jette sur chaque assiette avec l'appétit de celui à qui on a longtemps laissé que des miettes.

Dépité, le restaurateur lui sert les plus précieuses olives grecques et une exceptionnelle moussaka en hommage à son pays maternel. Mais Aphrodite trouve les unes trop piquantes et l'autre trop salée. Elle commande à la place un bol de porridge qu'une serveuse envieuse lui apporte en traînant des pieds.

Car les parents de Cléopâtre Martin avaient de grandes espérances pour leur fille unique chez qui ils ont décelé d'innombrables talents et encore plus de circonstances atténuantes. Quand ils l'ont vu découper des publicités dans des magazines pour faire des collages de robes à l'école maternelle, ils ont vu en elle une future Coco Chanel, le tailleur en moins. Quand ils l'ont entendu triturer les cordes d'une guitare à l'adolescence, ils lui ont prédit un destin à la Janis Joplin, la fin tragique en moins. Quand ils l'ont entendu pousser des cris d'orfraie parce qu'elle perdait au tennis, ils ont pensé à Venus Williams, la couleur de peau en moins. Quinze ans plus tard, Cléopâtre Martin a arrêté ses études pour devenir serveuse. Mais depuis qu'elle travaille chez Maxim's, ils rêvent pour elle d'un destin à la Bocuse. Les étoiles en moins.

– C'est la première fois que vous venez à Paris ? avance Laura, qui tressaille à chaque fois qu'une cuiller entre dans la bouche de l'adolescente de peur qu'elle ne se brûle et qu'elle aille se plaindre auprès de son patron.

– Paris, Séoul ou New York, nous sommes partout chez nous.

– Oui, bien sûr. Mais Paris, c'est la ville de l'amour…

– Une ville très romantique. Vous avez un amoureux ? demande Arthur, qui espère secrètement une réponse positive.

– Papa Jack dit : concentre-toi sur ton travail.

Arthur en soupire d'aise.

La conversation est difficile. Les trois directeurs redoublent d'efforts pour nouer une conversation avec Aphrodite, mais la représentante de Logbook, qui a toutes les peines du monde à articuler une phrase de plus de dix mots, est plus intéressée par son téléphone que par ses interlocuteurs. Elle multiplie les selfies dans des poses langoureuses, tire la langue et s'esclaffe.

Arthur et Damien rivalisent d'ingéniosité, l'un pour faire l'éloge de ceux qui ont su s'emparer du numérique pour s'inventer une nouvelle vie, comme un prélude à son Institut de la seconde chance ; l'autre pour justifier sa sévérité à l'endroit de ceux qui refusent de saisir les perches qui leur sont tendues, en guise d'introduction à son Programme d'effacement numérique. Ils n'ont qu'une hâte, présenter leurs innovations, en particulier Arthur qui se sent pousser des ailes depuis qu'il a un idéal. Mais ils n'obtiennent que quelques bâillements en guise de réponse.

Laura tente sa chance : elle se lance dans un vibrant panégyrique des BOLA, exaltant leur capacité à proposer tous les six mois des innovations radicales et brocardant les lourdeurs de l'ancien monde. Mais elle n'a pas beaucoup plus de succès jusqu'au moment où elle sort son téléphone pour montrer des photos du dernier Burning Man, un festival psychédélique qui se déroule chaque année dans le désert du Nevada. L'adolescente lève les yeux de son écran, hoche la tête et replonge dans son téléphone au bout de quelques secondes.

L'incident vient d'une conversation anodine, quand Laura interroge Aphrodite au sujet des nouvelles règles de modération en vigueur depuis quelques semaines.

– On dirait que Logbook a décidé de ne plus bloquer les contenus haineux et les propos offensants.

– C'est vrai que je les vois pulluler à nouveau depuis quelques jours, ajoute Damien.

– Est-ce que cela veut dire que vous faites confiance aux usagers pour s'autocensurer ?

– J'aimerais bien savoir ce qu'en pense Jack Falkenberg, conclut Arthur.

À ces mots, Aphrodite Pitifoule devient blanche comme un linge. Elle se rejette en arrière sur son fauteuil, écarte les bras loin du corps et lève le menton vers le plafond. Ses yeux sont révulsés et sa bouche est grande ouverte, comme si elle était frappée par une crise d'épilepsie. Arthur se lève, prêt à lui délivrer les premiers soins, mais avant qu'il ait eu le temps de faire un geste, l'adolescente se met à parler. À la grande stupéfaction des directeurs de l'Agence française de notation des individus réunis dans un salon privé du premier étage, Aphrodite parle avec la voix de Jack Falkenberg.

– Puisqu'on est entre nous, on ne va pas se mentir. La lutte contre les *fake news* était une vaste connerie qui a plombé notre cours en bourse pendant près de deux ans, qui nous a demandé une masse d'efforts invraisemblables pour un résultat quasi nul, ce qui nous a prodigieusement agacés en interne. Parce qu'on savait dès le départ que ce serait une vaste fumisterie mais on n'a rien pu faire pour l'éviter. Parce qu'on a dû recevoir des leçons de morale de ces imbéciles de parlementaires qui ne se sont jamais privés de balancer des boules puantes sur leurs adversaires à chaque campagne électorale. Parce qu'il faut dire les choses comme elles sont : lutter contre les rumeurs odieuses, les sites complotistes et les propos haineux, ce n'est pas un métier pour nous. Autant interdire les brèves de comptoir, empêcher les commérages et prohiber les ragots !

Arthur, Damien et Laura sont fascinés par le discours autant que par l'attitude de la porte-parole de Logbook qui dodeline doucement de la tête. Damien en profite pour chiper une poignée de frites disruptives dans l'assiette de sa collègue.

– De toute façon, ce n'est pas cela qui nous empêchera d'avoir le pouvoir. Que vous soyez charcutier à Paris, chirurgien à Rio, ministre à Dakar ou professeur à Tokyo, on sait tout de vous. Tous les parlementaires, tous les ministres sont abonnés à nos services. Et même votre ancien président de la République ne peut s'empêcher de consulter son compte dans les minutes qui suivent son réveil. Comme vous, il y revient trente fois par jour en se sentant coupable d'y passer autant de temps. Comme vous, il est au comble du ravissement quand des centaines de personnes bavent d'envie devant les repas gastronomiques qu'il peut encore s'offrir. Comme vous, il pleurniche, il s'indigne et il ricane bêtement. Et pendant ce temps, nous sommes là, tranquilles, les pieds croisés sur nos bureaux, à regarder l'argent défiler sur notre compte en banque grâce aux algorithmes qui quadrillent vos états d'âme et mesurent votre jalousie.

Aphrodite éclate de rire.

– Mais n'allez pas croire que c'est la convoitise qui est votre moteur. Nous avons pris conscience d'une réalité extrêmement importante et potentiellement très lucrative. On a calculé que la colère est une émotion qui reste trois fois plus longtemps à l'esprit des gens que le rire et la compassion, qui disparaissent encore plus rapidement qu'on ne le pensait, et deux fois plus que l'envie et l'étonnement. Cela vous fait peut-être du bien de partager des contenus amusants ou de verser une larme en regardant une vidéo, mais c'est sur votre colère que repose l'augmentation de notre chiffre d'affaires. On se fiche bien que vous soyez athée ou intégriste, vegan ou carnivore, homosexuel ou abstinent, pourvu que vous foutiez sur la gueule le plus souvent possible ! Parce qu'il y a toujours un ami d'ami que vous n'avez pas vu depuis vingt ans qui publie des contenus détestables et des messages insupportables ! Vous vous êtes inscrits pour retrouver vos proches mais vous revenez vingt fois par jour pour lire les messages de vos ennemis jurés. Et nous, on vous aime bien quand vous êtes en colère, quand vous serrez vos petits poings devant votre clavier. Internautes de tous les pays, exaspérez-vous !

L'adjointe de Falkenberg a cessé d'osciller. Elle ouvre grand la bouche, pose les mains de chaque côté de son assiette et s'effondre la tête la première. Arthur a juste le temps de retirer le bol de porridge pour éviter qu'elle n'y plonge le front. Trois secondes plus tard, Aphrodite ronfle bruyamment.

*

Une fois le premier moment de stupeur passé, les directeurs de l'AFNI se lèvent pour s'enquérir de la santé de la jeune femme. Laura lui touche l'épaule mais elle ne réagit pas. Damien propose de lui « coller une bonne baffe » mais se ravise en voyant le regard effaré de ses collègues. Arthur essaye de lui relever la tête mais Aphrodite grommelle et enfonce son pouce dans la bouche.

– Qu'est-ce que vous en pensez ?

– Son pouls bat faiblement mais elle est encore en vie, annonce Damien, le doigt posé sur sa carotide.

– Elle est crevée. Ça doit être le décalage horaire, dit Laura. C'est quand même un long voyage pour quelqu'un de son âge.

– Je ne vous parle pas de son état de santé mais de sa tirade, ou plutôt du discours de Falkenberg, si c'est bien lui qui parle à travers elle.

– Pertinent.

– Convaincant.

– Cela ne vous choque pas plus que ça ? demande Arthur.

– Moi, ce que je vois, c'est que c'est la voix de son maître, rétorque Damien. C'est une formidable porte d'entrée pour avoir accès à Falkenberg et défendre nos projets. Si tu veux avoir des états d'âme, libre à toi. En attendant, moi je fonce parce que j'ai une innovation à présenter et une compétition à gagner.

– Message reçu.

Arthur secoue Aphrodite plus fermement. L'adolescente ronfle de plus belle et marmonne une phrase : « Il faut aller plus loin que ça, beaucoup plus loin. »

– Qu'est-ce qu'on fait ?

– Je n'en ai aucune idée, mais il faut faire quelque chose. On ne peut pas la laisser comme ça.

– Oh, regardez-la qui s'agite ! On dirait qu'elle est en train de rêver.

– Ça serait presque mignon si elle n'avait pas les cheveux dans les céréales.

– Dépêchons-nous. Nous avons rendez-vous chez Jules-Édouard Tournier dans une demi-heure.

C'est Laura qui trouve la solution. Elle cherche une vidéo de Jack Falkenberg sur son téléphone puis l'approche de l'oreille de l'adolescente. Doucement, comme une chrysalide qui devient papillon, Aphrodite ouvre les yeux, s'étire lentement et se recoiffe avec des gestes ralentis. Elle a retrouvé sa voix de jeune fille, sa moue boudeuse et son vocabulaire limité. Tout va bien, soupire Laura en se levant de table.

*

Quelques minutes plus tard, Arthur et Damien poussent la dirigeante de Logbook vers la sortie de l'établissement. Une fois arrivés rue Royale, ils la jettent dans une camionnette qui les attend en double file. Le chauffeur démarre en trombe.

Peu de temps avant d'arriver place des Vosges, qu'Aphrodite regarde avec autant d'indifférence qu'elle a découvert le Louvre et l'Hôtel de Ville, Arthur reçoit un premier message de sa sœur : « J'ai parlé à papa. » Il fronce les sourcils. Un instant plus tard, son écran s'allume une deuxième fois : « Ton projet part d'un bon sentiment, mais fais gaffe à ne pas te fâcher avec ceux qui comptent. » Puis une troisième notification : « Je ne te suivrai pas sur ce chemin. Le numérique m'a trop apporté pour que je déçoive ceux qui m'ont donné ma chance. » Enfin, une quatrième alerte : « N'oublie pas que l'on peut chuter très vite. Pense à Félix. »

Félix Jolibois est un ami d'enfance qui a grandi dans les mêmes quartiers et fréquenté les mêmes écoles que les Grandin. Titulaire de quatre licences et trois doctorats, il était extrêmement actif sur les réseaux sociaux où il s'affichait tantôt comme chanteur engagé, tantôt comme mannequin pour des marques de sous-vêtements, tantôt comme apôtre de la cuisine vegan moléculaire. Mais une imprudence coupable l'a conduit à une chute brutale. Ses ennemis ont révélé que ses thèses étaient plagiées, que ses photos étaient retouchées et que sa cuisine était insipide. Devant l'avalanche de révélations, Félix a été condamné à s'exposer à la vindicte publique et au jet de tomates pourries sur un pilori ironiquement placé sous l'Arc de Triomphe.

Arthur serre les dents. Il ne pourra pas compter sur le soutien de sa famille. Ce n'est pas grave, se convainc-il. Après tout, il a été habitué à ramer plus fort dans l'adversité. Personne ne l'empêchera de défendre son projet. Personne ne le forcera à renoncer à son idéal. Le sort de milliers de repêchés dépend de sa force de conviction.

Chapitre 10

Sitôt la victoire des BOLA entérinée, les évangélistes numériques du monde entier se sont livrés à une bagarre féroce pour être reconnus comme les zélateurs les plus empressés des nouveaux seigneurs. C'est à qui prouvera le mieux l'antériorité de ses attaches avec la Silicon Valley, la pertinence de ses prédictions et la constance de sa fidélité. Certains sont allés jusqu'en Californie plaider leur cause tout en se faisant des croche-pieds dans les salles d'embarquement de l'aéroport. D'autres ont animé des conférences dans les endroits les plus incongrus et devant les publics les plus improbables. D'autres encore en sont venus aux mains en participant au Défouloir, ce qui a précipité leur élimination. Car ce ne sont pas eux les maîtres du jeu, sinon les dirigeants des BOLA qui ont décidé lors du concile de Berkeley de ne garder qu'une poignée d'évangélistes par pays, afin de disposer d'une armada de propagandistes craintifs et obéissants.

Si Jules-Édouard Tournier fait partie des heureux élus, ce n'est pas pour ses compétences en informatique, ni parce qu'il est le plus fervent prédicateur numérique de Paris, mais parce qu'il s'inscrit dans une lignée qui a su prospérer au cœur du pouvoir depuis plus d'un siècle. Paysan berrichon avide de reconnaissance sociale, Aristide Tournier a découvert la chirurgie maxillo-faciale dans les tranchées de la Grande Guerre. Il a posé les bases de la fortune familiale en reconstituant les gueules cassées des militaires les plus riches, ce qui lui a permis d'accéder à la haute société. Vingt ans plus tard, son fils Adolphe – qui ne voyait aucun mal à porter ce prénom médiéval – a développé cet héritage dans le commerce de détail de beurre, d'œuf et de fromage et la vente en gros de tickets de rationnement. Secrétaire d'État à cinq reprises sous la IVe République, Adolphe Tournier a trahi les siens à chaque changement de majorité, ce qui lui a valu les quolibets de ses opposants et un refrain entonné par les chansonniers : « Tournier vous plus vite que le vent / pour changer de camp ? »

Jean-Jacques Tournier a pris un mauvais départ : jusqu'au printemps 1968, ses années estudiantines se sont résumées à un cocktail détonnant de LSD, de petites pépées et de grasses matinées. Mais le fils d'Adolphe a su redresser la barre dès que les émeutes ont commencé. L'étudiant a louvoyé habilement du maoïsme à l'ultralibéralisme tout en réussissant l'exploit de ne se faire que des amis, ce qui lui a valu une brillante carrière médiatique puis ministérielle quand il a senti que les pis de la vache à lait commençaient à se tarir.

Fort de cet atavisme, Jules-Édouard a fait décoller la fortune familiale qui atteint désormais plusieurs centaines de millions d'euros. Il a une formidable capacité d'anticipation qui le fait passer aux yeux de ses contemporains pour un visionnaire. Le jour où il a reçu son premier ordinateur, un ZX81 de Spectrum, le fils unique de Jean-Jacques a immédiatement deviné la mine d'or qui se cachait sous les touches grises du petit boîtier en plastique noir. Il a misé sur Opale quand personne n'y croyait et vendu toutes ses actions deux mois avant les crises boursières de 2000 et 2008. Il a découvert l'impression 3D, la réalité augmentée et l'intelligence artificielle quand ces innovations sortaient des limbes. Cette prescience lui vaut de siéger dans toutes les instances gouvernementales et lui donne la légitimité pour donner des conférences qu'il facture vingt mille euros de l'heure. S'il a recours aux procédés les plus modernes en se présentant sous la forme d'un hologramme, Jules-Édouard exige en revanche d'être payé dans l'heure qui suit ses prestations.

L'évangéliste a profité de ces confortables rentrées d'argent pour prendre des participations dans des start-up qu'il a financées grâce à sa notoriété avant d'essorer méticuleusement les fondateurs jusqu'au burn-out, profitant de leur épuisement pour revendre les sociétés à des fonds d'investissement. Sur la place parisienne, tout le monde connaît les pratiques brutales de Jules-Édouard Tournier. Mais tout le monde veut s'associer avec lui car chacun sait qu'il sortira de l'aventure physiquement rincé, psychologiquement dévasté, mais riche, très riche. Jules-Édouard n'a pas ces états d'âme. Il trouve qu'il est bien gentil de donner aux petits chiens les miettes qui tombent de la table du maître.

Car il se targue d'être un des plus grands philanthropes de son temps. À l'heure où l'État a abandonné ses prérogatives régaliennes les unes après les autres, où il a renoncé à la sauvegarde du patrimoine après des tentatives avortées de loto des églises et de tombola des châteaux et où il s'est désengagé du sport et de la culture faute d'argent, c'est aux investisseurs privés, et plus particulièrement aux plus riches d'entre eux, qu'incombe cette lourde tâche. Certains ont racheté le club de football de leur enfance. Ils prennent plaisir à « mouiller le maillot » tous les week-ends devant des troupeaux de supporters rameutés pour l'occasion. D'autres ont récupéré un musée, un théâtre ou un opéra où l'on applaudit les compositions qu'ils ont péniblement rédigées.

Jules-Édouard a investi la place des Vosges dont il a réhabilité toutes les arcades, vandalisées pendant la Grande Catastrophe, avant de prendre ses quartiers dans le Pavillon de la Reine. Depuis sa chambre située au premier étage, il peut admirer cette place royale ornée de quatre nouvelles statues qu'il a commandées à un artiste qu'il loge dans une dépendance, tout comme la cinquantaine de personnes qui sont à son service jour et nuit.

*

Arthur observe Damien qui se tient face à lui avec un air crispé. Épuisée par son vol transatlantique, Aphrodite s'est endormie sur l'épaule du directeur des sanctions de l'AFNI. Damien a horreur des contacts physiques mais il peut d'autant moins se soustraire à cette étreinte que la dirigeante de Logbook a plaqué sa main sur son entrejambe. Arthur sourit en pensant que sur un point au moins, son père a raison. C'est une saine compétition que lui propose Damien. Il se souvient de leur première rencontre sur le campus de Stanford, de son pas martial qui claquait dans les couloirs de l'université, de cette façon qu'il avait d'envisager le monde avec sévérité, de leurs innombrables compétitions. Ils se connaissent si bien.

Arthur se tourne ensuite vers Laura, qui triture nerveusement un sac rempli de gâteaux offert par Maxim's. Elle est belle et brillante mais ils n'ont jamais accroché. Leur taux de correspondance élevé aurait pu donner à Arthur quelques illusions. Mais Laura a préféré se coltiner pendant cinq ans un sexagénaire qui n'a jamais quitté son épouse et qui, pire que tout, ne lui correspondait qu'à 53 %. L'intelligence artificielle ne peut pas toujours se substituer à l'incohérence humaine.

– C'est la première fois que je rencontre Jules-Édouard en chair et en os, annonce Laura. Il paraît qu'il est assez différent de son hologramme. J'avoue que je suis un peu tendue. Et vous, est-ce que vous êtes prêts ?

– J'ai révisé ma présentation toute la matinée, claironne Damien dans l'espoir que cela réveillera sa voisine.

Aphrodite grogne et s'affale en serrant le poing. Le directeur des sanctions étouffe un juron.

– Moi aussi je suis prêt, affirme Arthur. Qui commence ?

– Je vais présenter l'AFNI avant de donner la parole à Jules-Édouard, puis vous aurez quelques minutes chacun pour défendre vos propositions avant qu'Aphrodite ne conclue. D'ailleurs, il faudrait peut-être la réveiller parce qu'on est sur le point d'arriver.

– Je crois que ce serait une bonne idée, souffle Damien.

Le quatuor est accueilli au pied du Pavillon de la Reine par un majordome qui les conduit aux appartements privés du maître de maison. Au passage, les directeurs de l'AFNI peuvent admirer la magnificence de la restauration, les marqueteries précieuses, les tapisseries anciennes et une immense table de salle à manger qui peut accueillir une trentaine de convives.

Damien, qui a englouti une bonne partie de ses salaires dans l'achat d'un appartement sur l'île Saint-Louis et qui se dispute régulièrement avec ses voisins, des aristocrates qui ne veulent pas entendre parler de ses projets de numérisation d'un immeuble classé, est choqué par ce luxe ostentatoire. Mais ce n'est rien à côté de la surprise qui l'attend quand le serviteur ouvre cérémonieusement une porte ouvragée qui débouche sur la chambre du propriétaire des lieux.

*

Jules-Édouard ne ressemble en rien à son hologramme. Affalé sur un immense lit qui ploie sous ses trois cents kilos, l'évangéliste désigne d'un geste las trois chaises basses à sa droite et un élégant fauteuil Louis XV à sa gauche. Il a le front luisant parsemé de quelques touffes de cheveux, des bajoues qui pendent, des oreilles en chou-fleur, un nez pointu percé de deux narines poilues et une large bouche aux lèvres retroussées. Arthur est stupéfait.

– Où sont mes gâteaux ?

– Les voici, répond Laura en s'approchant prudemment.

D'un geste remarquablement leste pour un homme de sa corpulence, Jules-Édouard attrape l'avant-bras de la directrice de l'AFNI. Il le palpe avec un rictus de connaisseur avant de prendre le sac de gâteau qu'il pose sur son ventre.

– Asseyez-vous, dit-il en engloutissant son premier gâteau. Alors, c'est toi, la protégée de Falkenberg ? Viens tout près de moi… Voilà, approche le fauteuil… N'aie pas peur, tu peux avoir confiance… C'est bien.

Aphrodite s'installe à quelques centimètres de l'évangéliste. Elle n'a pas l'air incommodée par sa corpulence, ni par l'odeur pestilentielle qui règne dans la pièce, un mélange d'oignon, d'urine et de sueur.

Arthur et Damien s'installent de chaque côté de Laura qui masse son bras endolori.

– Nous sommes très contents d'animer cette conférence avec vous, commence Laura.

– On m'a dit que tu connais Jack mieux que personne, ronronne Jules-Édouard sans jeter un regard aux directeurs de l'AFNI. Il engouffre un deuxième gâteau.

Arthur regarde Jules-Édouard avec un mélange de dégoût et d'incrédulité. Comme ses collègues, Arthur savait que l'évangéliste le plus célèbre de France ressemblait peu à son hologramme. Mais la réalité n'en est pas moins choquante. Comment ce glouton a-t-il pu obtenir toutes ces récompenses ? Laura expose avec conviction les excellentes statistiques de l'Agence française de notation des individus et revient en détail sur le déroulement de la conférence, mais Arthur ne l'écoute pas. Il est obnubilé par ce gouffre où les gâteaux basculent les uns après les autres, tandis que les miettes et les taches de gras s'accumulent sur le buste de l'évangéliste.

Confortablement installée à côté du maître des lieux, Aphrodite n'écoute pas davantage la présentation de Laura. Elle joue sur son téléphone sans avoir l'air choqué par son colossal voisin qui lui tripote le cou et les cuisses à intervalles réguliers.

Jules-Édouard Tournier enfourne le dernier gâteau au moment où la directrice des opérations de l'AFNI achève sa présentation. Il tire sur un cordon en satin rouge placé derrière lui et reçoit quelques instants plus tard un flacon rempli d'un liquide verdâtre. Un serviteur musclé s'approche, aide l'évangéliste à se redresser et lui tend un seau en argent une fois qu'il a tout ingurgité. Jules-Édouard dégurgite dans le seau puis s'allonge à nouveau, l'air satisfait. Aphrodite n'a pas décroché l'œil de son écran.

– Écoutez-moi bien parce que je n'ai pas pour habitude de me répéter.

Damien fronce les sourcils. Il ne supporte pas qu'on le prenne de haut.

– Avez-vous déjà entendu parler d'aristocratie numérique ?

– Non, grommelle Damien.

– Entendu ? demande Aphrodite.

– Je tiens à vous préciser qu'Aphrodite ne s'exprime pas au passé, ni au futur, souffle Laura. Il vaut mieux…

– Très bien, rétorque Jules-Édouard avec impatience. Je disais donc : est-ce que vous pensez que ce monde numérique fonctionne bien ?

– Ben oui, répond mollement la représentante de Logbook.

– Il fonctionne très bien, affirme Laura avec conviction.

– Eh bien moi je pense qu'il ne fonctionne pas bien du tout, annonce Jules-Édouard avec un air satisfait.

Arthur hausse un sourcil. L'évangéliste ne serait pas convaincu par la révolution numérique dont il est un acteur majeur depuis près de trente ans ? Voilà qui ne manque pas de piquant.

– Ce système ne fonctionne pas parce qu'on est allés trop loin. Je vais vous expliquer pourquoi. Mais avant cela, j'aimerais faire un bref retour en arrière.

– J'aimerais ? demande Aphrodite.

– Je vais faire un bref retour en arrière. Avant internet, c'était gentiment le bordel.

– C'était ?

– Écoute, ma cocotte, si tu passes ton temps à m'interrompre, on ne va pas y arriver. Ferme ton clapet et laisse les grandes personnes parler.

Aphrodite Pitifoule n'a pas l'habitude qu'on la rabroue. Elle retourne à son écran en boudant ostensiblement.

– Vous trois qui l'avez vécu, souvenez-vous du monde d'avant. Il a une teinte un peu sépia, comme une ancienne photo, n'est-ce pas ? Tout était beaucoup plus lent à l'époque. Y compris la politique. Les gens votaient, puis ils allaient acheter des poireaux au marché, boire un canon au comptoir et ils rentraient chez eux ronchonner en attendant les résultats qu'ils commenteraient le week-end suivant au repas de famille. Bref, tout allait bien. Et puis internet est arrivé et là, tout est parti en sucette. Ce n'est pas qu'ils se sont mis à voter n'importe comment, puisque c'était déjà plus ou moins le cas auparavant. Mais les conneries qu'ils racontaient au bistrot ou dans les repas de famille, ils se sont mis à les dire à la planète entière. Cette audience mondiale les a rendus dingues. Logbook a rendu tout le monde hystérique.

– Nous en parlions tout à l'heure, glisse Laura.

– S'il te plaît, ne m'interrompt pas. Quand je donne une conférence, le public m'écoute religieusement. Je te prierais de faire pareil quand tu as la chance de m'avoir en face de toi. Bon, j'en étais où ? Maintenant, ce qui est sûr, c'est que l'on ne va pas pouvoir les empêcher de donner leur avis. Sitôt levés, ils prennent leur téléphone, ils s'énervent, ils partagent des opinions dont on n'a que faire. Ce qu'il faut, c'est les mettre hors d'état de nuire.

– Doit-on forcément les envisager comme des nuisibles ? demande Arthur.

Jules-Édouard tourne lentement la tête vers le directeur des promotions de l'AFNI. Il passe sa langue sur sa lèvre, plisse les yeux et reprend la parole.

– Parce qu'on n'a pas envie d'une deuxième Grande Catastrophe, n'est-ce pas ? Si on a confié le pouvoir aux BOLA, c'est parce qu'on sait ce dont l'homme est capable, non ? On sait qu'on aura beau le confiner pendant des mois, ses mauvais penchants ressortiront forcément, lance l'évangéliste en jetant un regard soupçonneux à son contradicteur.

– On peut aussi considérer que l'homme a tiré les leçons de ses échecs.

– Tiens donc, on dirait que je suis tombé sur un idéaliste. Eh bien, monsieur l'idéaliste, sachez que je ne le crois pas un seul instant.

– Et pourquoi donc ?

Arthur soutient le regard du maître de maison. Dans un souci d'apaisement, Laura part d'un grand rire de gorge qui fait sursauter Aphrodite.

– Parce que je suis convaincu que la révolution numérique a créé un fossé infranchissable entre une toute petite élite supérieurement intelligente et une masse de cons inutiles, ce qui n'était pas prévu à l'origine. Pour dire les choses autrement, je suis persuadé que ceux qui n'ont pas un QI de 160 ne serviront à rien dans les temps qui viennent. En attendant, les abrutis sont encore là, et cela nous pose un problème majeur.

Jules-Édouard s'arrête un instant pour regarder son maigre auditoire avec un sourire en coin. Il rote et reprend son monologue.

– C'est sûr qu'on ne peut pas empêcher ces gens de s'exprimer, mais il faut les rendre aussi inoffensifs que possible. Et pour ça, on a deux moyens. Le premier, qui a été mis en place par les BOLA avec pas mal d'efficacité, c'est d'éviter au maximum les interactions entre les gens. Le second, c'est mon concept d'aristocratie numérique. On ne peut pas laisser ces gens-là voter. C'est dangereux parce qu'ils croient qu'ils ont une prise sur le réel, alors que ce n'est évidemment pas le cas. Alors ça les énerve et ils votent de façon de plus en plus stupide. Et on a beau leur dire ce qui est bien pour eux, on a beau leur indiquer la route à suivre, ils votent pour n'importe qui parce que ça, c'est l'inconvénient de la démocratie. C'est inacceptable. Pour moi, le droit de vote devrait être réservé aux catégories A et B. En somme, il faut rétablir ce bon vieux suffrage censitaire qui a largement fait ses preuves tout au long du siècle dernier.

– Mais que feront les autres ? se risque à demander Laura.

– Ils assisteront aux élections comme d'autres vont au stade regarder un match de foot. Cela ne veut pas dire qu'on les empêchera de voter. On laisse bien les gens jouer au ballon sur des terrains vagues. Mais leur participation ne sera pas comptabilisée. Ils s'adapteront très vite à ce nouveau système. Ils feront de la politique comme d'autres font du sport, chacun dans son coin, bêtement, en regardant le nombre de calories qu'il a brûlé dans sa session.

Jules-Édouard tire à nouveau sur le cordon rouge et reçoit un bol de mayonnaise dans lequel il plonge les doigts comme s'il s'agissait d'un pot de glace.

– Et vous, messieurs, quelles sont vos propositions ?

Damien se lance en premier. Il expose avec fermeté et force détails techniques son Programme d'effacement numérique. Sa prestation est accueillie par des hochements de tête approbateurs de ses collègues, mais elle ne semble pas enthousiasmer Jules-Édouard qui bâille tout au long de son exposé.

Arthur prend ensuite la parole. Il défend avec conviction son projet d'Institut de la seconde chance, convaincu que les BOLA ont tout à y gagner et que cela correspond parfaitement aux valeurs – le travail, le mérite, la reconnaissance par les pairs – qu'ils défendent. Mais le directeur des récompenses de l'AFNI ne reçoit qu'un accueil mitigé du propriétaire des lieux qui lève les yeux au ciel à plusieurs reprises.

– Et vous, Aphrodite, que pensez-vous de nos propositions ? Laquelle vous semble la meilleure ? demande Jules-Édouard, persuadé d'avoir été le plus convaincant.

– Vous pouvez répéter la question ? bredouille-t-elle, à moitié hagarde.

– Que dirait Jack Falkenberg à ta place ? lance Damien avec impatience.

À ces mots, Aphrodite Pitifoule bascule en arrière.

– Je vais vous parler des projets Atlas et Explore.

Chapitre 11

– Cela fait plus d'un an qu'on en parle mais on n'a jamais eu l'occasion de se réunir à l'abri des regards indiscrets. Alors on a décidé de former des petits groupes de travail, John Bolos et moi d'un côté, Jim Hook et sa garde rapprochée de l'autre, et enfin Andrei Levin et Harry Rage dans leur coin, comme d'habitude. Et bizarrement, on est tous arrivés à la même conclusion : il faut aller au bout de notre logique, annonce Aphrodite avec le timbre de voix de Jack Falkenberg.

Comme au restaurant, la dirigeante de Logbook a la tête penchée en arrière, les yeux exorbités, les bras écartés loin du corps et le teint livide. Jules-Édouard est fasciné. Il s'approche à quelques centimètres du visage de l'adolescente pour l'examiner comme un entomologiste le ferait d'un scarabée exotique. Ses courtes jambes frétillent de contentement.

– C'est encore mieux que mes hologrammes ! s'extasie l'évangéliste.

– C'est sûr qu'un fossé s'est creusé entre une élite intelligente et une majorité abrutie…

Jules-Édouard plastronne.

– Mais une fois qu'on a dit ça, on n'a rien dit. Il faut en tirer les conséquences et procéder en deux temps.

– C'est-à-dire ? demande Arthur.

– On va commencer par créer une nouvelle catégorie, la catégorie Atlas qui regroupera la crème de la crème du Nouveau Monde.

– C'est mon aristocratie numérique ! plastronne Jules-Édouard.

– Mais va-t-il la fermer enfin ? s'exclame Damien avec un air courroucé.

L'évangéliste lui lance un regard mauvais mais consent à se taire quelques instants.

– Les Atlas auront droit à un traitement préférentiel dans tous les domaines. On leur réservera les meilleurs vins et les mets les plus raffinés, les logements les plus spacieux et les places d'honneur en toutes circonstances. Mais cela ne sera qu'un détail pour eux car ils seront dépositaires de la fortune mondiale, ce qui les libérera de toute forme de cupidité. Les Atlas bénéficieront des dernières innovations biotechnologiques, ce qui leur permettra de vivre jusqu'à cent cinquante ans en bonne santé, avec un corps d'adolescent, l'appétit de vivre et la libido qui va avec. Mais cela ne sera qu'un détail pour eux car ils seront libérés de tout désir puisque rassasiés en permanence. Chaque Atlas disposera d'une équipe d'un millier de spécialistes qui seront à son service jour et nuit. Mais cela ne sera qu'un détail pour eux puisque, étant clairement au-dessus du lot, ils seront libérés de toute volonté de domination. On leur demandera de prononcer le serment de John Galt dans *La Grève* d'Ayn Rand : « Je jure sur ma vie, et sur l'amour que j'ai pour elle, de ne jamais vivre pour les autres, ni demander aux autres de vivre pour moi. »

Damien boit chacune de ses paroles tandis que Laura prend des notes sur un petit calepin.

– Les Atlas auront accès en permanence à toute la connaissance accumulée par Bubble, aux milliards d'objets connectés développés par Opale, aux innombrables échanges de biens et services administrés par Abalone et à la pleine compréhension des passions humaines qui est notre champ de compétences chez Logbook. Ils maîtriseront l'intelligence, ils maintiendront l'ordre, ils contrôleront les flux et ils gouverneront les foules.

Alourdi par un déjeuner plus copieux que d'habitude, par un grand cru du Bordelais qui a reçu une des notes les plus élevées dans le nouveau classement d'Abalone et par une nuit trop courte, Arthur lutte contre le sommeil. Il essaie de pratiquer les exercices de survie en milieu hostile que lui a enseignés son père mais l'inconfortable tabouret sur lequel il est assis manque de se renverser au moindre mouvement.

– Par contre, il n'y aura que cent quarante-quatre mille Atlas. Pas un de plus, ni un de moins. Nous n'avons pas l'intention de créer un échelon supplémentaire qui serait accessible à n'importe quel individu, mais une intelligence organique en réseau qui sera dotée de tous les pouvoirs partout, tout le temps et sur toute l'humanité. Les Atlas seront libérés de toutes les contraintes qui pesaient sur les individus et qui empêchaient les plus capables de se développer. Ils ne seront pas tenus de respecter les anciennes lois promulguées par des autorités déchues. Nous allons les affranchir de toutes ces entraves que sont la famille, la religion ou la patrie.

Plus ces racines seront profondes, plus nous mettrons d'énergie à les arracher. Comme disait Platon, tout ce qui est terrestre est bas, périssable et voué à l'échec. Comme je le dis souvent, tout ce qui est numérique est élevé, durable et gage de rentabilité.

– Ils ne paieront plus d'impôts, alors ? s'exclame Jules-Édouard. Quelle bonne nouvelle ! Cela fait si longtemps que je dis que les États sont de mauvaises ONG qui gèrent mal les attributions qu'on leur a confiées. Il n'y a aucune raison de les maintenir sous perfusion.

Arthur a fermé les yeux. Peu à peu, le discours d'Aphrodite s'affaiblit comme un bourdonnement de plus en plus lointain. Il est sur le point de s'assoupir quand il aperçoit une souris blanche qui s'approche du lit de Jules-Édouard, monte sur son ventre, saute et agrippe le cordon en satin rouge. Arthur se tourne vers Laura, mais la directrice des opérations spéciales de l'AFNI ne remarque rien. Il se penche vers Damien pour lui indiquer la présence insolite de ce petit rongeur quand la souris lui fait signe de le suivre. Curieux, Arthur se lève, attrape le cordon et se retrouve dans le bureau de son grand-père à la Bretaudière, face à sa mère.

– Ton trésor est ici, lui murmure-t-elle à l'oreille. Creuse au fond de la malle rouge.

Arthur voudrait lui expliquer qu'on ne creuse pas dans une malle comme dans un sol meuble, mais sa mère a disparu. Il regarde autour de lui et s'aperçoit qu'il est dans le petit bois où il jouait à se faire peur, quand le hibou hululait et que la nature commençait à reprendre ses droits. Arthur voit la maison de famille au loin, le cellier où son grand-père entreposait ses pommes et son vin rouge, le potager à l'abandon. Il se retourne et voit un grand cerf arriver droit sur lui. Arthur admire son port altier. L'animal se plante devant lui et martèle le sol avec autorité. Il a le visage de son père.

– Ici, c'est moi qui décide, proclame Alexandre, qui plante sa ramure dans le sol et arrache la maison comme s'il s'agissait d'une vulgaire ronce. Va, mon fils. Avance sans te retourner vers le destin que j'ai tracé pour toi.

Alexandre donne un coup sec à son fils puis un deuxième.

– Arthur, Arthur ! chuchote Laura.

Arthur se réveille en sursaut et tente de prendre un air aussi concentré que possible.

– J'ai dû m'endormir quelques instants. De quoi parlait-elle ?

– Aphrodite disait qu'il n'y aura pas de quotas par race, par genre ou par orientation sexuelle, mais des contingents par pays pour assurer une répartition équilibrée des Atlas. Elle a précisé qu'il n'y aurait pas plus de mille deux cents Français et douze mille Européens parce que d'après eux, ces vieux pays se contentent d'entretenir des musées poussiéreux et des histoires désuètes.

– Est-ce que plusieurs membres d'une même famille pourront être des Atlas ? intervient Damien.

Aphrodite se tourne vers le directeur des sanctions de l'AFNI. Malgré sa transe, elle semble avoir entendu sa question.

– Le statut de chacun dépendra de ses mérites personnels.

– Et que se passera-t-il si un Atlas commet une erreur ? demande Arthur. Est-ce qu'ils auront droit à une seconde chance ?

– Les Atlas ne se tromperont pas en vertu du principe d'infaillibilité digitale. De toute façon, ce groupe aura vocation à être fermé. Si un Atlas venait à disparaître, son successeur serait coopté par les autres Atlas. Et par nous, bien sûr.

– Est-ce que nous en ferons partie ? souffle Jules-Édouard.

– Si nous vous avons invités à la conférence, c'est parce que vous faites partie des premiers Atlas de France.

*

Damien exulte. C'est une formidable revanche sur tous ceux qui l'ont méprisé, sur son père qui pourrit au cimetière, sur ses sœurs qu'il exècre, sur ses camarades d'école qui se moquaient de ses oreilles décollées et sur les jolies étudiantes qui l'ont rembarré. Il a bien fait de s'accrocher.

Émue, Laura ne peut s'empêcher de verser une larme. Elle se souvient des moments de doute et de découragement, des voyages anonymes en Californie, de la morgue et de la concupiscence auxquelles elle a été confrontée, de sa détermination nourrie par la pratique des arts martiaux et des échecs. Elle aussi a dû s'employer pour y arriver. Ce qui lui arrive n'est que la récompense de tant d'efforts.

– Et dire que je vais rencontrer Jack Falkenberg en chair et en os ! s'extasie-t-elle.

À ces mots, Aphrodite se réveille lentement. Elle est hagarde.

– Où suis-je ?

– Tu es chez un Atlas, petite, susurre Jules-Édouard. Tout va bien.

L'évangéliste est au comble du bonheur. Cent cinquante ans de gâteaux, de pognon et de pipes ! Il se sent ragaillardi par cette merveilleuse nouvelle, comme s'il avait rajeuni de trente ans et perdu cent kilos.

– Ça fait des années que j'attendais ce moment ! Je vais enfin pouvoir en profiter sans être contraint par tous ces imbéciles qui ne trouvent rien de mieux à faire que de pondre des lois débiles qui restreignent mes mouvements et d'abuser de la parole qu'on a bêtement libérée pour me faire la morale ! À moi les jets privés, la chasse au tigre du Bengale et les thalassos à Dubaï ! À moi les fontaines de champagne, les pyramides de gâteaux et les ortolans à gogo ! À moi les petites pépées, les massages érotiques et le sexe à volonté ! Je sens que je vais bien l'aimer, cette nouvelle catégorie, conclut-il en se frottant les mains.

Arthur observe le maître des lieux avec une moue dégoûtée. S'il doit côtoyer beaucoup d'énergumènes comme lui, faire partie des Atlas ne comportera peut-être pas que des avantages. Puis il pense à son père. Bien sûr qu'Alexandre sera fier. Il l'entend se rengorger auprès de ses amis. Il sait qu'il s'arrogera une partie du mérite pour avoir inlassablement poussé son fils dans ses retranchements. Pourquoi n'arrive-t-il pas à se réjouir de cette promotion qui a tout d'une consécration ?

Le souvenir de sa mère lui revient aussitôt à l'esprit. Pourquoi est-elle venue le visiter pour la seconde fois en vingt-quatre heures ? De quel trésor voulait-elle parler ?

– Dites-moi, Aphrodite, est-ce qu'il n'y avait pas un second volet à votre projet ? demande Laura.

– Un second volet ? C'est quoi un volet ?

– Que dirait Jack Falkenberg à ta place ? ajoute Arthur avec lassitude.

*

Pour la troisième fois, Aphrodite jette son corps en arrière. Cette fois, ses interlocuteurs ne sont pas surpris par son attitude. Ils approchent leur siège pour écouter son monologue.

– Bon les gars, cela ne me fait pas spécialement plaisir de le reconnaître, parce que nous avons pris les choses en main depuis la Grande Catastrophe, mais on fonce dans le mur.

– C'est bien ce que je disais ! s'exclame Jules-Édouard.

– Ta gueule ! s'écrient d'une seule voix les trois directeurs de l'AFNI.

L'évangéliste numérique leur adresse un regard haineux.

– À l'heure où je vous parle, nous disposons de 81 millions de A, 735 millions de B, 1 373 millions de C, 2 693 millions de D et près de trois milliards de E. On a réussi à faire rentrer 97 % de l'humanité dans nos catégories. Il ne nous reste qu'une poignée de nomades inoffensifs en Amazonie et en Australie et quelques hurluberlus ici et là qu'on ne tardera pas à récupérer. Nos agents s'y emploient. Mais le problème n'est pas là. Le problème, c'est qu'on est beaucoup trop nombreux.

Après avoir vidé son pot de mayonnaise, Jules-Édouard a commandé un bol de caviar qu'il engloutit bruyamment tandis qu'Aphrodite reprend la parole.

– On savait dès le départ que nourrir toutes ces bouches nous poserait un problème majeur. On n'est pas restés inactifs pour autant, puisqu'on a interdit aux E de se reproduire et que l'on a fait la chasse aux déviants de toutes sortes. Mais ça ne va pas assez vite et surtout pas assez loin. À ce rythme-là, on sera huit milliards dans trois mois, huit jours et douze heures. C'est beaucoup trop pour des ressources qui se raréfient à toute vitesse. Si on ne s'active pas pour trouver une solution, on n'aura rien à becqueter dans quatorze ans, cinq mois et dix-sept jours. On pourra peut-être gagner huit ans si on parvient à leur faire bouffer des insectes, mais on n'aura fait que repousser le problème.

– Que proposez-vous ? demande Arthur qui a un mauvais pressentiment malgré l'avalanche de chiffres qui le rassurent en temps normal.

– Il va falloir écrémer pour faire retomber la pression démographique. On a tout de suite pensé aux E, qui ont déjà été sanctionnés et qui de toute façon ne servent à rien. Faut dire qu'on les a tellement habitués à vivre dans le confort, à éviter toute réflexion et à fuir toute angoisse qu'on ne peut pas en tirer grand-chose. Tout ça pour dire qu'ils ne nous manqueront pas.

Aphrodite marque un temps d'arrêt. Arthur se pince les lèvres. Non, il n'est pas en train de rêver. Les dirigeants des BOLA sont bel et bien en train d'envisager l'extermination de près d'un tiers de l'humanité !

– Ce que je vous dis là doit rester confidentiel. Sachez que la moindre indiscrétion vaudra à celui qui s'en rend coupable une sanction exemplaire. On est bien d'accord ?

Les quatre néo-Atlas acquiescent en silence.

– Il faut bien comprendre que nous allons entreprendre quelque chose d'historique, quelque chose qui n'a jamais été imaginé auparavant parce que la technologie ne le permettait pas. Nous allons créer un gouvernement des plus capables, qui fonctionnera comme un réseau neuronal ultra-performant. Mais pour atteindre cet objectif, il va nous falloir énormément d'énergie. On ne va pas la gaspiller à dorloter des incapables. On ne va pas perdre notre temps à porter le monde sur nos épaules. D'où le projet Explore.

– Explore ? demande Laura.

– On a envisagé plusieurs solutions pour nous libérer du poids des E. On a d'abord pensé à un bon virus. C'était une solution rapide, silencieuse et efficace, mais il y avait quand même un léger risque de contagion, et surtout on aurait été très embarrassés pour se débarrasser des corps. On a pensé à une campagne de stérilisation massive, mais on n'était pas sûr que l'on pourrait convaincre tous les E du bien-fondé de cette mesure. Et cela ne réglait pas instantanément notre problème d'épuisement des ressources. C'est alors que j'ai présenté le projet Explore, dont je suis très fier. Le principe est simple : on va leur proposer d'aller sur Mars pour exploiter cette planète aux richesses inépuisables et vivre en harmonie loin de leurs persécuteurs. Un peu comme les colons de la Nouvelle-Angleterre. Ils iront par fournées de mille dans des fusées que nous sommes en train de construire. Pour qu'ils soient bien rassurés, on les mettra avec des gens qui partagent leurs convictions. Les vegans dyslexiques avec les vegans dyslexiques, les gauchers d'extrême-droite avec les gauchers d'extrême-droite, les albinos créationnistes avec les albinos créationnistes… enfin vous voyez ce que je veux dire. Mais plutôt que de décoller, ces fusées libéreront une capsule qui s'enfoncera à mille kilomètres à l'heure vers le centre de la terre. On a prévu une centaine de pas de tirs répartis sur chaque continent. Au rythme d'un décollage toutes les deux heures, on peut régler le problème en quatre ans, huit mois et quinze jours. Astucieux, non ?

– C'est génial ! s'écrie Jules-Édouard. Comment ne pas y avoir pensé plus tôt !

Damien et Laura abondent dans son sens, soucieux de ne pas déplaire à la représentante de Logbook. Disruptif, dit l'un. Imaginatif, avance l'autre.

– Abject, lance Arthur.

– Comment ?

– Il a dit *great project*, souffle Laura en donnant un grand coup de coude à son collègue.

– Je suis content que cela vous plaise parce que je compte sur vous pour faire la promotion de ces deux programmes. Il va être temps que vous étrenniez votre statut d'Atlas.

– Et nos innovations ? demande Damien.

– J'aime bien l'aristocratie numérique, qui se rapproche du projet Atlas, et je compte sur Jules-Édouard pour trouver de nouvelles recrues. En revanche, les autres propositions ne me plaisent pas. Ça se voit que vous ne travaillez pas dans la Silicon Valley.

L'évangéliste numérique jubile.

– Considérer qu'il faut donner une seconde chance à ceux que nous avons punis revient à dire que nos classements sont injustes et que nos sanctions sont révocables. C'est inenvisageable.

Damien lance un sourire peiné à son collègue. Il ne le sait pas, mais il ne perd rien pour attendre.

– L'autre projet est encore plus nul. Comment pourrons-nous tracer et contrôler les gens s'ils n'ont plus d'existence numérique ? Franchement, je suis déçu par l'AFNI. Je vais peut-être devoir annuler la visite de vos locaux.

– Ce n'étaient que des pistes de réflexion, bredouille Laura. Si vous préférez, Arthur et Damien pourront vous dévoiler deux super profils pour illustrer le bien-fondé de vos programmes.

– Dans ce cas-là, on ne gardera que l'aristocratie numérique et vous aurez vingt minutes pour nous présenter les activités de l'agence et deux archétypes.

– C'est largement suffisant, s'empresse de répondre Laura.

– J'espère bien. Mais je vous préviens : si vos candidats sont aussi nuls que vos innovations, toute l'agence aura le droit à un aller simple pour Mars ! conclut la dirigeante de Logbook dans un grand éclat de rire avant de s'effondrer sur Jules-Édouard et ronfler comme une bienheureuse.

Chapitre 12

– Mais tu es complètement dingue ! s'emporte Laura en sortant du Pavillon de la Reine. Tu as failli tout gâcher avec tes commentaires stupides et tes remarques désobligeantes ! À un moment, j'ai bien cru que Jules-Édouard allait nous congédier.

– Ce projet est abject, un point c'est tout. Je n'arrive pas à croire que vous ne réagissiez pas comme moi. Et puis j'aimerais bien savoir d'où tu as sorti cette idée de profils exceptionnels ?

– Vous ne m'avez pas laissé le choix, répond la directrice de l'AFNI. Si je ne m'étais pas raccrochée aux branches, elle zappait l'AFNI.

Damien se tourne vers son collègue. Il a l'air excédé.

– Le projet Explore n'a rien d'abject. Ce qui est abject, c'est de croire que l'on va pouvoir s'en sortir sans prendre des décisions radicales. Les E sont des incapables qui réchauffent notre air, mangent nos aliments et abîment notre planète par leur comportement inapproprié. Cela ne peut plus durer.

– Mais il s'agit quand même d'un assassinat de masse !

– Et alors ? Ces gens-là avaient largement le temps de se ressaisir. Tu le sais aussi bien que moi. Ils ont préféré regarder des vidéos de chatons et aligner des bonbons sur leurs téléphones portables plutôt que consentir aux efforts qu'on leur demandait. Tant pis pour eux.

– Tu peux les accompagner sur Mars si cela t'amuse, ajoute Laura. Mais ça sera sans moi. Et j'espère sans les collaborateurs de l'agence qui sont en danger à cause de toi.

– Pour autant que je sache, l'innovation de Damien n'a pas été plus convaincante que la mienne, grimace Arthur.

Laura prend Arthur par le bras. Elle apprécie ce jeune homme optimiste et bien élevé qu'elle a recruté en même temps que Damien, tout en lui vouant une nette préférence liée sans doute à leur taux de correspondance élevé.

– Ton problème, Arthur, c'est qu'à force de décerner des médailles à ceux qui réussissent, tu ne vois que le bon côté des gens. Au fond, Jules-Édouard n'a pas tort quand il prétend que tu es un idéaliste.

– Je préfère être un idéaliste qu'un criminel. En tout cas, ne comptez pas sur moi pour promouvoir leurs projets.

– Fais attention à ce que tu dis, Arthur. Tu réagis de façon impulsive, ce qui ne te ressemble pas. N'oublie pas ce qu'a dit Aphrodite : les BOLA ont identifié 97 % des habitants de la planète. Rien n'échappe à leur contrôle.

– Cela ne les autorise pas à faire n'importe quoi.

– Ce que tu dis est indécent, s'indigne Damien. On vient de nous annoncer que nous allons faire partie de la catégorie Atlas et monsieur fait la fine bouche ! C'est à croire que tout a été trop simple pour toi. Je ne cherche pas à minimiser les efforts que tu as faits pour en arriver là où tu es. Mais tu reconnaîtras que le chemin que tu as dû parcourir pour devenir Atlas était moins escarpé que le mien.

– Cette conversation ne rime à rien, maugrée Arthur en s'éloignant.

– Où vas-tu ?

– Je vais faire quelques pas pour me calmer.

– N'oublie pas que tu as trois jours pour trouver un candidat exceptionnel ! s'écrie Laura.

*

Arthur abandonne ses collègues à l'angle de la rue Saint-Antoine et de la rue Saint-Paul pour rejoindre les bureaux de l'Agence française de notation des individus en longeant les quais de la Seine. Il rallume son téléphone : trois appels en absence de son père. Il n'a pas le courage de lui annoncer que son Institut de la seconde chance a été rejeté.

On ne peut pas dire que tout a été plus facile pour lui que pour Damien. C'est plutôt le contraire. C'est pour son collègue que la situation était simple : le père de Damien l'a martyrisé toute son enfance, il ne lui a jamais rien transmis, et quinze ans après sa mort son rejeton le déteste comme au premier jour. Si Damien avait pu classer son géniteur en catégorie E, non seulement l'aurait-il fait le plus vite possible, mais il aurait veillé à ce qu'il fasse partie de la toute première fournée du programme Explore.

Arthur n'a pas envie de déshonorer son père mais il ne peut pas cautionner les manigances de Falkenberg sous prétexte qu'Alexandre va y adhérer sans réserve. Il s'en veut d'être un si mauvais fils. Il n'arrivera jamais à lui faire entendre raison, pas plus qu'il ne parviendra à se faire comprendre de ses collaborateurs, tant les moyens mis en œuvre par les BOLA pour promouvoir leurs innovations sont considérables. Déjà, il imagine les campagnes de promotion du programme Explore, les affiches dans la rue, les publicités alléchantes et les témoignages d'utilisateurs enthousiastes.

Il se sent seul comme jamais et commence à douter. Si ses collègues l'approuvent, si ses proches n'y trouvent rien à redire – il le pressent déjà –, si les BOLA, qui concentrent les meilleurs cerveaux de la planète, le portent, ce programme est peut-être la seule solution aux défis complexes de la surpopulation et de l'épuisement des ressources. On n'a jamais raison quand on a raison contre tout le monde. Et si c'était lui qui avait tort ?

Sans qu'il s'en aperçoive, Arthur est arrivé à l'endroit où sa mère est morte vingt ans auparavant, à l'angle du pont Marie et du quai des Célestins. C'est un lieu qu'il évite soigneusement depuis ce jour funeste. Bouleversé, il chancelle et bascule sur un homme qui fait tomber sa sacoche par terre. Une pile de documents s'éparpille sur le trottoir.

– Tu ne pouvais pas faire attention ? Connard ! vocifère l'homme en s'agenouillant pour ramasser ses papiers.

– Je suis vraiment désolé, répond Arthur en se penchant pour l'aider.

Arthur remarque qu'il a un bandage sur l'œil droit et des ecchymoses sur le menton. C'est sans doute un bagarreur au tempérament sanguin. Il ramasse une feuille sur lequel on peut lire : « Transformation digitale du groupe PFUIT par Sylvain Martin, directeur général » et lit rapidement les premières lignes : « PFUIT fait sa révolution digitale ! Fini les boutiques sinistres, les catalogues ennuyeux et les attentes à la caisse ! Désormais, l'utilisateur pourra essayer sur place le cercueil où il désirera être inhumé en s'allongeant dedans pour une expérience en réalité augmentée. PFUIT, le showroom de la mort ! »

– Donne-moi ça tout de suite ! Fils de pute !

Arthur ne bronche pas. Il n'est pas spécialement chatouilleux sur les injures, même si ce n'est pas le meilleur endroit pour insulter sa mère.

– Ma présentation est gâchée à cause de toi ! J'ai une réunion du comité exécutif dans vingt minutes ! Enfoiré !

Ivre de rage, Sylvain Martin se jette sur Arthur qui esquive un premier coup de poing puis un second en lui présentant son épaule gauche. Par réflexe, il profite de la torsion de son buste pour lui asséner un crochet du droit qui atteint son adversaire au menton. Le directeur général s'effondre comme une quille sur une piste de bowling. Aussitôt, Arthur s'accroupit près de lui, non pas pour l'achever mais pour s'excuser d'un geste qu'il regrette déjà. Il sent son portable qui vibre dans la poche de son costume et lit la notification d'Opale : « La violence n'est pas une solution. »

Groggy, Sylvain Martin finit par se redresser. Il époussette son costume, jette un regard effaré à son adversaire et s'enfuit à grandes enjambées en oubliant sa présentation. Arthur s'en aperçoit. Il la récupère et traverse le quai des Célestins en courant, le plan de transformation digitale du groupe PFUIT dans une main, son portable dans l'autre. Il a juste le temps d'entendre un crissement de pneus avant d'être projeté quelques mètres en avant. Sa tête heurte violemment le sol.

Chapitre 13

– Salut, Toto ! Bien dormi ?

– Qui êtes-vous ? Qu'est-ce que je fais là ? Où suis-je ? demande Arthur. Il peut à peine bouger la tête et ressent une forte douleur à l'épaule droite et au poignet gauche.

Arthur regarde l'étrange bonhomme qui est assis en face de lui dans cette chambre d'hôpital aux couleurs pastel. C'est un petit monsieur rondouillard d'une quarantaine d'années aux membres courts et aux mains calleuses qui dégage une impression de puissance et de liberté. Il a des cheveux en bataille, une barbe mal taillée, des yeux noirs qui pétillent de malice, un nez fort et des lèvres charnues. Son accoutrement n'est pas moins bizarre que son apparence : l'inconnu porte une redingote en panne de velours orange, une chemise vert pomme qui laisse entrevoir une grande croix en argent, un pantalon en peau marron et de gros godillots en cuir. Arthur ferme les yeux et les rouvre au bout de quelques secondes. L'homme est toujours là, plus multicolore et enjoué que jamais.

– Quelle idée de traverser comme ça !

– Qu'est-ce qui s'est passé ? Qui êtes-vous ? Où est mon téléphone ?

– Dis-moi, Toto, tu ne sais t'exprimer qu'en posant trois questions à la fois ? Tu t'es fait renverser par un side-car. Martin de Saint-Denys avec un *y* comme dans « whisky ». Aucune idée.

– Comment ?

– Je réponds à tes questions. Ce qui s'est passé : un accident de la route. Mon nom ? Martin…

– Ça va, j'ai compris. Mais comment suis-je arrivé là ?

Arthur constate avec effarement qu'il n'a aucun souvenir de son accident. Il ne reconnaît pas cet inconnu qui le toise avec un air amusé. Et ce qui l'inquiète davantage, c'est qu'il ne sait plus comment il s'appelle. Durable ou passagère, cette amnésie l'angoisse terriblement. Arthur s'ébroue mais son corps endolori le contraint à l'immobilité.

– Écoutez, je sais que cela va vous paraître bizarre, mais je ne comprends pas très bien ce que je fais là, et pour tout vous dire… cela me gêne un peu de l'admettre, mais je crois que je n'ai pas le choix… je ne sais pas qui je suis.

– Deux questions. C'est bien, tu progresses, sourit l'inconnu. Pour répondre à ta première question, je roulais tranquillement sur les quais de Seine quand tu as déboulé devant mon side-car en courant. Je n'ai pas eu le temps de freiner. Tu as fait un magnifique vol plané avant de retomber lourdement trois mètres plus loin. Comme je m'en voulais de t'avoir renversé, je t'ai conduit jusqu'à l'Hôtel-Dieu où tu viens de dormir pendant près de quinze heures. Il faut croire que tu avais du sommeil en retard. Mais ne t'inquiète pas, les médecins sont rassurants. Tu n'as rien de cassé, juste une épaule luxée et quelques contusions. Tu devrais être sur pied assez rapidement.

– Et qui suis-je ?

– D'après les documents que tu trimballais avec toi, tu t'appelles Sylvain Martin et tu bosses aux pompes funèbres. Ça a l'air marrant, ce que tu fais. Enfin, façon de parler…

Martin tend à Arthur la présentation sur la transformation digitale du groupe PFUIT.

– Ça ne me dit rien. Vous êtes sûr que c'est moi ?

– Non.

– Vous n'avez pas trouvé mon portable ?

– Tiens, je n'ai pas fait attention à ça. Quelqu'un l'aura sans doute ramassé.

Arthur aurait volontiers demandé à l'inconnu de lui prêter son téléphone, mais il ne se souvient d'aucun numéro, pas même du sien, et de toute façon Martin n'a pas de portable. Il n'a pas d'ordinateur non plus, ni d'adresse mail ou de compte sur les réseaux sociaux.

Martin de Saint-Denys n'existe pas aux yeux des BOLA. Il n'a pas recours à Bubble pour obtenir un renseignement car la terre, la lune et les saisons lui enseignent tout ce qu'il ne trouve pas dans les livres. Il n'éprouve pas le besoin d'être assisté par les objets connectés d'Opale car il n'aime rien tant que réparer les appareils et ravauder les vieux vêtements qu'il conserve précieusement. Il n'a pas envie de partager ses humeurs sur Logbook car il s'obstine à ne parler qu'à ceux qui sont à portée de voix. Il n'obéit pas aux recommandations d'Abalone car il pratique le troc et la contrebande. Pour toutes ces raisons, Martin échappe aux classements mis en place par les dirigeants des

BOLA. Il s'en fiche éperdument. « Ma loyauté n'est pas de ce monde », dit-il à ceux qui l'interrogent sur sa non-allégeance aux seigneurs du numérique.

Martin est orphelin quand il fait la connaissance d'Arthur. Quelques jours avant de mourir, Maurice de Saint-Denys, qui a accumulé une fortune colossale en travaillant quinze heures par jour pendant cinquante ans, a demandé à son fils de lui faire une double promesse. Il l'a adjuré de prendre soin de sa sœur, de cinq ans sa cadette. Puis il lui a ordonné de dilapider la fortune qui a dévoré son existence et englouti sa vie de famille. « Je maintiendrai » est la plus couarde des devises, et « préserver l'héritage » la plus bourgeoise des ambitions, a-t-il asséné. Sois heureux. N'oublie pas que tu es sans doute le dernier des Saint-Denys. Crame ce que j'ai accumulé. Bois mon vin en bonne compagnie. Donne mes biens aux plus nécessiteux. Et protège Lucie du monde contemporain qui corrompt et qui pourrit.

Martin respecte scrupuleusement ces engagements. Il reste au lit à l'heure où tout le monde se lève, s'attarde à table quand d'autres surveillent leur alimentation, ne pratique aucun sport quand ses contemporains comparent leurs performances et veille à ne jamais rien prévoir à l'avance. Il n'est pas inactif pour autant puisqu'il a rénové de fond en comble un ancien cloître perdu au milieu d'une forêt. C'est là qu'il vit avec Lucie et quelques amis, dans une autarcie heureuse dont il ne sort que pour aller se ravitailler auprès de fournisseurs complices.

– Vous avez besoin de quelque chose ? demande une infirmière qui passe la tête dans l'entrebâillement de la porte.

– Tout va bien, répond Martin. De toute façon, je ne vais pas tarder à y aller. Ça fait des heures que je suis là.

– C’est gentil de votre part. Vous êtes de la famille ?
– En quelque sorte.
– Mais non ! proteste Arthur. Je ne sais rien de cet homme si ce n’est qu’il m’a percuté sur les quais de la Seine. Mademoiselle, il faut que vous m’aidiez à retrouver mon téléphone. Personne ne vous l’a rapporté après l’accident ?
– Non, mais ce n’est pas grave. Vous pourrez remplir le questionnaire via votre compte Bubble.
– Je ne m’en souviens pas.
– Ah bon. Dans ce cas, vous n’aurez qu’à nous indiquer votre adresse mail pour activer votre dossier.
– Je ne m’en souviens pas non plus.
– Ah bon. Votre compagnon indiquera la sienne et nous ferons le rapprochement ensuite.
– Ce n’est pas mon compagnon !
– Et je n’ai pas d’adresse mail.
– Ah bon, répond l’infirmière, soudain inquiète. Je vais prévenir ma hiérarchie. Surtout ne bougez pas.
Martin se lève et prend congé d’Arthur qui le presse d’aller sur les lieux de l’accident pour retrouver son téléphone égaré.

*

Arthur passe la matinée à se morfondre. Il prend le dossier de Sylvain Martin sur sa table de chevet, le feuillette rapidement et se rend à l’évidence : il ne peut pas être l’auteur de cette présentation truffée de fautes d’orthographe. Ou alors la situation est encore plus grave qu’il ne le pense. Mais alors qui est-il ? Comment faire pour retrouver sa mémoire ? Pourquoi ressent-il de la sympathie pour ce type qui l’a renversé avant de lui tenir compagnie pendant plusieurs heures ? Les questions sans réponse se bousculent dans sa tête.

Il est sur le point de se rendormir quand on lui apporte une tablette où il peut consulter son dossier médical. Arthur comprend que son cas n'inspire pas d'inquiétude. Il réalise aussi que si on ne le laisse pas partir, c'est parce qu'on attend qu'il remplisse les questionnaires qui permettront à l'Hôtel-Dieu de remonter dans le classement des meilleurs hôpitaux parisiens établi par Bubble. Arthur aimerait bien les aider mais il en est incapable.

Les cloches de la Sainte-Chapelle sonnent les douze coups de midi quand Martin revient, plus guilleret que jamais.

– J'ai fait de belles rencontres ce matin !

– Et mon téléphone ?

– Ton téléphone ? Ah oui. Pas trouvé, Toto.

– Avoue que tu ne l'as pas vraiment cherché, s'agace Arthur. Et puis j'aimerais que tu arrêtes de m'appeler Toto. J'ai un prénom comme tout le monde, même si je ne m'en souviens pas.

– Ne te fâche pas. J'appelle Toto tous ceux qui sont esclaves du monde numérique. Ils marchent la tête penchée vers le sol sans regarder où ils vont, rentrent dans des lampadaires, s'excusent mollement et poursuivent leur chemin un vague sourire aux lèvres, comme des galériens qui s'accommoderaient de leur obsolescence programmée.

– Charmante vision.

– Désolante, plutôt. Vous êtes devenus les jouets de vos outils numériques. Est-ce que cela vous a rendus plus intelligents ? Est-ce que vous avez plus de temps à consacrer à vos proches ? Est-ce que vous êtes plus heureux ? Non, trois fois non. Crois-moi, tu n'as pas besoin de ce gadget.

– J'ai besoin de mon téléphone et j'ai besoin de retrouver mon identité ! s'emporte Arthur.

– Et pourquoi n'en changerais-tu pas ? Tu n'es pas condamné à être Sylvain Martin toute ta vie.

– Mais puisque je te dis que je ne suis pas Sylvain Martin !

– Qui es-tu alors ?

– Je ne sais pas, mais je ne vais pas tarder à le découvrir.

– Que faisais-tu avec sa présentation dans la main ?

– Je n'en ai aucune idée.

– Tu travailles avec lui ?

– Je ne crois pas.

– Alors change de personnage.

– Quoi ?

– Tu as une occasion rêvée de t'inventer une nouvelle vie. Profites-en ! Personne n'est venu te chercher depuis l'accident. Cela veut dire que tu ne manques à personne. Si ça se trouve, tu fais partie de ces cadres qui ont enterré leurs rêves sous l'autel du réalisme. Ils triment dans des open spaces sinistres sous les ordres d'un algorithme qui contrôle leur rendement et scrute leurs moindres faits et gestes. Ne me dis pas que tu veux retrouver la mémoire pour ça ?

– Eh bien si, justement.

– Allons, tu pourras certainement faire mieux que cela. Viens avec moi, je recrute des hommes solides et valeureux. Je suis sûr qu'on pourrait faire de grandes choses ensemble.

– Ça suffit maintenant ! Tu commences à m'énerver avec tes propositions farfelues. Je te remercie de ne pas m'avoir laissé sur le carreau, mais j'ai besoin de reprendre ma vie en main. Que sais-tu de moi ? J'ai peut-être une mission à accomplir, des collègues qui dépendent de moi, une famille qui s'inquiète de mon absence, et, si cela se trouve, des enfants. Si tu ne m'aides pas à retrouver mon téléphone, ma mémoire et mon identité, je ne vois pas à quoi tu peux me servir.

Martin se lève. Il époussette son costume et se dirige vers la porte.

– Si tu n'envisages les gens qu'au regard de leur utilité, je ne peux rien faire pour toi, Toto. Je reviendrai dans une heure ou deux pour voir si tu as changé d'avis. En attendant, amuse-toi bien avec ton showroom de la mort et tes cercueils à essayer sur place.

– Je ne suis pas Sylvain Martin ! hurle Arthur en lui jetant la pile de documents au visage.

Pour la deuxième fois de la journée, la présentation de Sylvain Martin s'éparpille sur le sol. Excédé, Arthur allume sa tablette et consulte les dernières informations répertoriées par Bubble. Quelques instants plus tard, il apprend qu'un certain Arthur Grandin est activement recherché par ses proches, qui ont trouvé son portable dans un caniveau, près du quai des Célestins.

– Je sais qui je suis ! s'écrie-t-il joyeusement !

Mais Martin est déjà loin.

*

Après avoir pris congé d'Arthur, Martin flâne quelques minutes dans les couloirs avant d'emprunter l'escalier de service qui mène au hall principal de l'Hôtel-Dieu. Il croise un groupe d'estropiés qui gravissent les étages à cloche-pied dans le cadre d'un programme de rééducation rapide qui doit leur permettre de guérir tout en changeant de catégorie.

L'accueil de l'hôpital, géré depuis la Grande Catastrophe par Bubble, est entouré par un mur d'écrans où sont affichées en temps réel les performances de tous les patients, triées par pathologie et par catégorie, ainsi que le classement de l'Hôtel-Dieu par rapport aux autres établissements de santé franciliens. Martin tombe sur une bande d'amputés qui partagent des vidéos de leurs moignons sur les réseaux sociaux. Puis il rencontre quelques souffreteux qui font la promotion de leurs symptômes dans l'espoir de récolter des fonds. Enfin, il s'approche d'un cœur monumental que les visiteurs sont invités à toucher pour communiquer leurs données de santé personnelles. Martin sourit et sort de l'hôpital.

Il traverse la Seine et se retrouve face à une grande surface devant laquelle Abalone a organisé un concours d'achats compulsifs pour octogénaires. Une douzaine de vieilles dames et quelques messieurs bien conservés prennent place sur des starting-blocks avant de se ruer dans les travées sous les vivats de la foule enthousiaste. Martin mise tout ce qu'il a en poche sur une femme qui s'effondre au bout de quelques pas, bousculée par le futur vainqueur. Il éclate de rire et continue sa route vers le Quartier Latin.

Il rentre dans une ruelle sombre, se retourne pour s'assurer que personne ne l'a suivi, s'accroupit par terre et frappe trois coups à un soupirail. Une petite fille cachée sous une cape lui ouvre une porte camouflée derrière des cartons et des sacs-poubelles. Martin se retourne une dernière fois pour vérifier que personne ne l'a vu. Puis il embrasse l'enfant qu'il suit dans un couloir sombre.

*

Deux heures plus tard, Martin est de retour à l'hôpital. Il traverse le hall d'entrée, louvoie entre les groupes, emprunte l'escalier de service et monte dans la chambre d'Arthur où se tient Élise.

– Eh bien, ça alors ! Si j'avais su que j'allais rencontrer la femme de ma vie aujourd'hui !

Chapitre 14

Élise lève un sourcil amusé. Ce petit monsieur à l'allure improbable ne manque pas de culot. Elle lui tend une main ferme dont il s'empare pour y déposer un baiser. Ses lèvres sont tièdes mais son regard est brûlant. Interloquée, la sœur d'Arthur consulte son téléphone pour s'assurer que leur taux de correspondance est aussi faible qu'elle le prévoit. Mais rien ne s'affiche sur son écran. C'est comme s'il n'y avait personne d'autre qu'elle et son frère dans la pièce. Comment est-ce possible ?

– Élise, je te présente Martin de Saint-Denys, avec un *y* comme dans « whisky ». C'est à cause de lui si je suis hospitalisé.

– Quelle joie de faire ta connaissance, s'exclame Martin. Depuis le temps que je t'attendais !

– Élise est arrivée il y a vingt minutes. Grâce à elle, je sais que mon père va fêter son soixante et onzième anniversaire à la fin du mois et que ma mère est morte il y a vingt ans. Je sais aussi que je ne suis pas marié et que je n'ai pas d'enfants.

– Élise non plus ?
– Élise non plus.
– À la bonne heure !

Martin plante ses yeux dans ceux d'Élise qui baisse les siens, troublée par ces avances qui sortent de l'ordinaire. C'est quand même étrange que son application anti-harcèlement ne se déclenche pas, alors qu'elle est si efficace d'habitude.

– Sur ce point-là, tu ne trompais pas. En revanche, il faut que tu saches que de nombreuses personnes dépendent de moi puisque je suis le directeur des promotions et récompenses exceptionnelles de l'AFNI, l'Agence française de notation des individus, et qu'à ce titre je suis classé A1, soit la plus note la plus élevée du classement. Tu as quelqu'un d'important en face de toi !

– C'est mieux que les pompes funèbres, rétorque froidement Martin sans quitter Élise des yeux.

– Tu connais l'AFNI ?
– Jamais entendu parler.

Afin d'aider son frère à reprendre ses esprits, Élise prend le temps d'expliquer en détail le fonctionnement de l'AFNI, les attributions d'Arthur, les récompenses qu'il décerne et les promotions qu'il attribue. Elle s'attarde sur les nombreux avantages dont bénéficient les A et rappelle qu'une hiérarchie fondée sur l'intelligence et le mérite personnel est bien plus équitable que les anciennes classifications qui plaçaient tout en haut de l'échelle ceux que la naissance ou la fortune avaient avantagés.

– C'est vraiment pratique, n'est-ce pas ? s'enthousiasme Arthur, ravi de se savoir si bien noté.

– Je ne suis pas convaincu.

– On ne te demande pas de l'être, coupe Élise. C'est le nouveau système et il fonctionne très bien. Comment peux-tu dire que tu n'en as jamais entendu parler ?

– Nous sommes tous classés, ajoute Arthur. Pas toi ?

Martin n'a pas le temps de lui répondre puisque le directeur de l'Hôtel-Dieu, un solide trentenaire aux cheveux roux coupés en brosse, vient d'entrer dans la chambre avec l'ensemble de son comité exécutif. Il improvise un discours dont il ressort que c'est un honneur de recevoir un patient d'une catégorie si élevée, car il fera bénéficier l'hôpital de son excellente réputation. L'un de ses adjoints, un grand dadais au visage de batracien, souligne l'exceptionnelle rapidité de la guérison d'Arthur, qui pourra sortir le soir même mais qui aurait tout intérêt à séjourner quelques jours à la campagne s'il veut récupérer les 23 % de capacités physiques et les 18 % de moyens intellectuels qui lui font encore défaut. Pour conclure, l'infirmière en chef, qui manie le tableau Excel beaucoup plus habilement que la seringue, annonce qu'Arthur et ses proches auront droit jusqu'à l'heure du départ à un service *premium*. Affamé, Arthur commande un plateau de fruits de mer.

– Eh bien, mon vieux, qu'est-ce qui t'es arrivé ? lance Damien en entrant dans la chambre quelques instants après que les directeurs en soient sortis.

– Mon pauvre Arthur, j'ai eu tellement peur pour toi ! s'exclame Laura en s'approchant du lit.

– Merci… Mais qui êtes-vous ?

– C'est nous, Damien et Laura. Tu ne nous reconnais pas ?

– Pourriez-vous venir un instant dans le couloir ? demande Élise.

Le directeur des sanctions de l'AFNI ne demande pas mieux. Cela fait des années qu'il aime Élise en secret, mais la crainte d'une rebuffade qui le ridiculiserait aux yeux d'Arthur et le très faible taux de correspondance calculé par l'algorithme de Logbook l'empêchent d'avouer ses sentiments. Persuadé que le temps joue en sa faveur, Damien s'applique à gravir les échelons qui le mèneront jusqu'à l'ultime victoire sur son meilleur ami. Un jour viendra où elle reconnaîtra ses mérites et se fichera comme d'une guigne qu'il ne lui correspondait qu'à 41 % à l'origine.

En attendant, Élise explique que son frère souffre d'une amnésie rétrograde temporaire. En clair, Arthur ne se souvenait de rien quand elle l'a retrouvé, ni de sa famille, ni de son métier, ni de ses amis. Mais il peut récupérer l'essentiel de ses capacités – car il y a aura des évènements qui tomberont irrémédiablement dans l'oubli – si on l'aide à se souvenir de son passé. Citant l'adjoint du directeur, elle ajoute qu'une semaine de vacances à l'air frais lui a été prescrite afin qu'il puisse reprendre son rôle de *chief congratulating officer* de l'AFNI dans de bonnes conditions.

– Une semaine ? Mais c'est beaucoup trop long ! s'écrie Laura. La conférence avec Falkenberg aura lieu dans trois jours. Il faut qu'il récupère beaucoup plus vite que ça !

– Dans ce cas, on va devoir faire le tri entre les informations qu'on lui rapporte.

– Ce n'est pas plus mal, souffle Damien. On ne va pas lui encombrer l'esprit alors qu'on approche d'une échéance capitale. N'est-ce pas, Laura ?

Le *chief punishing officer* de l'AFNI lance un regard appuyé à sa collègue qui finit par comprendre qu'il fait allusion au programme Explore. Laura n'a pas oublié l'indignation d'Arthur et la confrontation avec Jules-Édouard. Elle frémit à l'idée que la rencontre avec son idole se transforme en cauchemar.

– Évidemment ! L'objectif, c'est la conférence de Falkenberg. Il sera toujours temps de lui rappeler le reste ensuite…

– C'est ça, rétorque Damien avec un sourire en coin. Puis, s'adressant à Élise : Est-ce qu'il t'a parlé de son Institut de la seconde chance ?

– Oui.

– L'idée n'a pas plu à l'adjointe de Falkenberg, contrairement à mon Programme d'effacement numérique, ment le directeur des sanctions pour se donner le beau rôle et remporter une victoire facile.

Damien regarde Élise, ses jambes interminables, sa taille fine gainée de cuir, ses seins impatients qui se soulèvent imperceptiblement à chaque respiration, sa peau ferme et diaphane, ses lèvres ourlées. Il aimerait tant la plaquer contre le mur et l'embrasser, son corps appuyé contre le sien, sa virilité dure à en faire mal. Cela fait si longtemps qu'il attend ce moment. Mais il n'ose pas. Et si son application anti-harcèlement se mettait à sonner ?

Élise sourit. Avec ses oreilles aplaties contre son crâne suite à une opération bâclée, sa grosse tête ronde et ses cheveux crépus, Damien ressemble à un chou-fleur.

– On ne va pas l'aider à se souvenir de choses qui pourraient le mettre en difficulté, n'est-ce pas ? D'autant qu'il y a des sujets beaucoup plus importants, comme le projet Atlas, par exemple.

– De quoi s'agit-il ?

– C'est une formidable innovation dont tu bénéficieras bientôt, vu tes nombreuses qualités, susurre Damien avec un sourire enjôleur.

*

Ils retrouvent Arthur dans la plus grande chambre de l'Hôtel-Dieu, réservée aux hôtes de marque et décorée avec un luxe tapageur, devant un gigantesque plateau de fruits de mer offert avec les compliments de la maison. C'est une impressionnante pyramide de moules et de praires, de bulots et de langoustines, de couteaux et d'amandes, d'ormeaux et de crevettes, le tout surmonté d'un homard aux pinces menaçantes. Assis au bout du lit, Martin est en train d'extraire un énorme bulot de sa coquille. Damien observe le sombre mollusque se recroqueviller sur lui-même avec un air dégoûté.

– Ta sœur m'a demandé de t'aider à être opérationnel le plus rapidement possible, annonce Damien. Je vais commencer par te rappeler que nous avons fait nos études ensemble à Stanford. Nous étions tous les deux à Sigma Phi Epsilon, la plus remarquable fraternité de la meilleure université de Californie.

– Stanford… Sigma Phi Epsilon… ça me dit quelque chose…

– C'est très bien, les connexions sont en train de se rétablir, se réjouit Élise.

– C'est à cette époque que nous avons commencé à nous tirer la bourre dans tous les domaines. Aujourd'hui encore, nous mesurons les calories que nous brûlons chaque matin avant d'arriver au bureau.

– Oui, ça me revient. Et la plupart du temps, je te bats !

– Enfin, pas à chaque fois, grommelle Damien.

Élise s'est absentée quelques minutes pour parler à son père. Devant son insistance, Alexandre a fini par accepter d'accompagner son fils à la Bretaudière pour une convalescence qu'il souhaite la plus brève possible.

– Vous avez intégré l'AFNI le même jour, l'un pour récompenser les plus méritants en leur accordant des médailles et des promotions, l'autre en sanctionnant toute forme de déviance, précise Laura.

– Ah oui, je m'en souviens. Les bureaux de l'agence sont place de la Madeleine, c'est bien ça ?

– Bravo ! s'enthousiasme Laura, soulagée.

– Une Pousse en Claire Label Rouge ! Regarde-moi ce manteau blanc ivoire, ces branchies vertes, ces charmantes ridules ! Goûte-moi ça, ma chérie, dit Martin en tendant une huître à Élise. Sens-moi cette odeur d'algue et de marais. C'est un délice, non ?

– Délicieux, concède Élise avec un sourire forcé.

Le directeur des sanctions de l'AFNI fronce les sourcils. On ne le verra pas se bâfrer en dehors des heures de repas. Et puis de quel droit cet énergumène se permet-il d'appeler Élise « ma chérie » ?

– Tu en veux une, Toto ?

– Non merci. Et mon nom n'est pas Toto. C'est Damien.

– Comme tu voudras, Toto. Mais tu ne sais pas ce que tu perds. Ces huîtres, mes amis, mériteraient qu'on leur décerne le prix Nobel de la paix. Elles vivent à cinq par mètre carré dans des claires de grand standing. Et comme elles ont toute la place pour s'étendre, elles cohabitent avec des gambas qui troublent l'eau en battant la queue, ce qui freine la photosynthèse et donc la prolifération d'algues nuisibles. Ah, l'habile locataire ! Ah, l'heureux propriétaire !

Damien lève les yeux au ciel, consterné.

– Je crois que je vais finir par prendre goût à être A1, sourit Arthur en décortiquant une langoustine.

– Pourtant tu ne vas pas le rester longtemps, assure Laura.

– Comment ça ? J'ai fait une bêtise ? Je vais être rétrogradé ?

– Au contraire, tu vas être promu Atlas, comme onze autres personnes en France, le jour de la conférence de Jack Falkenberg.

Damien expose le projet Atlas et annonce d'une voix grandiloquente qu'ils auront l'honneur d'en être les premiers récipiendaires. Sans jeter un regard à Martin, qui épluche le homard en se léchant les babines, il ajoute qu'il fera tout ce qui est en son pouvoir pour aider la sœur de son meilleur ami à en faire partie. Après tout, ses comportements passés et sa réussite actuelle prouvent qu'elle mérite cette récompense suprême.

Arthur est aux anges. Que les BOLA l'estiment digne d'intégrer un gouvernement des plus capables l'enchante et la perspective que sa sœur puisse le rejoindre le comble.

– Ça, mon vieux, tu vois, c'est le coffre. C'est la meilleure partie du homard, annonce Martin en tendant le roi des crustacés à Arthur.

– Tu n'as rien de mieux à faire que de parler de bouffe ? s'énerve Damien. J'aide Arthur à reprendre sa place dans le monde et toi, tu viens nous importuner avec tes histoires sans queue ni tête. Ramasse tes fruits de mer, présente-lui tes excuses pour l'avoir renversé et laisse-nous parce qu'on n'a pas de temps à perdre. Savoir ce que l'on va manger est une préoccupation pour du bétail, pas pour des Atlas.

– Je ne parle pas de nourriture mais de patrimoine, pas d'alimentation mais d'émotion, pas de repas mais de partage. Je suis venu raccorder Arthur à la vraie vie. C'est bien plus important que vos sornettes numériques.

– Ces sornettes numériques ont produit plus de données ces deux dernières années que depuis les premiers pas de l'homme sur terre. Tu pourrais avoir un minimum de respect pour la masse de travail que cela représente.

– Des milliards de photos que l'on ne classe jamais, des millions de vidéos de chutes stupides et des centaines de milliers de commentaires oiseux et d'attaques en dessous de la ceinture. C'est cela que vous mettez en parallèle avec les sculptures antiques, les poésies de la Renaissance et les œuvres de Bach et Mozart, sous prétexte que cela représente le même nombre de données ?

– On n'a pas le droit de dire des choses pareilles ! proteste Laura avec véhémence.

– Le numérique nous rend la vie plus fluide, plus simple et plus pratique, assène Élise. Si tu crois que c'est avec des idées comme ça que tu vas me séduire, tu te trompes.

Le directeur des sanctions de l'AFNI toise son rival. Passe encore qu'il professe des théories extravagantes, mais de là à faire la cour à la femme qu'il convoite, voilà quelque chose qui le rend insupportable.

– Pas le moins du monde ! claironne Martin en brandissant une pince de homard. Vous faites plus confiance à votre GPS qu'à votre sens de l'orientation pour vous déplacer. Vous consultez vos téléphones au lieu d'ouvrir la fenêtre pour savoir le temps qu'il fait. Vous confiez le volant à des voitures autonomes qui vous conduisent là où elles veulent. Et vous vous épuisez à suivre docilement des procédures dictées par des algorithmes implacables. Le numérique vous rend dépendants comme des toutous obéissants et vous fait perdre un temps précieux que vous pourriez consacrer à vos proches. Toutes ces applications qui vous rendent la vie pratique sont autant de nœuds coulants qui vous étranglent et qui vous empêchent, sous prétexte que c'est plus simple et plus facile, de réfléchir par vous-mêmes et d'agir en hommes libres.

– Ce n'est pas entièrement faux, lance Arthur, amusé par le tour que prend cette conversation.

– Ce type dit des choses horribles ! s'alarme Laura, inquiète à l'idée que le directeur de l'AFNI se détourne du droit chemin. On ne peut pas le laisser dire ça.

– Le numérique est notre avenir, avance Élise. C'est un avenir intelligent et connecté pour tous ceux qui auront accepté de se transformer. C'est un avenir équitable et démocratique parce qu'on part tous du même point, avec la même note de départ, que l'on soit homme ou femme, noir ou blanc, riche ou pauvre, malade ou bien portant. C'est une opportunité à saisir. Tant pis pour ceux qui ne suivent pas.

– D'ailleurs, quelle est ta note ? demande Damien, qui songe déjà à reléguer Martin dans la catégorie E et à l'expédier sur Mars, voire plus loin encore si possible.

– La seule espèce qui accepte d'être classée, ce sont les bovins que l'on trie suivant leur niveau d'engraissement. Vous êtes du bétail pour les dirigeants des BOLA.

Le directeur des sanctions de l'AFNI n'en peut plus. Soutenu par Laura qui suffoque d'indignation, il pointe un doigt accusateur sur son rival qui s'essuie les doigts avec une serviette parfumée, tout heureux d'avoir provoqué un tel tintamarre.

– Qui es-tu pour dire du mal des BOLA ? Qui a rénové cet hôpital en le faisant bénéficier des technologies les plus pointues et des équipements les plus perfectionnés ? C'est Bubble ! Qui a réduit le gaspillage alimentaire de 92 % en optimisant la gestion des flux ? C'est Abalone ! Qui a évincé la criminalité de nos sociétés grâce aux objets connectés ? C'est Opale ! Qui recueille en temps réel les avis des utilisateurs pour optimiser les politiques publiques ? C'est Logbook !

– En effet, ils ont flingué tous les corps intermédiaires pour s'installer aux carrefours de nos existences et nous rançonner en permanence. Robin des Bois a remplacé le shérif de Nottingham pour mieux capter les données et l'argent de chacun, qu'il soit homme ou femme, noir ou blanc, riche ou pauvre, malade ou bien portant. Les dirigeants des BOLA sont des bandits de grand chemin.

Ivre de rage, Damien bondit sur Martin. Arthur s'interpose entre les deux hommes. Son père ne lui a-t-il pas enseigné qu'il n'y a rien de plus stupide que se battre pour des idées, si saugrenues soient-elles ? Et puis, sans qu'il sache vraiment pourquoi, il apprécie ce petit bonhomme qu'il ne connaît que depuis quelques heures mais dont il sait déjà qu'il n'est pas de taille à rivaliser avec son musculeux collègue.

– Je t'interdis de dire du mal de Jack, John, Jim, Andrei et Harry ! vocifère Damien. S'ils en sont là, c'est parce qu'ils ont travaillé plus dur que les autres ! Tout le monde se foutait de leur gueule quand ils avaient quatorze ans. On se moquait de leurs lunettes à double foyer, de leurs appareils dentaires, de leurs oreilles décollées et des chemises à carreaux qu'ils boutonnaient jusqu'au col. On les traitait de *nerds*. Et maintenant, les plus belles filles se prosternent devant eux parce que ce sont les hommes les plus puissants de la planète. Alors, c'est qui les *nerds*, maintenant ? s'égosille-t-il, le front barré par une veine violacée.

Damien serre les poings, prêt à écrabouiller cette vermine insolente. Mais Martin ne se démonte pas. Il sort une montre à gousset de sa poche, regarde l'heure et se lève.

– Les amis, j'ai passé un bon moment avec vous, mais je dois aller m'occuper de ma sœur. Salut, Toto. Au revoir, ma chérie. À bientôt, Arthur !

– Comment veux-tu que l'on se revoie si je n'ai pas tes coordonnées ? demande Arthur.

– Fais-moi confiance. Je saurai te retrouver sans avoir besoin d'un écran pour m'assister.

*

Damien a fini par se calmer quand le téléphone d'Arthur se met à sonner. C'est Alexandre, qui annonce à son fils qu'il passera le chercher à dix-huit heures précises.

– Je compte sur toi pour être prêt quand j'arriverai. Comme tu le sais, je déteste attendre, surtout dans les hôpitaux.

– D'accord, papa. À propos, je suis content d'aller faire un tour à la Bretaudière avec toi.

– Euh… moi aussi, mon fils, finit par répondre Alexandre. Mais je ne pourrai pas rester plus d'une journée parce que j'ai un cours de voltige demain soir. De toute façon, tu as intérêt à être sur pied assez rapidement. Je ne t'ai pas élevé pour que tu passes des heures à glandouiller à la campagne.

– Je me sens déjà mieux.

– À la bonne heure. D'ailleurs, j'espère que tu n'as pas oublié que quelque part dans le monde…

– Oui ?

– … il y a un Chinois, un Brésilien ou un Indien…

– Et alors ?

– … qui fait mieux que toi ce que tu fais en ce moment…

– Ça me dit quelque chose. Tu ne m'as pas déjà dit ça ?

– À toute à l'heure, conclut Alexandre avec une voix inquiète.

Chapitre 15

Alexandre n'est pas très content d'aller chercher Arthur à l'Hôtel-Dieu. Tout d'abord parce que cette escapade à la campagne l'empêchera d'assister à une conférence sur la disruption de la peinture à l'huile grâce aux pinceaux connectés animée par Olivia Zoroastre, une décoratrice subversive dont les prises électriques dévergondées et les bondes impudiques se vendent à prix d'or. Ensuite, parce qu'il n'aime pas beaucoup ce genre d'endroits. Ce n'est pas qu'il a peur des hôpitaux, ni qu'il redoute la maladie, la souffrance et l'invalidité. Mais à soixante-dix ans passés, alors qu'il se démène pour être en pleine possession de ses moyens grâce aux deux heures de sport auxquelles il s'astreint quotidiennement, il a mieux à faire que d'assister au spectacle déprimant de ceux qui se complaisent dans leur mal-être.

Enfin, parce qu'il n'aime pas l'Hôtel-Dieu qui lui rappelle de mauvais souvenirs. C'est là qu'il a vu Helen pour la dernière fois, dans la morgue sordide où son corps démantibulé était exposé. Il s'est promis de ne jamais y retourner. Pourquoi diable Arthur a-t-il traversé le quai des Célestins sans s'assurer qu'aucune voiture ne risquait de le percuter ? Comment a-t-il fait pour chuter si lourdement et, pour tout dire, si bêtement ? Bien qu'Élise l'ait un peu rassuré, Alexandre est inquiet. Et si son fils était irrémédiablement diminué ? Et si toutes ces heures passées à forger un homme supérieur n'avaient servi à rien ?

Alexandre n'aime pas les « faibleries », comme il dit. Ça lui rappelle le spleen de son père et ce sinistre bureau où il passait des heures assis derrière sa table de travail. Ça lui fait penser à Helen, son épouse, à son incapacité à appréhender les formidables potentialités du numérique, à ses coupables rêveries. Non, il n'est pas concevable qu'Arthur soit affaibli.

*

Alexandre a eu tort de s'inquiéter. Quand il arrive dans la chambre d'Arthur, son fils est prêt, le costume impeccable et les souliers cirés.

– C'est bien, tu as fait ton lit, se réjouit Alexandre.

– Oui. Je me suis rappelé que d'après toi, c'est à ce genre de détails que l'on distingue ceux qui veulent aller de l'avant des incapables.

– Absolument.

– Et je me suis souvenu de la fin de ta phrase : « Il y a quelque part dans le monde un Chinois, un Brésilien ou un Indien qui fait mieux que moi ce que je fais en ce moment. Si je ne bouge pas, il va prendre ma place. » Élise m'a aidé à retrouver une bonne partie de ma mémoire.

– Je suis content de te retrouver dans de bonnes dispositions. Partons, maintenant. Je n'ai aucune envie de m'éterniser ici.

– D'accord. Je vais payer ma note et je te rejoins en bas.

Mais la facture qui devait être débitée sur le compte d'Arthur a déjà été réglée, en espèces de surcroît (ce qui a estomaqué le comptable de l'hôpital), par un certain Martin de Saint-Denys.

– J'ai fait une rencontre étonnante hier après-midi, dit Arthur en prenant place dans la voiture de son père.

– Ah oui ? répond Alexandre distraitement.

– Martin de Saint-Denys, avec un *y* comme dans « whisky ».

– Élise m'en a vaguement parlé.

– Sa future épouse ? sourit Arthur.

– J'espère bien que non. Je te le dis tout de suite : ce type ne m'inspire pas confiance. D'après ce que j'ai compris, il a refusé de dire son classement, ce qui veut dire qu'il est probablement en catégorie E. Souviens-toi de ce qu'ils disent chez Logbook : celui qui n'a rien à se reprocher n'a rien à cacher.

– On ne peut pas dire qu'il est fan des BOLA…

– Raison de plus pour t'en méfier. Qui pourrait être assez fou pour contester le bien qu'ils font depuis qu'ils sont aux commandes ? A-t-on envie de revenir au monde chaotique d'avant ? La Grande Catastrophe n'a-t-elle pas servi de leçon ? Je t'ai élevé pour que tu deviennes un acteur majeur de ce nouveau monde et d'après ce que j'ai cru comprendre, c'est plutôt bien parti.

– Oui. Je vais être Atlas. C'est formidable, non ?

– C'est pour cela que je te mets en garde : ne mords pas la main qui te nourrit. Oublie ce Martin et concentre-toi sur tes objectifs, ta guérison et la conférence de Falkenberg.

– D'accord.

Alexandre rappelle le soin qu'il a porté à l'éducation de son fils, les trajets interminables pour assister aux entraînements, les brouillards matinaux, les accidents évités de justesse, les routes départementales, les équipes de district et sa voiture crottée qu'il nettoyait patiemment après chaque compétition. Il lui parle en anglais, en espagnol, en russe et en allemand, toutes langues qu'il lui a enseignées avant qu'il ait huit ans car c'est dans la petite enfance que le cerveau est malléable. Il insiste sur les études brillantes qu'il a suivies de près et sur les frais de scolarité exorbitants qu'il a dû débourser. Mais l'investissement en valait la peine.

Arthur se souvient peu à peu. Des bribes de régates, des souvenirs de plaquage, de prix d'excellence et de satisfecit lui reviennent à l'esprit. Il gonfle les pectoraux et sent ses muscles, modelés par tant d'efforts, sa volonté, un muscle comme un autre aux dires d'Alexandre, son intelligence qui revient lentement mais sûrement. Arthur observe son père qui fixe la route avec un air majestueux. Comment ne pas être touché par tant de dévouement ? Il refrène à grand-peine une émotion qui ne manquerait pas d'agacer son géniteur. Par égard pour celui qui lui a donné les moyens d'occuper les plus éminentes fonctions, Arthur ne peut pas trahir les BOLA. Il s'efforce d'oublier Martin pour se focaliser sur ce qu'Alexandre attend de lui.

– Il y a des pères incapables et ceux-là, je n'en parlerai même pas. Ils ne seront pas maîtres de leur destin, tant pis pour eux. Il y a aussi des fils indignes qui passent de déconvenues en déceptions. Ceux-là non plus ne méritent pas que l'on s'attarde sur leur cas. Enfin, il y a des pères qui ont des talents et des valeurs à transmettre. Mais ils ne le font pas parce qu'ils ont peur que leurs fils les dépassent. D'une façon ou d'une autre, ils les rabaissent. Quelle idée folle! Zeus a détrôné Cronos comme Cronos a renversé Ouranos. C'est dans l'ordre des choses si on ne se préoccupe pas d'assurer une transmission efficace. Moi, j'ai décidé de procéder différemment. Je t'ai donné ma force et ma détermination pour que tu sois en mesure d'atteindre les objectifs les plus élevés. Il faut croire que j'ai bien fait puisque tu vas être un Atlas. C'est la preuve que notre association fonctionne bien et que rien, pas même un stupide accident, ne pourra nous désunir. Mais qu'est-ce qui t'arrive Arthur ? Tu dors ?

– Pas du tout! s'exclame Arthur en écarquillant les yeux.

S'il y a bien une chose qu'Alexandre ne supporte pas, ce sont ces gens qui s'endorment à la moindre occasion. C'est une habitude de mauviettes. Est-ce que John Bolos s'est ramolli quand il a créé Abalone ? Est-ce que Jack Falkenberg s'est reposé sur ses lauriers quand il a développé Logbook ? Certainement pas. On n'arrive à rien si on se laisse aller à la rêverie. Alexandre ne se prive pas de le rappeler à Arthur, qui se pince les lèvres, confus.

Les deux hommes roulent en silence pendant quelques minutes, l'un ruminant son inquiétude et sa déception, l'autre faisant tout son possible pour ne pas s'assoupir à nouveau.

– Mais quel con! s'emporte Alexandre en klaxonnant furieusement. À cause de lui, j'ai raté la bonne sortie.

– La sortie. Quelle sortie ?
– Eh bien, la sortie pour la Bretaudière, voyons !
Alexandre réalise que son fils a tout oublié. Arthur ne sait plus où se trouve la propriété qui a été achetée par son arrière-grand-père au lendemain de la Première Guerre mondiale. Il est incapable de décrire les lieux avec précision. Et il ne manifeste aucun étonnement quand Alexandre lui rappelle qu'il a l'intention de vendre la maison pour investir dans un logiciel d'intelligence artificielle qui lui permettra de réaliser des œuvres au succès garanti. Et si cette amnésie était une excellente nouvelle qui lui permettrait de faire passer la vente comme une lettre à la poste ?

*

Les premiers pas d'Arthur à la Bretaudière confirment cette impression. Il confond la maison du gardien avec la demeure principale, déambule dans les salons du rez-de-chaussée avec un air absent, s'extasie devant le bureau de son aïeul laissé à l'abandon depuis des années et prend sa chambre pour celle des invités. Alexandre ne laisse rien paraître mais il lui conseille d'aller vite se coucher pour profiter pleinement de la journée du lendemain, qu'il espère active.

Arthur se réveille au milieu de la nuit dans une maison silencieuse. Guidé par une étrange intuition, il se lève et se rend dans le bureau de son grand-père, qui baigne dans une lumière parcimonieuse. Il allume une lampe en bois dorée et se dirige vers une malle rouge entreposée dans un coin de la pièce, entre un portant abîmé où flottent des robes en soie et un gramophone rouillé. Glissant sa main au fond de la vieille malle, Arthur sent un léger renflement. Il passe sa paume dessus à plusieurs reprises avant de se décider à déchirer la doublure. Son cœur se met à battre un peu plus vite. Et s'il découvrait un trésor ? Une émotion enfantine empourpre ses joues. C'est très inattendu et pour tout dire assez divertissant.

Il sort une pile de cahiers d'écoliers à la couverture carmin et aux feuilles jaunies par le temps. Arthur s'empare du premier. Il l'observe, le retourne et l'époussette avant de l'ouvrir. Immédiatement, il reconnaît l'écriture d'Anatole, son grand-père.

> « 11 janvier 1941. Je viens de fêter mon seizième anniversaire autour d'une omelette aux champignons et d'un verre de mauvais vin. Maman était fière d'avoir fait de bonnes affaires au marché noir. Comme d'habitude, papa ne s'est pas attardé. Sitôt le repas avalé, il s'est précipité au salon pour lire la *Guerre du Péloponnèse* de Thucydide. Depuis la débâcle, il s'est réfugié chez les Grecs anciens qui, dit-il, le réconfortent des malheurs du temps. Il n'en a que pour Eschyle, Sophocle et Euripide, qu'il lit et relit en version originale à longueur de journée et qu'il m'encourage à découvrir. Mais sapristi, je n'en ai rien à faire, de ces vieillards ! Moi, ce qui m'intéresse, c'est la bagarre ! C'est le général de Gaulle et la résistance ! J'ai seize ans et je veux me battre ! »

Arthur sourit et tourne quelques pages.

> « 17 février 1941. Pressé par ma mère qui me trouve sombre et agité depuis plusieurs semaines,

j'ai fini par aller me confesser auprès de l'abbé G. Je m'y suis rendu en traînant les pieds et j'en suis revenu plus enthousiaste que jamais ! Ah, si maman savait le service qu'elle m'a rendu en me forçant à voir ce vieux curé ! Le barbon que j'imaginais était un formidable propagandiste. Non seulement m'a-t-il encouragé à entrer en résistance, mais en plus il m'a suggéré d'aller voir C. de S.-D., qui est à la tête d'un réseau clandestin. Dès demain, j'irai à sa rencontre. J'ai l'impression que ma vie commence enfin ! »

Arthur frémit. Il a plus du double de l'âge de son aïeul. Qu'a-t-il fait de ces années ? Il est devenu A1 en un temps record, ce qui lui permet de récompenser les plus méritants. Et il va bientôt être promu au rang d'Atlas, ce qui ressemble à une consécration. Mais où est l'héroïsme ? Où est l'esprit chevaleresque ? Arthur passe une dizaine de pages et poursuit sa lecture.

« 24 avril 1941. Ça y est ! J'ai eu mon baptême du feu ! Avec C. de S.-D. et M., nous avons crevé les pneus de la voiture d'un général qui déjeunait au Lion d'Or après avoir inspecté les troupes dans la région. Mais ce salopard de B. nous a vus et dénoncés. Les Boches nous ont canardés. Heureusement, il ne nous est rien arrivé, si ce n'est une balle rasante qui a frôlé les fesses de M. ! On a été quittes pour une belle frousse et un pantalon troué. Mais qu'est-ce qu'on a rigolé ! »

Arthur est captivé. Mais pourquoi ne lui a-t-on jamais rien dit des aventures de son grand-père ? Comme le reste de sa famille, Alexandre a minimisé les exploits d'Anatole, préférant stigmatiser sa dépression. Quant à son grand-père, Arthur n'a jamais pu en tirer quoi que ce soit. D'abord parce qu'il était trop jeune pour lui poser ce genre de questions. Ensuite parce que ce dernier répondait invariablement : « Coco, grand-père est fatigué », avant de filer au cellier chercher une bouteille de vin rouge. Il récupère les autres carnets, referme la malle et retourne dans sa chambre où il poursuit sa lecture jusqu'à en tomber de sommeil.

*

Arthur est réveillé avant le lever du soleil par un père tonitruant qui applique à la lettre la maxime selon laquelle « l'avenir appartient à ceux qui se lèvent beaucoup plus tôt que les autres ». L'avenir, c'est la conférence de Jack Falkenberg qui a lieu le surlendemain. Arthur doit en assurer la première partie : il n'est pas question que le *chief congratulating officer* de l'AFNI ne soit pas à 100 % de ses capacités ce jour-là.

Malgré ses quatre heures de sommeil, Arthur se lève rapidement, il fait son lit et range les cahiers d'Anatole dans son sac à dos avant de retrouver son père qui l'attend de pied ferme dans la cuisine. Alexandre lui a concocté un programme martial où les épreuves physiques alternent avec les tests intellectuels.

– Est-ce que tu savais que grand-père avait été résistant ? demande Arthur en crapahutant dans un sous-bois, les genoux en sang.

– C'était une époque terrible, souffle Alexandre en sautant au-dessus d'un tronc d'arbre. Quarante millions de morts absurdes à cause d'idéologies mortifères. Voilà ce que cela donne quand l'homme laisse libre cours à ses passions. Le monde fonctionne bien mieux depuis que les BOLA ont pris la relève. Grâce à eux, il n'y a plus de guerre, plus de criminalité et pas de massacres inutiles. Comme quoi, il n'y a rien de tel qu'un algorithme bien conçu pour compenser les défaillances humaines. Souviens-toi de leur slogan, qui est affiché dans le hall de l'AFNI : « L'algorithme sait mieux que nous. »

Arthur se tait et franchit une rivière boueuse.

– Est-ce que tu savais qu'il avait tenu un journal de guerre ? J'ai découvert une demi-douzaine de carnets au fond d'une malle, annonce Arthur en dégustant une fricassée d'insectes dans le meilleur restaurant des environs, où ils se sont attablés pour déjeuner.

– Tout ce que je sais, c'est qu'il a passé des heures à les relire et à rêver de les publier plutôt que de s'occuper de sa famille. Il ne s'est jamais intéressé à ma scolarité. Il m'a laissé me débrouiller tout seul, et tout ce qu'il nous a laissé, c'est un patrimoine réduit à la portion congrue. Tu comprendras que j'aie décidé de faire exactement l'inverse avec ta sœur et toi.

Arthur se tait et finit son assiette.

– C'est quand même dommage que l'on soit obligé de vendre sa maison, glisse Arthur à l'heure où ils quittent la propriété pour rentrer à Paris avant la tombée de la nuit.

– On ne va pas revenir là-dessus, tranche Alexandre. Nous en avons abondamment parlé. On n'y va pratiquement plus ! Et puis tu as constaté comme moi l'état de délabrement de la propriété : on ne va pas gaspiller une fortune en rénovation quand on pourrait dépenser cet argent plus intelligemment. De toute façon, c'est trop tard : ma décision est prise et je ne reviendrai pas dessus !

Arthur se tait et regarde fixement la route sur laquelle ils viennent de croiser deux camions de déménagement roulant à vive allure. Il a beau chercher dans sa mémoire, il ne se souvient pas d'avoir donné son accord pour la vente de la Bretaudière. Cette amnésie est une calamité.

– Est-ce que tu trouves que je lui ressemble ? lance Arthur en arrivant à Paris.

– À Anatole ? J'espère bien que non. Il était contemplatif, lettré et nostalgique, trois traits de caractère qui ne servent strictement à rien à notre époque. Mis à part ta haute taille et tes yeux verts, tu n'as rien hérité de lui. Songe plutôt à ce que nous avons construit ensemble. Et n'oublie pas que grâce à moi, tu as récupéré 88 % de tes capacités physiques et 91 % de ton intelligence en un temps record. Après une bonne nuit de sommeil, tu seras opérationnel pour la conférence d'après-demain. D'ailleurs, quand tu verras Falkenberg, ça serait pas mal que tu lui parles de moi. Tu ne crois pas que ce serait formidable qu'on soit Atlas en même temps ?

Arthur se tait et songe aux carnets de son grand-père.

Chapitre 16

Arthur retrouve sans joie particulière l'appartement qu'il a quitté deux jours auparavant, son salon agrémenté de sculptures spartiates et de peintures futuristes que jalouse Damien, sa cuisine dotée des dernières technologies, son dressing méticuleusement rangé, son jacuzzi et sa salle de sport connectée. Il pourrait se réjouir que tout soit à sa place, comme ses souvenirs qui s'alignent les uns après les autres dans les tiroirs de sa mémoire, mais il n'en est rien. Que son environnement lui paraît terne et plat à côté de l'épopée brûlante de son grand-père ! Arthur enfourche son vélo elliptique et pédale en silence pendant quelques minutes. Mais le cœur n'y est pas. Il finit par se coucher avec le troisième carnet d'Anatole.

> « 14 novembre 1941. Ils ont dû nous prendre pour une bande de garnements écervelés. Nous ne sommes plus des enfants et pas encore des adultes, c'est vrai. Mais nous sommes beaucoup plus en vie que ces vieillards de cinquante

ans qui sont soi-disant dans la force de l'âge. Je les méprise tellement avec leurs petits calculs et leurs gros accommodements ! Ils se terrent chez eux et vivotent dans la crainte d'un garde-manger vide pendant que le feu crépite au dehors. Ils ne prennent pas de risque. Ils évitent les balles perdues. Mais vivre, c'est prendre un risque puisqu'on meurt à la fin ! Je ferai tout mon possible pour ne pas subir la même existence étriquée… »

Ah, comme il regrette de ne pas lui avoir parlé de l'Occupation pendant qu'il était encore temps ! Il fouille dans sa mémoire mais les seules choses qui lui reviennent à l'esprit sont une impression de gêne, des propos étouffés et des regards en coin, comme si son grand-père s'était mal comporté. Comment a-t-on pu salir la mémoire d'un ancien résistant ? Pourquoi n'a-t-il reçu aucune récompense, aucune médaille, aucune acclamation jusque dans sa famille ? Arthur éteint la lumière mais ne parvient pas à trouver le sommeil.

Que restera-t-il d'Anatole une fois que la Bretaudière sera vendue ? Quelques journaux intimes qui n'intéressent personne, un album de photos jaunies qu'il a oublié d'emporter avec lui, un vague souvenir qui s'efface peu à peu et le mépris d'Alexandre, son fils, en guise de linceul ? Arthur songe à l'une de leurs dernières conversations. « Passé quatre générations, on disparaît pour toujours, avait-il soupiré en ranimant un feu qui s'éteignait doucement dans la cheminée. Tes enfants connaîtront à peine mon existence et les enfants de tes enfants m'auront définitivement oublié. » S'il a une descendance, quel souvenir garderont-ils d'Arthur Grandin, leur aïeul ?

Un bruit sourd le sort de sa rêverie. Arthur se lève et découvre un pigeon au plumage décati qui s'ébroue sur la corniche après être rentré la tête la première dans la fenêtre de sa chambre. L'imbécile volatile a dû se tromper de trajectoire. Arthur hausse les épaules et retourne se coucher. Mais le pigeon repart à la charge et tape frénétiquement sur le carreau. Arthur revient sur ses pas et s'aperçoit qu'il porte autour du cou une petite capsule. Il ouvre la fenêtre, prend l'étui et découvre un message manuscrit. « Rendez-vous à 14 heures au pont de Solferino. Viens seul ou avec ma fiancée si je lui manque trop. » Le message est signé Martin de Saint-Denys. Arthur sourit et déchire la lettre. Décidément, ce type est un original. Ce n'est pas pour autant qu'il se rendra à cette invitation. Il ne peut pas se permettre de faire l'école buissonnière à quelques heures de la conférence du patron de Logbook.

*

Après une nuit troublée par de multiples cauchemars – dans l'un d'entre eux, il caracole sur un cheval blanc place de la Concorde et poursuit Jack Falkenberg en brandissant une pince de homard avant d'être plaqué au sol par une armée d'employés de Logbook qui grouillent sur son corps comme des Lilliputiens –, Arthur arrive de bon matin à l'Agence française de notation des individus. Il est à peine sept heures mais l'activité bat déjà son plein à deux jours de l'arrivée du fondateur du plus puissant réseau social au monde.

D'ailleurs, tout Paris est en effervescence. La rumeur court, enfle et grandit dans le métro où les voyageurs s'alignent par catégorie conformément aux prescriptions d'Opale, dans la rue où des petits groupes – jamais plus de cinq personnes pour ne pas troubler l'ordre public – discutent passionnément, dans les cafés où Abalone veille à ce que chaque consommateur commande ce qui est bon pour sa santé. Si l'on en croit les révélations savamment distillées par des sources aussi anonymes que bien informées, la visite du patron de Logbook coïncidera avec deux annonces majeures qui vont révolutionner le système de notation mis en place au lendemain de la Grande Catastrophe. On parle d'un nouvel échelon réservé à une infime minorité dotée d'avantages considérables. Les Atlas ne seront pas une supercatégorie A mais une classe à part, ce qui laisse à chacun l'espoir d'en faire partie. On évoque aussi un programme de colonisation de la planète Mars réservé aux catégories E les plus audacieux. Là aussi, les places seront chères, les candidats multiples et les lauréats peu nombreux.

Emporté par la foule qui l'a happé place de l'Étoile avant de le recracher cinq stations plus loin, Arthur traverse la rue Royale d'un pas assuré qui tranche avec l'appréhension qu'il ressent intérieurement. Pour la première fois de sa vie, il a eu du mal à se lever. Il a préféré terminer le troisième carnet de son grand-père plutôt que de faire sa gymnastique habituelle et n'a pas eu le temps de prendre le petit déjeuner copieux qui lui était prescrit. Si son père ne l'avait pas appelé à 6 h 54 (Alexandre a une passion pour les comptes à rebours) pour s'assurer qu'il serait bien à l'heure, Arthur serait encore en train de bouquiner. « Je veux que tu sois fort pour montrer ta supériorité aux autres, digne de l'éducation que je t'ai donnée, et exemplaire pour étrenner dès aujourd'hui ton nouveau statut. N'oublie pas que quelque part dans le monde, un Chinois, un Brésilien ou un Indien fait mieux que toi ce que tu fais en ce moment. »

« Fort, digne, exemplaire », Arthur récite ce mantra en pénétrant dans le hall de l'immeuble comme s'il s'était absenté le temps d'aller faire une course. Debout derrière le guichet d'accueil, deux employés pianotent sur leur téléphone, l'air soucieux. En vertu du règlement de l'AFNI, leurs résultats médiocres leur ont valu d'être relégués au rez-de-chaussée. Arthur reconnaît l'un d'entre eux, Kevin de Chateaubriand, auteur à l'âge de douze ans du *Génie du robotisme* en alexandrins mais rattrapé par une crise d'adolescence qui l'a fait sombrer dans une coupable indolence. Le directeur des récompenses salue son jeune collègue mais n'obtient aucune réponse en retour. Le jeune homme n'a pas de temps à perdre en bavardages.

Arthur songe à la phrase de Martin (« Ils marchent la tête penchée vers le sol sans regarder où ils vont, rentrent dans des lampadaires, s'excusent mollement et poursuivent leur chemin un vague sourire aux lèvres, comme des galériens qui s'accommoderaient de leur obsolescence programmée ») et se tourne vers le vigile, qui est en train de griffonner quelques lignes sur un petit carnet à spirales.

– Qu'est-ce que vous écrivez ?

– Des poésies pour Nawal, ma fiancée. Elle est restée au pays parce que sa famille estime que je ne suis pas un bon parti. Il est vrai que je suis un C2. Mais un C2 amoureux.

– Je peux y jeter un œil ?

– Bien sûr.

Walid lui tend le tome 3 des *Gazouillis*. Arthur lit quelques sonnets. Il apprécie la délicatesse des thèmes abordés, la richesse des rimes, les assonances et les allitérations. Il lui promet de reconsidérer son cas. Ivre de bonheur à l'idée que son talent soit enfin reconnu, Walid regarde le *chief congratulating officer* s'éloigner avec une gratitude infinie.

*

– Ah, te voilà enfin ! s'exclame Damien qui déboule dans le bureau d'Arthur avec un air guilleret. Quel est ton score aujourd'hui ?

Arthur s'est assis sous l'affiche où figure le slogan de l'AFNI : « Nous sommes tous connectés mais certains sont plus connectés que d'autres. » Il actionne le pédalier qui se trouve à ses pieds, effleure son écran et constate qu'il doit répondre à huit cent douze courriers, trois cent quatorze messages et qu'il a quinze rendez-vous et six réunions dans la journée. Il soupire, déjà las. D'un seul coup, son métier lui paraît creux et vide de sens. Surtout quand il le compare avec les exploits de son grand-père.

– Mon score ?

– Combien de calories as-tu brûlées ce matin ? Moi j'en ai cramé huit cent quatre-vingt-sept. C'est mon record cette semaine !

– Tu me bats, concède Arthur. Moi, je n'ai pas réussi à courir ce matin.

– Qu'est-ce qui t'arrive ? Tu es malade ? Ne me dis pas que tu es encore fatigué.

– Non, non, ça va. Le séjour à la campagne m'a fait du bien.

– Alors reprends-toi. Dans deux jours, tu seras officiellement Atlas. C'est un statut qui nous oblige.

– Je sais. Mon père ne cesse de me le répéter, grimace Arthur.

– Et puis moi aussi j'ai besoin que tu sois au mieux de ta forme. J'ai besoin de cette compétition qui me pousse à m'améliorer sans cesse. Tu m'as manqué ces derniers jours, souffle Damien, soudain sentimental.

Le directeur des sanctions de l'AFNI se reprend aussitôt.

– Et puis il faut que tu sois opérationnel dès ce soir, parce que tu as reçu une invitation.

– Quelle invitation ?

– Celle-là, répond Damien en désignant une enveloppe aux bords dorés sur le bureau de son collègue.

Arthur ouvre l'enveloppe et lit : « Jules-Édouard Tournier vous convie à une "petite sauterie" pour fêter l'officialisation de votre statut d'Atlas. Rendez-vous au Pavillon de la Reine à 21 heures précises. »

– Je ne sais pas si je vais y aller. Ce type ne m'inspire pas confiance.

– Tu n'as pas le choix. Tu as raté pas mal de réunions ces derniers jours. Nos équipes remuent ciel et terre pour débusquer les profils qui illustreront nos fonctions de *chief congratulating* et *chief punishing officer* pour la conférence de Falkenberg, mais ils n'ont trouvé personne pour l'instant. Ce n'est pas le moment de nous faire faux bond. D'autant que la campagne de promotion a déjà commencé.

– À ce propos, qu'est-ce que c'est que ce programme Exploit dont on me rebat les oreilles depuis ce matin ?

– Tu veux parler du programme Explore ? bafouille Damien en se retournant pour s'assurer que personne ne les écoute. C'est un peu long à expliquer… Et puis ton premier rendez-vous t'attend derrière la porte. Mais je suis sûr que Jules-Édouard nous en parlera ce soir.

– C'est bon, je viendrai, soupire Arthur.

Damien sort, préoccupé. Son ami file un mauvais coton depuis son accident. Et si Jules-Édouard avait raison de brocarder ses doutes et sa fragilité ? Pendant ce temps, Arthur relit un extrait des carnets d'Anatole.

> « 29 mai 1942. J'ai croisé Adolphe T. à une réception chez des amis de mes parents. Quel odieux personnage ! Le fils d'Aristide T. s'est considérablement enrichi grâce au marché noir et au trafic de cartes de rationnement. Il paradait dans son costume à rayures trop ajusté pour son gros ventre et me toisait avec condescendance du haut de ses vingt-sept ans. Il s'est même permis, avec la bénédiction du maire de F., de m'encourager à m'inscrire aux Chantiers de la Jeunesse, voire à la Milice, puisque la victoire des Allemands est non seulement inéluctable mais surtout tellement préférable à la menace bolcheviste et à la pègre gaulliste. Il a passé une demi-heure à faire la promotion de cet ordre nouveau où les trains arrivent à l'heure et où tout fonctionne correctement malgré les nécessaires restrictions pour soutenir l'effort de guerre de

nos cousins d'outre-Rhin. Je me suis retenu de lui cracher mon mépris au visage. Quelle terrible soirée ! »

Arthur a fermé les yeux. Quand il les ouvre, un quinquagénaire tiré à quatre épingles se tient devant lui, l'air satisfait. Ludovic Nissoffe, surnommé « Nissoffe qui peut » par ses détracteurs, a fait fortune en vendant à prix d'or des injonctions hygiénistes et des kits de chasse aux bactéries au bureau (« les saletés pullulent sur les claviers »), aux toilettes (« des nids à microbes »), dans les transports en commun (« tout simplement ignobles ») et même dans le lit conjugal (« à vous dégoûter du mariage »). Il s'est associé à Bubble pour développer des applications qui traquent la moindre impureté dans les lieux publics.

– Notre prochain chantier, ce seront les maisons de retraite. Avec l'explosion des maladies neurodégénératives, on a affaire à des troupeaux de vieillards qui font des saletés partout avec leurs mains tremblantes et leurs mauvais yeux.

– Bien sûr, répond Arthur.

Le directeur des récompenses de l'AFNI consulte les profils sélectionnés par son équipe. Il constate avec un mélange de dépit et d'inquiétude qu'il n'a envie d'en rencontrer aucun.

– Je vais leur implanter des électrodes qui déclencheront une décharge électrique à la moindre défaillance. La technologie peut nous aider à dépasser nos faiblesses. Ce serait bête de ne pas en profiter, n'est-ce pas ?

– Bien entendu.

Arthur écoute les projets de Ludovic Nissoffe d'une oreille d'autant plus distraite qu'il est interrompu toutes les cinq minutes par Laura qui fait irruption dans son bureau entourée d'une escouade d'agents qui nettoient, époussettent, récurent et astiquent le moindre recoin de la pièce pour s'assurer que le patron de Logbook arrivera dans l'environnement sain qu'il a exigé.

– L'algorithme va nous accompagner jusqu'au seuil de la mort et peut-être au-delà, conclut Ludovic avec un sourire conquérant.

– Je vais vous faire passer en A1, rétorque Arthur d'une voix morne.

Il retourne une feuille à en-tête de l'AFNI sur laquelle il reconnaît son écriture : « Institut de la seconde chance. » Il se gratte la tête. À quoi est-ce cela peut bien correspondre ?

– Formidable ! Est-ce que cela veut dire que vous allez me choisir pour la conférence ?

– Vous avez toutes vos chances. Maintenant, vous m'excuserez, mais il faut que je passe un coup de téléphone.

Sitôt l'homme sorti, Arthur prend son téléphone.

– Élise, est-ce que tu es libre pour le déjeuner ?

*

Arthur retrouve sa sœur dans un restaurant gastronomique du Quartier Latin. Pour une fois, il n'a pas envie de déguster des insectes reconditionnés, des bouillons aromatisés ou des graines. N'en déplaise à Abalone, qui veut limiter sa consommation de protéines d'origine animale, il commande un tournedos saignant qu'il accompagne d'une bouteille de saint-émilion.

– Comment vas-tu ? Tu m'avais l'air stressé quand je t'ai eu au téléphone.

– Le séjour à la Bretaudière m'a fait du bien. Dommage qu'on soit obligés de se séparer de cette belle maison.

– Pense à l'avenir, souffle Élise en rougissant. Le statut d'Atlas te conviendra parfaitement.

Afin de ne pas compromettre la vente de la propriété par des pensées romantiques et une nostalgie inappropriée, Alexandre a fait promettre à sa fille qu'elle ne parlerait pas de la vente de la Bretaudière à son frère. En contrepartie, elle a obtenu qu'il consente à y conduire son fils une dernière fois.

– Et puis rappelle-toi ce que nous a dit papa : nous sommes faits pour diriger ce monde. Ce qui nous arrive est à la fois extraordinaire et parfaitement légitime.

– Puisque tu le dis… Au fait, où en es-tu de ta candidature ?

– Marcel m'a aidée à actualiser mon profil. C'est gentil de sa part car il aurait pu postuler lui aussi mais il a préféré me laisser sa place. J'espère qu'il fera partie de la prochaine promotion.

– Quant à moi, j'espère que les missions qui nous seront confiées seront plus intéressantes que ce que je fais à l'heure actuelle à l'AFNI, faute de quoi je démissionnerai après la conférence de Falkenberg.

– Quoi ? Mais tu es fou !

– Je suis extrêmement sérieux. Mon travail ne me plaît plus. J'ai envie de passer à autre chose. Pas toi ?

– Je suis en train de travailler sur un sex-toy familial développé par une amie de Marcel. Les BOLA m'ont tout apporté, puissance et célébrité. Je ne les décevrai pas.

– Tout ce que je sais, c'est que je ne peux plus me contenter d'accorder des promotions à ceux qui suivent docilement leurs consignes. J'ai envie de vibrer pour quelque chose de plus grand que ça. À propos d'obéissance, savais-tu que grand-père avait été résistant ? Il a consigné ses aventures dans des cahiers que j'ai retrouvés à la Bretaudière.

Arthur sort le premier carnet d'Anatole et lit quelques extraits. Élise écoute son frère avec impatience. Voyant qu'il n'a pas l'intention d'arrêter sa lecture, elle l'interrompt au bout de quelques minutes.

– Tu as l'air d'oublier qu'avec ses petites aventures et ses grandes idées, Anatole a semé la ruine et la désolation autour de lui. Papa nous a raconté que douze membres de la famille ont été arrêtés et torturés par sa faute et qu'un hameau voisin – où l'on soupçonnait qu'ils avaient leur repaire – a été incendié ; et tout ça pour quoi ? Pour que leurs exploits se terminent par un fiasco lamentable. La Résistance, Arthur, ce ne sont pas que des épopées magnifiques. Ce sont aussi des histoires minables et des chutes grotesques.

– Cela ne correspond pas à ce qu'il écrit dans ses carnets. Il a même essayé de les publier.

– Il a probablement cherché à se réhabiliter aux yeux de la famille qui ne voulait plus entendre parler de ses exploits au lendemain de la guerre.

– Tu ne m'enlèveras pas de l'idée qu'on a tous besoin d'héroïsme.

– Cherche d'autres sources d'inspiration si tu en as vraiment besoin.

– Comme Martin de Saint-Denys ? Il m'a proposé de le retrouver à 14 heures. Tu veux te joindre à nous ?

– Certainement pas. Il y a autant de chances que je sorte avec lui que je devienne passionaria de la Résistance.

Le téléphone d'Élise se met à vibrer.

– Tiens, c'est drôle. Je viens de recevoir un message de papa qui t'était destiné.

– Ah bon ? Qu'est-ce qu'il dit ?

– « Mon fils, je compte sur toi pour me rendre fier. »

Chapitre 17

Élise sort du restaurant le ventre vide. Elle n'a mangé qu'un bol de noix californiennes (qui ont la réputation de renforcer la capacité d'apprentissage et de mémorisation) afin de respecter le régime de restriction calorique draconien qui garantit à ceux qui s'y astreignent une espérance de vie supérieure à la moyenne de 40 %. C'est ce qui ressort de l'étude de l'enclave de Loma Linda, en Californie, où d'après Bubble la proportion de centenaires est considérablement plus élevée qu'ailleurs. Elle est inquiète pour son frère, qu'elle a trouvé tourmenté, instable, méconnaissable. Ce n'est pas à vingt-quatre heures de sa promotion au rang d'Atlas qu'il convient d'avoir des états d'âme. Élise range son portable et rentre en réunion, bien décidée à faire partie de la caste des Élus elle aussi.

Seul au milieu d'une foule de cadres affairés qui déjeunent en silence, l'œil rivé sur leur écran, Arthur fulmine. Sitôt Élise partie, il a consulté son téléphone et lu le message qu'Alexandre lui a envoyé par mégarde : « Pas un mot sur la Bretaudière. Ne courons pas le risque qu'Arthur se souvienne qu'il refusait qu'on vende cette bicoque. »

Alexandre lui a menti. Alexandre l'a trahi. Il a profité de son amnésie passagère pour lui faire avaler la vente de sa maison d'enfance, qui est le seul lien qui le rattache à son grand-père et à son glorieux passé. Il savait qu'Arthur s'y opposerait de toutes ses forces mais il l'a fait quand même. Il se targue d'être le meilleur des pères mais il se fiche éperdument de ce que son fils peut penser. Ivre de rage, Arthur compose le numéro d'Alexandre. Mais il tombe sur sa boîte vocale et choisit de ne pas lui laisser de message.

Arthur s'en va les mâchoires serrées. Il traverse la rue et reçoit une notification : « Vous avez dépassé votre quota de viande rouge pour la semaine. Songez à rééquilibrer votre alimentation avec d'autres sources de protéines. Et faites du sport car vous n'en avez pas fait ce matin. » Il étouffe un juron et se dirige vers la Seine à grandes enjambées.

Arthur se souvient enfin. Il se souvient des orages de son enfance, quand Alexandre claquait la porte après avoir imposé sa décision. Il se souvient de l'air désolé de sa mère quand elle voyait son fils partir aux aurores, les yeux ensommeillés et les membres gourds. Il se souvient de ses larmes, ravalées en silence quand son père avait brisé un jouet qu'il trouvait inutile, déchiré un dessin plein de sensiblerie et jeté par la fenêtre une console de jeux qu'il avait reçue pour son anniversaire. Il se souvient de sa panique quand Alexandre l'avait balancé dans les eaux chaudes du Gulf Stream en lui conseillant de rejoindre au plus vite les côtes floridiennes pour éviter les requins qui pullulent dans la région. Il se souvient de son Institut de la seconde chance, balayé du revers de la main par un père despotique.

Arthur pleure. Il pleure son enfance tétanisée par les vociférations paternelles et sa jeunesse perdue à courir plus vite, sauter plus haut, tenir plus longtemps et viser plus juste que les autres. Il pleure les amis qui sont partis les uns après les autres, effarés par l'intransigeance d'Alexandre et démoralisés par les résultats de son fils. Il pleure sa solitude, que la tendresse d'une mère n'a pas eu le temps de combler. Il pleure cette imbécile compétition avec Damien qui n'a rien d'une amitié. Il lève des yeux embués sur une affiche d'Opale où l'on peut lire : « Soyez unique, soyez différent. » Puis, quelques mètres plus loin, il découvre une injonction contradictoire : « Signalez-nous tout comportement suspect ou attitude inappropriée. » Arthur hausse les épaules et traverse la Seine. Son monde est en train de s'écrouler mais le fleuve continue de s'écouler, indifférent à son malheur. C'est rageant.

Alexandre lui a imposé la plus dure des éducations. Et tout cela pourquoi ? Pour qu'il fasse partie d'une élite désincarnée ? Pour qu'il décerne d'inutiles breloques à des esclaves zélés ? Ou bien pour correspondre aux rêves de grandeur d'un père autoritaire ? Arthur presse le pas. Désormais, il suivra son propre chemin. Il marchera sur les traces d'Anatole au risque de désobéir à son père. Il cherchera une nouvelle forme d'héroïsme, quitte à devenir un paria aux yeux des BOLA. Il ira retrouver Martin qui lui a donné rendez-vous quelques heures auparavant. Ne lui a-t-il pas promis qu'ils feraient de grandes choses ensemble ?

*

Arthur arrive à 14 heures au pied du pont de Solferino, mais Martin n'est pas là. Il traverse la Seine à plusieurs reprises, croise un groupe de vieillards en perfecto qui prennent un cours de selfie puis une meute d'enfants qui courent, la langue pendante et les yeux exorbités, sous la conduite d'une institutrice hystérique. 14h09, Martin est en retard. Arthur parcourt le pont de long en large, emprunte les passerelles qui débouchent sur les quais de la Seine, pousse tantôt vers le Louvre, tantôt jusqu'au musée d'Orsay. Il surprend plusieurs conversations où il est question des Atlas et du programme Explore. 14h17, toujours pas de Martin. Arthur doute.

Son premier rendez-vous, un ancien cancre qui a développé une application qui injurie l'utilisateur à coups de messages cinglants (« Tu es vraiment trop con ! », « Plus nul, je n'ai jamais vu ça ! », « Même ma grand-mère y arriverait ! ») est probablement en train de faire les cent pas devant la porte de son bureau. Quelle mouche l'a piqué d'aller rejoindre ce Martin qu'il ne connaît que depuis deux jours ? Pourquoi n'a-t-il pas prévenu ses collaborateurs de son retard ? Ce n'est pas parce qu'il a l'intention de quitter l'AFNI qu'il doit mettre ses équipes en difficulté. Arthur regarde sa montre : 14h26. Martin ne viendra pas.

Il s'apprête à repartir quand il voit un énergumène arriver droit sur lui, l'air guilleret. Martin a revêtu une combinaison de jardinier agrémentée d'une veste en velours violette et d'un foulard orange vif.

– Mon cher ami ! Je savais que je pouvais compter sur toi.

– Tu as vu l'heure qu'il est ? J'étais sur le point de partir.

– Tu es venu sans Élise ?

– Au risque de te décevoir, je crois que tu ne devrais pas te faire d'illusions. Ma sœur n'est pas près de tomber amoureuse de toi.

– Tout vient à point pour qui sait attendre, mon ami. Ça, c'est le problème de votre génération : on vous a tellement habitués à tout obtenir d'un simple clic que vous êtes incapables d'attendre qu'un fruit mûrisse.

Martin reprend le pont en sens inverse, traverse la voie Georges-Pompidou et rentre dans le jardin des Tuileries. Il fait quelques pas vers la droite, salue un gardien et ouvre la grille qui mène au local où sont stockés les mini-pelleteuses, tractopelles et autres dumpers qu'utilisent les jardiniers. Quelques instants plus tard, un side-car sort du parc en pétaradant sous l'œil admiratif d'une foule de badauds. Adossé à un arbre, un homme mandaté par Jules-Édouard pour surveiller les faits et gestes du directeur des récompenses de l'AFNI observe la scène en silence. Arthur ne l'a pas vu.

– Qu'est-ce que c'est que cet engin ? Tu ne crois quand même pas que je vais monter là-dedans ? Où comptes-tu aller avec ça ?

– Ça y est, tu recommences à poser trois questions à la fois. Allons, n'essaye pas de tout contrôler et fais-moi confiance.

Arthur se faufile dans l'étroit habitacle qui n'est pas conçu pour ses longues jambes. Aussitôt, Martin démarre en trombe et roule à vive allure sur les quais de la Seine. Il tourne à droite avant la gare de Lyon, passe devant un gigantesque kakemono vantant la colonisation de la planète Mars « par les explorateurs les plus intrépides », bifurque à gauche et sort de Paris.

– Où va-t-on ? crie Arthur quand ils s'arrêtent à un feu.

– Tu vois bien que cela ne leur pose aucun problème qu'on roule en side-car, hurle Martin en réponse. Plus on impose de normes aux gens, plus ils acceptent ce qui sort de l'ordinaire. Comme disait Danton : « Pour vaincre, il nous faut de l'audace, encore de l'audace, toujours de l'audace ! »

Arthur se souvient d'un passage du cinquième carnet de son grand-père

> « 11 octobre 1943. Notre opération de sabotage s'est déroulée si facilement que nous étions presque déçus. C. de S.-D. affirme que c'est parce que les gens nous soutiennent, même s'ils n'osent pas prendre fait et cause pour nous. Moi j'aurais plutôt tendance à croire qu'ils sont tellement accablés par ce qu'ils endurent que plus rien ne les surprend. »

Martin emprunte une petite route départementale, longe la Seine pendant plusieurs kilomètres avant de garer le side-car à l'orée d'un bois.

– On va finir à pied. Ça sera plus prudent. Je peux voir ton téléphone ?

– Tiens.

Il prend le portable d'Arthur et le jette dans le panier du side-car.

– Qu'est-ce que tu fais ?

– Tu n'en auras pas besoin là où on va. Et je ne veux pas que l'on puisse nous localiser. Viens. Il est l'heure que tu fasses connaissance avec Lucie.

– Lucie ? Qui est Lucie ?

Martin s'engouffre dans les bois.

*

C'est Arthur qui rompt le silence en premier.

– Mon père a voulu faire de moi un surhomme alors que je ne lui avais rien demandé.

Martin se faufile avec une agilité déconcertante entre les arbres et les fourrés. De temps à autre il s'arrête, écoute les bruits de la forêt puis recommence à crapahuter d'un pas alerte et décidé.

– Et il m'a trahi en vendant sans m'en parler la maison de famille qui me rattachait à mon passé.

– Ton père n'a fait qu'obéir aux commandements d'une époque qui forge des hommes musculeux et virils mais tellement coupés de leurs racines qu'ils ont la carrure de chevaliers mais aucune armoirie sur leur bannière. Ils ont l'étoffe de héros mais aucune cause à défendre.

– Je me croyais mieux loti que les autres. Je pensais qu'on avait tissé un lien indestructible au fil des épreuves qu'il m'avait fait traverser. Et puis mes exploits prouvaient qu'il avait raison de me pousser dans mes retranchements. J'étais premier au concours d'entrée à Polytechnique, major de promotion à Stanford, médaille d'or dans toutes les disciplines auxquelles je concourais. Et le pire, c'est que j'en étais fier !

– Votre génération galope la main crispée sur le chronomètre tandis que la machine rigole de vos piteux progrès. Viens avec moi, tu comprendras que cette course à la performance est vaine, lance Martin en dévalant une pente abrupte.

Arthur observe l'homme qui évolue avec aisance dans ces bois inextricables. Martin est petit et bedonnant quand lui est grand et athlétique. Il est imprévisible et bordélique alors qu'il est prévoyant et organisé. Tout les sépare a priori. Mais il émane de cet homme une liberté qu'il n'a rencontrée chez aucun des candidats à une promotion ou une médaille qu'il croise depuis qu'il a été nommé *chief congratulating officer* de l'AFNI. Qu'est-ce que Martin peut lui apporter ? Vers où le conduit-il ?

– J'ai vu beaucoup de fils martyrisés par des pères qui tremblent à l'idée que leurs fils les dépassent. Cela n'a pas été mon cas. Mon père n'a jamais eu peur que je fasse mieux que lui, si bien que j'étais heureux quand il me disait que grâce à lui j'allais régner sur ce nouveau monde dominé par les BOLA. Mais quand j'ai appris qu'il avait vendu la Bretaudière à mon insu, j'ai compris qu'il m'avait instrumentalisé pour servir son appétit de pouvoir et étancher sa soif de revanche sur une famille qui nous a ostracisés. Il ne s'est pas soucié un seul instant de ce que je pensais. Dans ces conditions, je ne vois pas pourquoi je continuerais à lui obéir. J'ai envie de tout balancer, mon diplôme de Stanford, mes médailles d'or, mon travail à l'AFNI et même les BOLA.

– À la bonne heure ! se réjouit Martin en tendant l'oreille pour s'assurer que personne ne les suit.

– Mon père n'a cessé de me dire qu'il m'a tout donné, ses connaissances, son savoir-faire et ses valeurs. Le problème, c'est que je ne veux plus entendre parler de son héritage. Que faire ?

– Mon père ne m'a rien transmis.

– Ah, toi aussi tu as eu un père terrible ?

– Pas du tout. On ne transmet rien si on ne sait rien faire. J'aurais aimé qu'il m'enseigne le bricolage, la pêche et l'astronomie, mais il n'y connaissait rien. J'aurais voulu qu'il me parle des arbres, des nuages et des saisons, mais il était incapable de déchiffrer quoi que ce soit. J'aurais souhaité qu'il me forme à un métier, mais le monde changeait trop vite pour lui. Toutes ces choses-là, je les ai apprises par moi-même et je ne lui en tiens pas rigueur parce qu'il m'a offert le plus beau des cadeaux : il m'a libéré du fardeau de la transmission. Il m'a fait comprendre qu'il n'attendait rien de moi. En retour, je ne lui ai reproché ni ses absences ni ses défaillances. Je ne lui ai demandé que son amour que j'ai reçu en surabondance. Pour le reste, il savait que je serais incapable de préserver la fortune qu'il avait accumulée en y ruinant son mariage et sa santé. Il est allé jusqu'à m'ordonner de dilapider l'argent qu'il avait gagné pour ne pas ajouter la mauvaise conscience à l'échec avéré. Tu vois, je suis un fils obéissant ! Ça y est, nous sommes arrivés !

*

Arthur et Martin débouchent sur une vaste clairière au milieu de laquelle se dressent les ruines d'un ancien monastère cistercien. La stupéfaction d'Arthur va grandissant à mesure qu'ils s'approchent des bâtiments. De loin, ce n'est qu'un amoncellement de roches de toutes tailles et de toutes formes, anarchiquement distribuées autour d'un bâtiment central et traversées par une masse sombre de ronces, de feuilles et de branchages. Mais à mesure qu'ils avancent, la masse devient architecture, les pierres s'ordonnent harmonieusement et l'ensemble acquiert une cohérence aussi saugrenue que poétique.

Fier comme Artaban, Martin arpente sa thébaïde tout en racontant l'histoire des lieux. Fondé au début du XIVe siècle par un cadet de noblesse, le monastère a connu un timide essor pendant quelques décennies sans jamais rivaliser avec les grandes abbayes qui firent la richesse de la région. Ici, c'était le scriptorium, converti en panthéon des héros oubliés par Vianney de Keranval, un ancien libraire ruiné par Abalone. Fasciné, Arthur découvre des piles de livres invendus condamnés au pilon et des colonnes de manuscrits rejetés par les éditeurs.

– Tous ces livres qui n'ont pas « rencontré leur public », comme disent pudiquement les attachés de presse à leurs auteurs déconfits, tous ces romans placés d'office dans une librairie de province mais relégués au bout de quelques semaines dans une réserve poussiéreuse, tous ces manuscrits qui n'ont pas été jugés d'assez bonne qualité par un comité de lecture implacable, tous ces héros perdus et toutes ces héroïnes oubliées sont précieux, affirme l'amoureux des livres. Ils sont le fruit d'un dur labeur. Les auteurs de ces lignes y ont mis tout leur cœur. Ils ont porté leurs ouvrages dans la souffrance ou dans l'exaltation. Ils ont tremblé le jour où ils les ont adressés à leurs premiers lecteurs. Mais ils ont dû renoncer à leurs rêves de reconnaissance littéraire. Ils y reviendront peut-être. En attendant, on les traite d'écrivains ratés et on leur assène qu'ils auraient mieux fait d'apprendre à coder. Nous ne sommes pas d'accord ! Nous exhumons ces trésors oubliés et nous célébrons leurs auteurs. Nous nous moquons de ceux qui condamnent nos passions et stigmatisent nos désillusions parce que nous croyons à la force de l'écrit que nous opposons à la froide logique des mathématiques, cette idole moderne devant laquelle nos contemporains se prosternent. Nos rêves valent mieux que tous les classements de Bubble !

Arthur sourit. Si son père était là, il serait horrifié par cet étalage de déconvenues et d'improductivité. Raison de plus pour s'attacher à ce lieu et à ceux qui le fréquentent, comme ce petit monsieur assis dans une chaise roulante qui ressemble à s'y méprendre à Nicolas Dufour, l'homme qui cherchait son fils dans les couloirs du métro.

Martin conduit son ami au chauffoir, une grande salle au pavement polychrome au milieu de laquelle trônent les vestiges d'une cheminée monumentale où les moines allaient réchauffer leur encre quand elle devenait trop visqueuse. C'est ici que les compagnons de Martin se retrouvent pour échanger techniques, astuces et bonnes pratiques, sans jamais avoir recours à un écran pour les assister.

– Je ne te cache pas que cela n'a pas été simple pour tout le monde. Certains avaient besoin de leur téléphone pour les soutenir dans les moindres détails de leur vie quotidienne, tandis que d'autres étaient incapables de tenir plus d'un quart d'heure sans cajoler leur écran froid. Mais ils ont fini par comprendre qu'on a tout à gagner à miser sur l'intelligence humaine, si fragile et défaillante qu'elle soit, plutôt que se reposer sur l'algorithme. Opale veut nous faire croire qu'il nous fait gagner du temps avec ses applications, mais que faisons-nous des heures qui nous sont concédées si ce n'est passer encore plus de temps un téléphone à la main ?

Arthur est séduit. Oui, un autre monde est possible. Il songe à ses collègues de bureau, qui cherchent frénétiquement un candidat pour la conférence de Falkenberg, mais son corps se raidit aussitôt, comme si ses membres refusaient qu'il revienne en arrière. Pourquoi le faire d'ailleurs quand les occupants du cloître respirent la joie de vivre, à l'instar de ce jeune homme qui passe devant lui en sifflotant ? D'ailleurs, n'est-ce pas Maxime de Chassipoulet, qui a été brutalement arrêté devant ses yeux quelques jours auparavant ?

– Nous accueillons à bras ouverts les exclus de ce monde de performance et d'efficacité. On se fiche de connaître leurs opinions politiques, leurs préférences sexuelles, leurs goûts et leurs affinités. Car on met leurs talents au creuset de notre fraternité. C'est comme sur un bateau : le premier aura mauvais caractère, mais ce sera un formidable barreur ; le second sentira des pieds mais sera le meilleur des navigateurs ; le troisième sera paresseux mais il cuisinera à merveille. Et pour mettre toutes les chances de notre côté, nous avons décidé de ne plus nous informer. On n'a pas besoin d'être au courant de ce qui se passe loin d'ici.

– Mais pourquoi donc ?

– Parce que les nouvelles sont à la fois fâcheuses et surabondantes. Dans un cas, elles nous exaspèrent et nous consternent. Dans l'autre, elles nous fatiguent et nous ennuient. Que reste-t-il après une journée d'informations ? Un estomac rongé par la bile, un bourdonnement désagréable dans la tête et l'envie de plonger nos ennemis dans les plumes et le goudron ! Je t'assure, Arthur, pour vivre heureux, vivons sous-informés.

– C'est pour cela que tu ne connaissais pas l'AFNI et que tu n'étais pas au courant du système de notation mis en place par les BOLA ?

– Je ne m'en porte pas plus mal.

– Arthur Grandin ! Si on m'avait dit que je te croiserais ici, je ne l'aurais jamais cru !

Arthur se retourne et aperçoit l'ancienne ministre avancer sur lui. Elle ne ressemble pas du tout à l'ivrogne décatie croisée deux jours auparavant.

– Alors comme ça, tu as décidé de renoncer à ton idéal de hamster ?

– Martin est en train de me convertir, sourit Arthur.

– Et tu n'as pas encore tout vu ! répond Martin en prenant son ami par le bras.

Martin continue la visite. Ici, c'est le réfectoire, où les rebelles du cloître se réunissent à l'heure des repas. Avant même qu'Arthur ait le temps de lui poser la question, Martin détaille les combines de ses acolytes pour se ravitailler.

– Nous avons des amis qui cultivent des légumes et qui affinent des fromages dans les caves parisiennes, dit-il, des compagnons qui transportent des jambons ou des bouteilles de vin dans des attachés-cases, des complices qui récupèrent des biens de première nécessité au nez et à la barbe d'Abalone, des voisins qui troquent des marchandises contre de menus services, bref tout un réseau informel et mouvant qui nous permet de nous nourrir avec frugalité. On passe entre les mailles du filet, jubile Martin, en soulevant un drap pour dévoiler son trésor personnel, un alambic en cuivre récupéré chez un bouilleur de cru qui lui permet de distiller tout ce qui lui passe sous la main. La débrouillardise n'est-elle pas au cœur de l'esprit français ? La désobéissance n'est-elle pas une de nos plus grandes qualités ? Et puis ce serait le comble si on n'arrivait pas à nourrir quelques dizaines de personnes avec peu de moyens quand Lavarède, le héros de Paul d'Ivoi, parvint à faire le tour du monde avec cinq sous en poche !

– Vous êtes incroyables !

Arthur est ébahi. Il remarque une silhouette massive qui jardine paisiblement à quelques mètres d'eux. Mais oui, c'est bel et bien Gédéon Nguyen que Damien avait effacé avant de perdre sa trace ! Que fait-il là ? Et cet homme qui nourrit une basse-cour hétéroclite, n'est-ce pas Alexis Leduque qui provoqua la fureur du directeur des sanctions de l'AFNI ? Et cette jeune femme qui cuisine en chantonnant, ne s'agit-il pas cette jeune femme reléguée par Damien en catégorie E ? Les disparus qu'il a vainement cherchés se seraient-ils donné rendez-vous dans le refuge de Martin ?

– Qui sont tous ces gens ? Est-ce que ce ne sont pas ceux qui étaient pourchassés par les BOLA ?

Ravagé par les flammes lors de la Révolution française, le monastère a perdu son église, gagnée par la forêt. Il n'en subsiste que le pilier d'une chapelle latérale sur lequel se tient un homme d'une cinquantaine d'années, les cheveux hirsutes et les yeux injectés de sang.

– La nuit va bientôt tomber ! prophétise-t-il au moment où Martin et Arthur passent devant lui.

– Qui est cet homme ?

– Cassandre le Stylite est notre lanceur d'alerte.

– Votre lanceur d'alerte ?

– Pour être honnête avec toi, personne ne sait qui il est, ni pourquoi il répète cette phrase à longueur de journée. On l'a vu arriver un matin avec un buste du

Christ en chêne massif sous le bras et un maigre baluchon. Il avait le visage en sang. Certains prétendent que c'est un ancien prêtre martyrisé pendant la Grande Catastrophe, d'autres affirment que c'est un créateur de mode rejeté par ses pairs suite à une collection catastrophique et des propos insensés.

Malgré les rêveries de quelques romantiques sensibles à l'imaginaire médiéval et les investigations d'une société savante locale, le monastère sombre dans l'oubli tout au long du XIXe siècle. Il sort fugacement de sa torpeur au début de l'Occupation, grâce à l'activisme d'une poignée de résistants.

– Lucie nous attend. Elle est l'âme du cloître, avance Martin. Viens, suis-moi.

– La nuit va bientôt tomber ! annonce une voix derrière eux.

Chapitre 18

Il faut franchir un enchevêtrement épais de planches et de branchages et se faufiler dans un étroit passage pour accéder au cloître. Le dernier vestige du monastère est un carré parfait de vingt mètres sur vingt qui contraste nettement avec le reste des lieux. Autant les bâtiments alentour sont composés d'un étonnant bric-à-brac de matériaux glanés ici et là, autant le cloître est resté dans sa pureté originelle, avec ses pierres polies par les ans, ses arcades sculptées et son petit jardin au milieu duquel gargouille une fontaine. Lucie se tient là, escortée par Sun-Hi, une Coréenne colérique qui a posé ses mains aux longs doigts fins sur le manche d'une hache de guerre.

La sœur de Martin a le teint opalin, des longues lèvres carmin, un nez fin et des yeux turquoise. Son visage aux pommettes saillantes est surmonté de longues mèches blondes coiffées en chignon. Elle porte une robe blanche échancrée qui laisse deviner une ossature fine, et une cape en velours anthracite. Arthur est subjugué par la beauté de cette femme qui rayonne de force et de pureté. Son téléphone, s'il l'avait encore avec lui, ne manquerait pas d'afficher un taux de correspondance record.

Arthur est d'autant plus enthousiaste que le refuge des compagnons de Martin, où il a retrouvé les exclus qu'il recherchait vainement, correspond en tout point à son projet d'Institut de la seconde chance qui n'a pas eu l'heur de plaire à la dirigeante de Logbook et encore moins à son père.

– Je te présente Arthur, annonce joyeusement Martin. Comme je te le disais, nous allons faire de grandes choses ensemble.

– Je suis très heureux de faire ta connaissance ! s'exclame Arthur en tendant une main chaleureuse à l'égérie du cloître.

Lucie ne bouge pas. L'Asiatique atrabilaire lève un sourcil courroucé. Gêné, Arthur finit par retirer sa main.

– Je trouve que votre projet est formidable ! D'ailleurs, vous savez quoi ? J'ai eu la même idée que vous il y a quelques jours. C'est une étonnante coïncidence !

Lucie ne bronche pas. Martin lui fait de grands signes pour tempérer son enthousiasme mais Arthur, captivé par la beauté de la femme qui se tient face à lui et désireux de la séduire autant qu'elle lui plaît, n'y prête pas attention.

– Tout a commencé le soir où j'ai rencontré cette ministre que nous avons croisée en sortant du chauffoir. J'ai été tellement marqué par la sincérité de son discours que cela ne m'a pas dérangé qu'elle soit complètement ivre au moment de le prononcer. Mais je n'ai pas eu le temps de la remercier car elle a été arrêtée sans que je puisse faire quoi que ce soit pour l'éviter. Du coup, je me suis demandé ce qui arrivait à tous ces gens que l'on voit disparaître subitement et dont on efface toutes les traces au bout de quelques jours. Pour tout dire, je trouvais ça inhumain et cruel. Je me suis dit qu'on devrait leur permettre de se réinventer dans un environnement radicalement nouveau avec des cours théoriques et des stages de réadaptation. J'avais appelé ça l'Institut de la seconde chance. Bref, vous m'avez devancé puisque j'ai retrouvé tous les gens que je recherchais auprès de vous. Cela ne me pose aucun problème, bien sûr. Je suis si heureux de rencontrer des gens qui pensent comme moi !

Lucie ne manifeste aucune émotion. Tout juste peut-on distinguer une légère pâleur sur ses joues émaciées. Arthur s'enhardit. Avec ou sans téléphone, il n'a jamais ressenti un tel attrait pour une femme.

– J'ai élaboré des programmes spécifiques pour chaque type de cas. Si vous le souhaitez, je serai très heureux de vous les présenter. Je suis certain qu'ensemble, on pourrait aider vos compagnons à rebondir…

– Ton ami n'a rien compris, cingle Lucie en se tournant vers son frère. Le cloître n'est pas un banc de touche où des joueurs blessés peuvent se reposer avant de retourner sur le terrain. Ce n'est pas non plus un camp d'entraînement pour rivaliser bêtement avec la machine. C'est un lieu de résistance, le foyer d'une nouvelle humanité libérée des chaînes qui nous ont été imposées par nos ennemis, les BOLA. Ils ont profité de la Grande Catastrophe pour mettre le monde en coupe réglée, l'un s'emparant du savoir en nous rendant idiots, l'autre du commerce en dévorant tout sur son passage, le troisième de la politique en capitalisant sur nos emportements et le quatrième faisant régner l'ordre grâce à ses objets connectés. Ils ont imposé un totalitarisme algorithmique qui prévoit, ordonne et régule toutes nos activités du lever au coucher et de la naissance à la mort. Nous ne nous compromettrons pas avec ces prédateurs. Nous ne collaborerons jamais avec leurs représentants. Et pour mener ce combat, nous n'avons pas besoin de renforts mielleux mais de héros prêts à tout sacrifier.

– Je suis tout sauf mielleux ! proteste Arthur.

– Mais tu es peut-être conditionné par le système dans lequel tu évolues depuis tant d'années. Que les choses soient claires : nous n'avons aucune intention de changer ceux qui nous rejoignent. Nous ne voulons pas corriger leurs défauts, augmenter leurs capacités ou améliorer leurs performances. Nos compagnons sont bancals, fragiles et raboteux comme les pierres de ce cloître, mais adossés les uns aux autres, ils forment un édifice d'une solidité à toute épreuve. Seras-tu assez sensible pour comprendre ça ?

– Arthur est un grand dadais un peu bavard et maladroit, mais je suis persuadé que c'est l'homme de la situation, intervient Martin. Personne ne connaît les BOLA mieux que lui. Il saura nous protéger contre leur tyrannie. N'oublie pas que leur menace se précise chaque jour.

*

Arthur est blessé. C'est bien la première fois qu'on le traite de « grand dadais bavard et maladroit ». Est-ce qu'un grand dadais serait sorti major de Polytechnique et de Stanford avant d'intégrer l'AFNI à un poste de directeur à l'âge de vingt-sept ans ? Est-ce qu'un maladroit aurait collectionné les médailles dans des disciplines aussi variées que le rugby et l'athlétisme, la natation et la voile ? Pour qui se prend cette pimbêche qui lui fait furieusement penser à un personnage du cinquième carnet d'Anatole ?

> « 2 décembre 1943. Nous venons de traverser une crise qui aurait pu aboutir à une scission si l'autorité naturelle de C. de S.-D. ne s'était pas imposée aux plus récalcitrants. Le motif n'était pas politique – il y a bien un communiste qui cherche systématiquement à tirer la couverture à lui – ni stratégique. Mais C. est venu un matin avec M., sa cousine, qui voulait absolument combattre à nos côtés. La moitié du groupe s'y est violemment opposée, arguant qu'elle était trop jeune (elle n'a que quinze ans, il est vrai) et que la place d'une femme est à la cuisine, dans les jupons de sa mère. Ils ont été obligés de reconnaître qu'ils avaient eu tort car M. fait preuve d'une détermination sans faille, assortie d'une vraie bravoure dans les missions les plus périlleuses. Avec ça, elle est si sérieuse ! Rien ne semble la dérider, ni nos blagues potaches, ni nos tentatives maladroites pour la séduire. M. a les yeux rivés sur le jour où la France sera libérée. Elle ne vit que pour ça. J'en rêve moi aussi, bien sûr, mais cela ne m'empêche pas de penser qu'elle est bien jolie… »

– Ils veulent nous déraciner car ils ne supportent pas les anciens attachements à nos familles, à nos coutumes et à notre pays. Mais nous nous agrippons à cette belle terre de France qui nous protège, qui nous nourrit et qui nous ensevelira un jour, si Dieu le veut. Ils veulent nous ballotter comme des fétus de paille sous prétexte que le changement est dans l'air du temps, qu'il faut savoir se transformer et que de toute façon les BOLA ont gagné la partie. Mais nous n'avons pas encore perdu la guerre, quelques batailles seulement.

Arthur est vexé. Il n'a pas fait tous ces kilomètres dans un side-car étroit pour se faire éconduire par une beauté intransigeante. D'ailleurs Lucie n'est pas si belle que ça, avec ses yeux trop clairs et son teint blanchâtre. S'il était capable de s'orienter dans cette forêt touffue, il serait parti depuis belle lurette retrouver ses collègues de l'AFNI.

– Ils veulent nous disperser comme une nuée d'étourneaux sans conscience. Et ils y sont presque arrivés avec ce smartphone de malheur qui désagrège notre attention en une myriade d'émotions contradictoires et passagères. Une information chasse l'autre, une indignation succède à une colère, une émotion traverse notre ciel, et qu'en reste-t-il à la fin de la journée ? Une bouillie indigeste qui ne satisfait personne mais qui enrichit ces crapules sans scrupule. Ne les laissons pas déchiqueter notre attention ! Car le manque d'attention mène au manque de conscience. Et le manque de conscience conduit à la passivité et à ce conformisme paresseux qui nous fait dire que « chacun peut bien faire comme il veut tant que cela ne me concerne pas ».

« Cela ne doit pas être si compliqué de retrouver son chemin », se dit Arthur en regardant autour de lui. Il trouvera bien une route ou un village s'il marche dans la même direction pendant plusieurs kilomètres. Bien sûr, ce serait plus simple s'il avait gardé son téléphone mais il va falloir s'en passer.

– Comprends-moi bien : nous ne nous opposons pas au numérique en tant que tel mais à sa captation par les BOLA. Qu'ils choisissent les biens notés, les connectés, les compétents, les superbes. Nous, on se réserve les estropiés, les incapables, les mal vus et les faibles. On ne les accueille pas vraiment pour les redresser parce qu'on sait que c'est au cœur de nos faiblesses que la grâce surabonde. La vérité, Arthur, se trouve dans la descente, et non dans la montée. Ce n'est pas le surhomme brillant des BOLA mais l'homme vivant. Cassé, pauvre, mais debout. C'est le Christ qui met un genou à terre en montant au Calvaire. C'est notre humanité fragile qui implore sa miséricorde.

– Vous êtes croyants ? demande Arthur, interloqué.

– Oui. Mais notre foi n'est pas la foi des puissants au destin tout tracé, répond Martin. Ce n'est pas la foi des gens bien à la conscience tranquille, ni celle d'un clergé orgueilleux abusant de pouvoir. Ce temps-là est révolu et il ne reviendra pas. Nous, nous avons la foi pauvre et honteuse de ceux qui s'installent au dernier rang. Nous avons la foi misérable de ceux qui ne sont pas fiers de leur comportement. Nous avons la foi coupable d'une Église qui essuie chaque jour les crachats sur son visage. Mais nous avons aussi la foi joyeuse de ceux qui se drapent dans le manteau des faiblesses partagées, la foi paisible de ceux qui savent que la charité finira par l'emporter et la foi légère de ceux qui croient qu'Il viendra nous relever. Bienheureux les humiliés, les dépressifs, les paumés, ils sont plus proches de la lumière que vous ne le croyez !

– Vous avez de la chance d'avoir la foi, soupire Arthur.

– Et toi, que fais-tu pour l'avoir ? tranche Lucie. Est-ce que tu pries ?

– Cela fait des années que je n'ai pas essayé.

– Comment veux-tu recevoir si tu ne fais pas l'effort de demander ?

Ça y est, la voilà qui redevient impitoyable, s'agace Arthur. Ce n'est pas en soufflant le chaud et le froid qu'elle va m'inciter à rallier leur cause, pense-t-il. Elle devrait savoir qu'on n'attrape pas les mouches avec du vinaigre.

– Je ne suis pas sûr que vous allez attirer les foules avec de tels principes, maugrée-t-il. Vous êtes combien, au juste ?

– Quarante-deux avec toi, répond Martin. Mais je reviens chaque semaine avec de nouveaux amis qui abandonnent cette course frénétique à la performance ou qui rejettent tout simplement les diktats que l'algorithme leur impose. Cela peut te sembler dérisoire par rapport à la puissance des BOLA, mais nous sommes convaincus que ce n'est pas le nombre qui compte. L'histoire a prouvé à bien des reprises qu'il suffit de quelques hommes déterminés pour changer le cours des choses.

Lucie a fait un pas vers Arthur. Elle darde sur lui un regard si intense et si déterminé qu'il est obligé de baisser les yeux.

– Nous sommes une France qui refuse de disparaître sous les coups de boutoir des oligarques de la Silicon Valley. Nous sommes un peuple indépendant, querelleur et fier qui n'a pas été habitué à obéir le doigt sur la couture du pantalon.

Arthur est saisi. Les paroles de Lucie résonnent comme l'appel à l'action qu'il rêvait d'entendre depuis des années.

– Nous sommes un pays rebelle qui a toujours fini par se dresser contre l'oppresseur. Nous sommes une nation qui a su s'unir aux heures les plus cruciales. Car il y a au fond de chaque Français l'audace de Valmy, la ténacité de Verdun et la ferveur de la Libération.

Lucie s'est approchée d'Arthur. Il sent la chaleur de son corps et son haleine sucrée et pourrait presque l'embrasser s'il tendait les lèvres, mais il est figé dans la stupéfaction.

– Nous sommes les descendants de Bayard et de Jeanne d'Arc, de Gavroche et de Jean Moulin. Azincourt, Waterloo, Sedan, nos cruelles défaites ont toujours été suivies d'éclatantes victoires pour peu que l'on ne cède pas au découragement et que l'on accepte d'entrer en résistance.

Résistance. À ce mot, le sang d'Arthur ne fait qu'un tour. Toutes ces heures d'entraînement, toutes ces compétitions n'auront pas été vaines. Elles l'auront préparé à défendre les disciples de Lucie contre la tyrannie des BOLA. Son grand-père avait un rêve mais il était trop immature pour courir de tels risques. Son père a cherché à le détourner de toute forme d'idéal. Sans le savoir, il l'a armé pour devenir chevalier.

Résistance. C'est l'étincelle qui allume le brasier où ses dernières barrières se consument. Arthur n'a pas la foi de Martin et sa sœur ? Qu'importe, il se battra comme un lion pour défendre leur patriotisme. Ceux qui croient au Ciel peuvent bien retrouver ceux qui n'y croient pas si la cause est juste et le combat légitime.

– Les BOLA ne supportent pas notre indépendance, affirme Sun-Hi, qui prend la parole pour la première fois. Malgré tous les pare-feu et les systèmes de brouillage que j'ai pu élaborer, leurs espions se rapprochent dangereusement. Dieu sait ce qui arrivera le jour où ils nous découvriront…

Arthur ne l'écoute pas. Il brûle d'envie d'en découdre.

– Le sang de notre grand-père, Charles de Saint-Denys, coule dans nos veines, ce sang engagé dès 1940 et versé à Buchenwald trois ans plus tard, conclut Lucie. Est-ce que tu comprends maintenant pourquoi je ne veux pas de renforts tièdes mais des héros prêts à tout sacrifier ?

Charles de Saint-Denys ! C'était donc à lui que correspondaient les initiales C. de S.-D. dans les carnets d'Anatole ! L'histoire est un éternel recommencement qui lui permet de venger son grand-père avec des ennemis plus formidables encore.

– Je suis votre homme, proclame Arthur, vibrant d'un rêve héroïque et brutal.

*

Arthur et Martin quittent le cloître quelques minutes plus tard. Le directeur des récompenses de l'AFNI a su convaincre son ami de la ramener à Paris, non pas pour faire machine arrière mais parce qu'il a la conviction que quelque chose d'important se trame chez Jules-Édouard.

Arthur récupère son téléphone dans le panier du side-car. Il l'allume. Soixante-trois appels en absence et trente messages. Arthur les efface sans même les consulter.

Chapitre 19

Arthur quitte Martin à l'angle de la rue du Pas-de-la-Mule car la place des Vosges est bouclée par des agents de sécurité d'Opale qui filtrent les entrées. Les genoux plaqués contre le buste dans l'étroit habitacle, il vient de passer un long moment au téléphone avec Laura, qui se fait un sang d'encre à quelques heures de l'arrivée de Jack Falkenberg. Non, il n'a pas perdu son temps cet après-midi-là, se défend-il avec conviction. Oui, il a cherché un candidat pour la conférence, ment-il avec assurance. Non, il ne sera pas en retard à la soirée organisée par Jules-Édouard. D'ailleurs, il est sur le point d'arriver.

Il s'extirpe difficilement du side-car et fait quelques étirements pour assouplir son dos puis prend congé de Martin.

– Que vas-tu faire ?

– Je vais aller boire des verres dans le quartier en t'attendant. J'ai des provisions à récupérer et des compagnons à recruter.

Arthur s'éloigne, conscient qu'une page de sa vie est en train de se tourner et légèrement troublé par la tournure que prennent les évènements. Tout est allé si vite : ses amis d'hier sont en passe de devenir ses ennemis, ses collègues vont se muer en adversaires et son père en obstacle. Et tout ça pour les beaux yeux d'une femme qu'il ne séduira probablement jamais (Martin lui a laissé aussi peu d'espoir d'amadouer Lucie qu'il ne lui en a laissé de plaire à Élise, nourrissant de fait un compagnonnage de soupirants éconduits). Il songe à son grand-père, qui a rompu avec les siens pour entrer en résistance, et se raffermit dans sa résolution.

– Arthur ! Cela me fait plaisir de te voir ici. Alors toi aussi, tu fais partie des Élus ?

L'homme qui l'apostrophe a une carrure athlétique, un visage anguleux, des yeux noirs surmontés d'épais sourcils et des cheveux gominés. C'est David Brimborian, l'un de ses condisciples à Stanford, qui a accumulé une fortune considérable dans le négoce des métaux précieux entrant dans la composition des smartphones. Arthur ne l'a pas vu depuis des années car David voyage énormément, mais il n'a pas oublié combien ils étaient proches avant que Damien ne l'accapare. Il se souvient des équations complexes qu'ils s'amusaient à résoudre au petit matin, quand les autres étudiants dormaient encore, assommés par le savoir qu'on leur avait inculqué la veille ou abrutis par les litres de bière ingurgités sur le campus. Il n'a pas oublié les disques durs, les cartes graphiques et autres hardwares que David dépiautait dans sa chambre en rêvant d'un avenir florissant. L'informatique, les mathématiques et la technologie : cela fait si longtemps qu'Arthur baigne dans cet univers qu'il éprouve une pointe de nostalgie à l'heure de le quitter. Mais il a une mission à accomplir. Il faut qu'il protège le cloître et ses occupants des visées hégémoniques des BOLA. Rien ne doit le détourner de cet objectif.

– Moi aussi, je suis content de te revoir. Tu n'as pas changé depuis dix ans.

– Si, j'ai cinq milliards de plus car j'exploite trois mines de tantale pour le compte d'Opale !

À mesure qu'ils avancent, la foule qu'ils traversent devient plus compacte. Arthur aperçoit quelques visages familiers, des informaticiens endimanchés, reconnaissables à leur accoutrement bizarre et leur allure empruntée, des banquiers carnassiers drapés dans leurs spéculations, plusieurs lauréats de médailles d'or, en particulier Coralie Dansonqueur, et une tripotée de jeunes filles ravissantes et d'éphèbes virils. Son téléphone sonne frénétiquement quand soudain quelqu'un s'exclame :

– Arthur Grandin est là ! C'est un des Atlas !

– Je le connais ! Il m'a décerné une médaille d'or ! braille l'auteur de *La petite fille qui sentait des pieds et le lézard philosophe qui ne voulait pas finir en sac à main.*

Aussitôt, ses voisins s'écartent pour laisser le directeur des récompenses et promotions exceptionnelles de l'AFNI s'approcher du Pavillon de la Reine puis, une fois qu'il s'est avancé, la rumeur devient clameur et la marée humaine se referme sur lui. On l'agrippe, on le palpe, on le malmène, on le pétrit.

Surpris par cette hystérie collective, Arthur essaye de résister. Mais la foule le soulève et l'emporte jusqu'à la porte de l'hôtel particulier de Jules-Édouard devant laquelle se tient un petit monsieur au crâne dégarni et aux yeux globuleux entouré par cinq cerbères.

L'homme consulte un énorme registre et laisse passer Arthur. Derrière, il entend des éclats de voix, parmi lesquelles il reconnaît les glapissements de Coralie Dansonqueur : « Mais laissez-moi passer ! Est-ce que vous pourriez vérifier encore une fois, je suis sûre que mon nom figure sur la liste ! Puisque je vous dis que je connais quelqu'un à l'intérieur ! »

*

Projeté dans le hall d'entrée, Arthur s'éloigne pour reprendre ses esprits. Il aperçoit une dizaine de majordomes en livrée qui l'attendent au pied de l'escalier. Arthur leur fait signe de patienter quelques instants et consulte son téléphone : neuf notifications de correspondance élevées, c'est-à-dire supérieures à 80 %, vingt-trois mails et six appels en absence d'Alexandre. L'heure est venue de lui parler de sa trahison.

– Arthur ! J'ai essayé de t'appeler une demi-douzaine de fois ! Où étais-tu ? Pourquoi ne décrochais-tu pas ?

– Je suis au Pavillon de la Reine. On m'a invité à une soirée, répond Arthur, glacial.

– Tu es à l'intérieur ?

– Oui.

– Très bien. Alors reviens sur tes pas et aide-moi à rentrer. Je suis devant la porte mais il y a une espèce d'avorton ridicule qui me bloque le passage.

Arthur regarde autour de lui. Les murs de l'hôtel particulier sont ornés de kakemonos ouvragés sur lesquels on peut lire des slogans familiers : « Nous sommes tous connectés mais certains sont plus connectés que d'autres », « L'avenir appartient à ceux qui pensent bien » ou « L'algorithme sait mieux que nous ». Il fronce les sourcils.

– Ce n'est pas moi qui gère les listes. Je ne peux rien faire pour toi.

– Tu es sûr ? Vu ta position, je pensais que…

– Papa, j'ai appris pour la Bretaudière.

– De quoi est-ce que tu me parles ?

– J'ai reçu le message que tu pensais avoir envoyé à Élise. « Ne courons pas le risque qu'Arthur se souvienne qu'il refusait qu'on vende cette fichue bicoque. »

– …

– Pourquoi m'as-tu trahi ?

Un maître d'hôtel s'approche avec un air componctueux. Il faudrait qu'Arthur se dépêche car on n'attend plus que lui.

– Il faut que je te laisse. Je passerai te voir demain matin avant d'aller à la conférence.

– Je peux tout t'expliquer.

– Cela ne va pas être facile.

Le directeur des promotions et récompenses exceptionnelles de l'AFNI est conduit dans une petite pièce où on lui demande d'enfiler une tunique cousue de fil doré qui est le signe éclatant de son passage dans la catégorie supérieure. Puis on l'accompagne vers les appartements privés du maître des lieux où se déroulent les festivités.

*

Arthur retrouve les autres Atlas dans la chambre de Jules-Édouard, décorée pour l'occasion avec un luxe de taffetas et de brocart, de coussins moelleux et de lumières tamisées. Les onze premiers Élus sont allongés sur des méridiennes disposées en arc de cercle autour du lit de l'évangéliste numérique, qui trône au milieu de cet aréopage, plus obèse et répugnant que jamais. Arthur est traversé par un frisson de dégoût.

Il voit Damien, qui rayonne d'une joie enfantine, et Laura, qui lui adresse un sourire crispé, mais aussi David Brimborian et Marcel, le compagnon d'Élise, qui l'invite à s'allonger à ses côtés, sur la dernière banquette libre. Il aperçoit aussi Vanessa Lemiroire, lauréate du dernier prix Bubble de médecine pour son traitement visant à raccourcir les grossesses de trois mois, une aubaine pour les femmes comme elle qui n'ont pas de temps à perdre en enfantillages. Il remarque aussi Faustine Gridi, la plus féroce banquière d'affaires de la place parisienne, qui se laisse peloter par Jules-Édouard avec un air mutin. Il reconnaît enfin les dirigeants français d'Opale, Logbook, Bubble et Abalone, serrés les uns contre les autres comme des oiseaux sur un fil électrique. Jules-Édouard se racle la gorge et commence son discours.

– Maintenant que nous sommes au complet, nous allons pouvoir commencer cette soirée qui sera, je l'espère, inoubliable pour chacun d'entre nous. – L'évangéliste numérique marque un temps d'arrêt et plisse les yeux de bonheur, anticipant le plaisir qui l'attend. – Nous sommes rassemblés ici pour célébrer une heure de gloire bien méritée. Si nous formons l'élite de ce nouveau monde, nous ne le devons qu'à nous-même et aux BOLA dont je tiens à saluer les représentants ici présents.

Une trentenaire frisée à la mâchoire chevaline, un adolescent grassouillet au visage maculé d'acné, un quinquagénaire bossu aux rares cheveux gominés et une toute petite dame à l'allure crispée hochent la tête en silence. Marcel se penche vers Arthur.

– Tu as vu ? Moi aussi, je suis un Atlas ! lui susurre-t-il à l'oreille. Je t'avais bien dit que je réussirai à rencontrer Falkenberg !

– Félicitations, grommelle Arthur.

– Si tu avais vu la tête de mon père quand il l'a appris ! Il a fait mine de ne pas savoir à quoi cela correspondait mais j'ai bien vu dans ses yeux qu'il était jaloux. Sans vouloir être méchant, c'est bien fait pour lui !

– Évidemment.

– Et toi, ça va ? Ton père devait être si content que tu sois coopté ! Quel dommage qu'Élise n'ait pas pu en faire partie…, chuchote Marcel, qui a intrigué jusqu'au dernier moment pour prendre la place qui était dévolue à sa compagne. Au fait, tu as passé une bonne journée ?

– Excellente.

– Tu n'as pas trop mal au dos ?

– Non, pourquoi ?

– Tu ne m'avais pas l'air d'être à ton aise dans ce side-car…

Arthur écarquille les yeux. À quel moment les a-t-il croisés ? Jusqu'où les a-t-il suivis et pourquoi ? Il a bien remarqué un scooter noir qui les escortait pendant quelques kilomètres mais il est convaincu qu'ils étaient seuls lorsqu'ils sont sortis du périphérique. Marcel lui adresse un sourire narquois et se tourne vers sa voisine qui lui parle des gains de productivité induits par une grossesse réduite d'un tiers.

– Plus que quiconque, nous avons su tirer le meilleur profit des transformations en cours. Nous avons compris avant tout le monde les formidables potentialités du numérique qui corrige les misérables défaillances humaines. Et nous allons prouver aux BOLA que nous sommes encore plus innovants qu'ils ne le croient, trompette Jules-Édouard avant de détailler les avantages dont les Atlas vont bénéficier, ce qui provoque un concert d'éclats de rire gras et de gloussements satisfaits. Arthur a du mal à cacher son scepticisme.

Jules-Édouard agite une clochette dorée. Aussitôt, une foule de domestiques s'approche, les bras chargés de vins fins et de mets raffinés. « Ça, ça vient de chez moi, ça m'appartient », brame la représentante d'Abalone au faciès chevalin en voyant les ortolans et le caviar, les langoustes et le bœuf de Kobe. « Ça, ça vient de chez moi, ça m'appartient aussi », claironne-t-elle en apercevant les grands crus de Bourgogne et du Bordelais, les jéroboams de champagne et les cognacs hors d'âge.

Arthur observe Laura, qui s'adresse avec dévotion au dirigeant de Bubble, un garçon potelé au visage crevassé de boutons. Il ne reconnaît pas la directrice cassante et impatiente qu'il a l'habitude de croiser à l'agence.

– J'ai assisté à tous les festivals Burning Man depuis que j'ai dix-sept ans, annonce la directrice des opérations de l'AFNI.

– Oui, je sais, répond-il d'une voix nasillarde.

– Je n'ai pas besoin de vacances. Il me suffit d'aller chaque année au Bubbleplex pour me ressourcer.

– Oui, je sais.

– C'est un lieu tellement inspirant ! Je me souviens des années où j'y travaillais. Je gagnais neuf mille dollars par mois et je vivais dans un camping-car stationné sur le parking parce que les loyers à San Francisco sont tellement élevés. Au moins je faisais des économies sur les transports en commun !

– Oui, je sais.

Arthur dévisage ses voisins. Les premiers Atlas de France ne lui semblent ni sympathiques ni impressionnants. Il dévisage Jules-Édouard qui plastronne, le dirigeant d'Opale qui annone, Faustine qui ronronne et Marcel qui mâchonne. Arthur rêve de retrouver les compagnons du cloître, les facéties de Martin et, bien sûr, Lucie. Il sera leur Défenseur, leur Gardien. En attendant, son intuition lui commande de rester pour écouter ce qui va suivre.

David se tourne vers lui et l'apostrophe à voix haute :

– Il paraît que vous allez animer la première partie de la conférence de Falkenberg avec des phénomènes ?

– Absolument, bafouille Arthur, pris de court par cette interpellation.

– J'imagine que l'Agence de notation des individus est parfaitement au point ? glisse Jules-Édouard avec un air narquois.

– On ne peut pas être plus prêts, bredouille Laura, qui s'est recroquevillée au pied de sa banquette pour fuir les avances de l'évangéliste.

– Il y a intérêt à ce que ce soit parfait. Monsieur Falkenberg a horreur des erreurs, grogne la responsable de Logbook.

– Nous avons des super candidats, balbutie Damien avec une lueur de panique dans les yeux.

Arthur réalise que lui non plus n'a pas trouvé la perle rare.

– Vous allez être surpris, souffle Arthur.

– Moi, ce qui m'étonne, c'est que vous avez passé cent treize minutes à vous renseigner sur Nicolas

Dufour, René Bichonnet et Maxime de Chassipoulet il y a deux jours, annonce le représentant d'Opale. Ce sont des pages interdites et des profils supprimés. Vous devriez pourtant le savoir.

– Nous avons cherché dans toutes les directions pour trouver des candidats hors du commun, balbutie Laura. N'est-ce pas, Arthur ?

– Absolument.

– En tout cas, moi, je suis fin prêt, conclut Jules-Édouard avec gourmandise. Et comme je pense que vous l'êtes aussi, je crois que l'heure est venue de passer aux choses sérieuses.

*

– Comme vous le savez, le programme Explore va commencer dans quelques jours. Avant le grand final de cette soirée, je laisse la parole à la directrice de Logbook qui va nous parler de l'état d'avancement de ce fantastique projet, annonce le maître de maison.

La petite dame se lève et jette un regard froid sur l'assistance avant d'exhiber grâce à la réalité augmentée les rampes de lancement qui sortent de terre en banlieue parisienne et en Patagonie, aux abords des grands lacs américains et à l'embouchure du Nil, à Sydney comme en Andalousie. Elle décrit les procédures complexes pour éviter embouteillages et engorgements et expose les modèles des premières capsules qui s'enfonceront dans les entrailles de la terre plutôt que de décoller vers Mars. Elle dévoile enfin la campagne de promotion massive qui débutera dès le surlendemain, avec le soutien monnayé des plus grandes célébrités.

– Je ne sais pas si vous êtes conscients de l'opportunité extraordinaire qui nous est offerte, intervient Jules-Édouard, le visage barré par un sourire éclatant. On va se débarrasser de quelques milliards de E, c'est la moindre des choses si l'on veut assurer notre confort personnel, encore que je pense que l'on aurait pu en profiter pour éliminer la catégorie D afin d'être encore plus à notre aise. Franchement, on a assez perdu de temps à bichonner ces incapables qui abusent des ressources qui nous sont destinées.

Arthur se souvient enfin du discours d'Aphrodite, prononcé dans cette même pièce quelques heures avant l'accident qui lui a momentanément fait perdre la mémoire. Il avait occulté le programme Explore, tant la perspective de cette extermination de masse lui faisait horreur. Le choc n'en est que plus violent.

– Mais ce qui est encore plus formidable, c'est le pouvoir de cooptation qui va nous être attribué en tant qu'Atlas. Cela concerne d'abord ceux qui voudront atteindre les plus hautes sphères, et vous allez voir dans quelques instants à quel point c'est jouissif de les voir s'agiter pour nous plaire. Mais c'est valable aussi pour ceux qui seront rétrogradés. Et c'est là que cela devient intéressant. Il suffira d'un geste pour reléguer ceux qui nous dérangent dans les profondeurs du classement. Et zou ! Un aller simple pour Mars !

Arthur a un haut-le-cœur. Il cherche une lueur d'indignation dans le regard de ses voisins mais ne voit rien. Damien, qui a célébré avec Faustine l'union de la haute finance et de l'informatique, est cramoisi de bonheur. De toute évidence, il prépare sa vengeance sur ce qui lui reste de famille. Marcel se frotte les mains, animé par de sombres pensées. Quant à Laura, elle fuit obstinément son regard, comme s'il n'était pas question pour elle de s'en poser.

– On va pouvoir faire ce qu'on veut, les amis! vocifère Jules-Édouard. Rien ni personne ne pourra freiner nos désirs. Regardez-les frétiller, s'agiter, se chamailler et courir. Ils collectionnent les bons points, tremblent à la moindre sanction et jalousent leurs voisins quand ils sont promus avant eux. Ils sont pris au piège. Il n'y a plus personne pour s'opposer aux BOLA, sauf un dernier réduit de bras cassés que l'on va bientôt découvrir et nettoyer grâce aux fins limiers commandés par Marcel.

Blanc comme un linge, Arthur se lève comme un automate et part vomir dans les toilettes. Quand il en sort, il entend la voix de l'évangéliste numérique retentir dans les salons d'honneur du Pavillon de la Reine :

– Le rideau va se lever sur le clou de la soirée. Toutes les personnes qui vont arriver sont persuadées qu'une vie de luxe et de volupté les attend si elles vous procurent un service de qualité. Profitez-en ! Régalez-vous ! Vous avez bien mérité votre première récompense. Que la fête commence !

*

Arthur découvre une marée de fesses inquiètes, de seins complaisants et de sexes accommodants. Il bute sur la représentante d'Abalone qui beugle, extatique : « Ça, c'est à moi, ça m'appartient ! », le corps recouvert de jouvenceaux. Il entend le dirigeant de Bubble lui répondre d'une voix nasillarde : « Oui, je sais ! Oui, je sais ! », sans savoir où donner de la tête. Il voit des coups de reins furieux, des positions acrobatiques et des postures lubriques. Il aperçoit Jules-Édouard, qui vocifère, rubicond et enragé : « Les moins de douze ans sont pour moi ! » Horrifié, il s'éloigne et tombe sur Damien, nu comme un ver et en érection.

– C'est abominable !

– Tu rigoles ou quoi ? Jules-Édouard nous a demandé de disrupter la sexualité comme nous avons disrupté les autres secteurs. Alors, on disrupte. Et comme tu peux le constater, on y prend un certain plaisir. Et puis je vais te dire une chose : c'est si bon de se venger de toutes ces pouffiasses qui ont rembarré l'adolescent boutonneux que j'étais ! Rira bien qui jouira le dernier !

– Je ne te parle pas de cette orgie mais du programme Explore.

– Et alors ? Ils ont eu leur chance, affirme David qui s'est approché en dandinant du sexe. Tant pis pour eux s'ils n'ont pas su la saisir. Souviens-toi des paroles de Stan Bobs : il n'est jamais trop tard pour mieux faire.

– Bon, je te laisse, Arthur, lance Damien. Ce soir, je tape dans les mille.

– Dans le mille, tu veux dire.

– Non, dans les mille. Ce soir, c'est sûr, je brûle mille calories.

Arthur prend la fuite.

Chapitre 20

Arthur cherche Martin dans les rues de Paris. Il ne tarde pas à découvrir son side-car garé dans une impasse, mais il ne sait pas où est son propriétaire. Où se cache-t-il ? Avec qui est-il en train de s'arsouiller ? Pourquoi n'est-il jamais là où on l'attend ? Ce n'est pas comme s'ils avaient du temps à perdre !

Il arpente la rue de la Roquette à grandes enjambées, le cœur battant, les idées fusant à toute vitesse dans son esprit tourmenté. Les nazis exaltaient le surhomme ? Les BOLA applaudissent l'homme augmenté. Les fascistes se faisaient fort de s'emparer des hommes au berceau pour les libérer au tombeau ? Les BOLA conçoivent des algorithmes qui régulent la vie des gens du lever au coucher et même pendant leur sommeil. Les communistes enfermaient leurs opposants quand ils ne les massacraient pas ? Lourds de menaces, les derniers mots de Jules-Édouard lui reviennent à l'esprit : « Il n'y a plus personne pour s'opposer aux BOLA, sauf un dernier réduit de bras cassés que l'on va bientôt découvrir et nettoyer. » Les amis de Lucie ne peuvent plus se contenter de se cacher en attendant des jours meilleurs. Il faut quitter le cloître ou périr. Mais où est passé ce coquin de Martin ?

Il rentre dans une brasserie qui donne sur la place de la Bastille. Une foule vociférante mais disciplinée se passionne pour une partie de Défouloir sous l'œil vigilant d'une escouade de Bubble qui mesure en temps réel le taux d'agressivité du public. Arthur sort au bout de quelques instants, crache son dégoût dans le caniveau et pénètre dans un autre établissement, situé non loin de là. Tout sourire, une conférencière mandatée par Opale donne un cours de bienséance numérique. Arthur se retient de provoquer un esclandre qui le mettrait inutilement en danger.

Exaspéré et inquiet mais aussi légèrement grisé par le danger au-devant duquel il s'avance, Arthur quadrille le quartier, passant d'un bar à selfie à une académie du calcul mental, d'un cabaret où les clients en stabulation devant leur écran ingurgitent docilement les boissons recommandées par Abalone à une école de code pour octogénaire. Il finit par étendre ses recherches aux rues adjacentes. Mais Martin est introuvable. Et s'il était déjà reparti ? Et s'il ne l'avait pas attendu ?

*

Arthur est sur le point de renoncer quand il entend au détour d'une ruelle des éclats de voix provenant d'un bistrot fermé depuis plusieurs mois. Le rideau est baissé et la devanture est couverte de graffitis et d'autocollants. C'est étrange qu'Abalone n'ait pas la mainmise sur cet établissement, se dit-il avant de pousser la porte vermoulue de l'ancien troquet. Il écarte quelques cartons et pénètre dans un étroit couloir, non sans s'être assuré que personne ne l'a suivi. Il marche dans la pénombre en suivant les rires et les cris qui se rapprochent. Tout d'un coup, il entend les premiers vers d'une vieille chanson de marin : « À moi forban que m'importe la gloire / les lois du monde et qu'importe la mort / sur l'océan j'ai planté ma victoire / et bois mon vin dans une coupe d'or. » Arthur n'a jamais entendu une voix pareille. C'est une voix chaude et malheureuse, puissante et mélancolique.

Il avance. Le couloir lui semble interminable et toujours aussi obscur. Il ne sait pas depuis combien de temps il marche et se demande même si le chemin qu'il emprunte monte ou bien s'il descend. Finalement, il aperçoit une petite lumière qui grandit à mesure qu'il s'en approche. Arthur est sur le point de l'atteindre quand il bute sur une forme molle qui pousse un cri. Il s'écarte et poursuit son chemin. Quelques instants plus tard, il débouche sur une pièce voûtée qui baigne dans la lumière vacillante d'une myriade de bougies. Trois hommes et une femme sont assis autour d'une table : une brunette maigrelette aux yeux très verts qui pousse un cri de surprise quand elle le voit arriver, un grand gaillard au visage émacié, un adolescent débraillé et Martin.

– Martin ! Te voilà enfin ! Je pensais que je n'arriverais jamais à te retrouver. Il faut que je te parle. C'est urgent.

– Viens d'abord boire un coup. Il y a une chaise libre. C'est celle de Baptiste, que tu as peut-être croisé en chemin.

Ainsi donc, la créature qu'il a piétinée était un être humain. Arthur s'excuse et s'approche de la table.

Martin remplit un verre d'un liquide aux reflets verdâtres et le tend à son ami.

– Qu'est-ce que cet infect breuvage ? demande Arthur en faisant la grimace, la gorge en feu.

– C'est la cuvée spéciale que je produis dans mon alambic. Elle contient des herbes aromatiques, pas mal de fruits, des légumes…

– Du miel pour la gorge, glisse la jeune femme.

– Et de la menthe pour donner bonne haleine, ajoute son voisin.

– Mon cher Arthur, je te présente le gang des Cabossés : Marie, dite Porcelaine – la brunette lui adresse un sourire papillonnant –, Joseph, que tu as peut-être entendu chanter – l'adolescent à la voix d'or lui fait un clin d'œil complice –, Louis le poète… Et Baptiste, qui se repose. Ce sont mes compagnons de beuverie pour la soirée. J'essaie de les convaincre de rejoindre le cloître.

– Surtout n'y allez pas !

– Et pourquoi donc ? demande Martin, surpris.

– Parce que vous êtes en danger de mort !

– Vraiment ? En ce cas, doublons les doses ! s'exclame Louis avant de déclamer un poème de Boileau : « Philosophes rêveurs, qui pensez tout savoir / Ennemis de Bacchus, rentrez dans le devoir / Vos esprits s'en font trop accroire / Allez, vieux fous, allez apprendre à boire / On est savant quand on boit bien / Qui ne sait boire ne sait rien. »

– Boileau, bois l'eau, pour une fois que c'est un buveur d'eau qui m'incite à picoler ! s'esclaffe Martin en remplissant les verres.

Arthur vide le sien d'un trait, tousse et s'apprête à reprendre la parole. Mais il est devancé par Marie.

– On est déjà morts, de toute façon.

Marie, qui n'a pas encore dix-sept ans, a peur de cette vague numérique qui emporte tout sur son passage et qui menace le petit atelier où elle s'est réfugiée auprès de Zélie de Kerniguet, sa tante, pour fabriquer et réparer des archets pour violons, violoncelles et contrebasses. Elle aime cet artisanat qui se transmet de génération en génération et préfère l'élasticité du bois de Pernambouc au métal épuré des ordinateurs.

– Ils me promettent l'émancipation mais je ne leur ai rien demandé. Ils m'encouragent à me transformer mais mon seul rêve est de revenir dix ans en arrière, quand mon papa était encore en vie. Je me sens exilée à l'intérieur d'un pays que je ne connais pas et dépassée par une jeunesse conquérante qui n'a que faire de mes états d'âme.

– Viens au cloître. Nous prenons soin de ceux qui ont peur, annonce Martin en servant une tournée.

– Vous ne serez à l'abri nulle part, coupe Arthur. Les BOLA vous débusqueront partout, au cloître ou dans ton atelier, Marie. Et ils te briseront, toute porcelaine que tu es, parce que rien ne doit échapper à leur dictature algorithmique.

– Au moins, tu as encore un métier. Le mien est voué à disparaître.

Joseph, qui vient de fêter son seizième anniversaire, est l'héritier d'une longue lignée de bandits de grand chemin et d'escrocs patentés. Élève médiocre, il a arnaqué ses camarades dans la cour de l'école avant de se livrer à toutes sortes de trafics qui lui ont valu d'être interpellé à plusieurs reprises par les brigades d'Opale.

– Les informaticiens ont tué ma corporation. Depuis toujours, nous cherchons à nous infiltrer dans ces interstices où l'attention humaine se relâche. Avec l'algorithme, on ne peut plus tricher. Soit c'est oui, soit la machine se bloque et on ne peut plus rien faire. Comment désobéir quand on ne vous en laisse pas le choix ?

– Viens avec nous. Nous avons besoin de gens astucieux, sourit Martin en remplissant son verre.

Arthur vide le sien en une gorgée. Finalement, ce tord-boyaux n'a pas si mauvais goût que ça. Il attrape la bouteille et sert les Cabossés.

– Les BOLA vous écraseront comme ils laminent ceux qui leur désobéissent. Ce sont des dealers perfides qui tapent sur les doigts de ceux qui consomment des doses trop élevées des drogues qu'ils commercialisent.

– Il faut reconnaître que leurs applications sont addictives car tellement pratiques, se lamente Louis. C'est d'ailleurs ce qui enlève tout son charme à l'existence.

Louis, dix-sept ans, est poète, au grand dam de ses parents qui ont incité leurs quatre enfants à créer leur propre start-up et qui se sont démenés pour que leur cadet ne rate pas le train de la modernité en lui présentant les meilleurs spécialistes des neurosciences, les pontes de l'intelligence artificielle et les célébrités des objets connectés. En vain. Parfois, quand elle se couche, sa mère se souvient des premiers vers des *Fleurs du mal* que lui a offert son fils pour son anniversaire : « Maudite soit la nuit aux plaisirs éphémères / Où mon ventre a conçu mon expiation ! »

– J'ai essayé d'apprendre le code mais j'ai cru devenir fou au bout de dix lignes. Mes frères et sœurs m'ont viré de leur start-up au bout de quelques jours. Et mon père me dit que je suis bête à manger du foin. Je n'y peux rien si cela ne m'intéresse pas !

– Rejoins-nous, dit Martin en se tournant vers Arthur. Nous acceptons tous les ratés, tous les exclus, tous les paumés parce que nous sommes convaincus que la bêtise est le ciment de notre humanité. La bêtise est universelle. Quel que soit le lieu, quelles que soient les circonstances, l'homme a démontré l'inépuisable réservoir de sa stupidité. Et cela n'est pas près de s'arrêter car il ne cesse d'inventer des outils pour s'abrutir, l'alcool hier, le téléphone portable aujourd'hui.

– C'est pas faux, grommelle Joseph en vidant son verre.

– La bêtise est naturelle. Comme dit l'adage, on est toujours le con d'un autre. Et ce qui est merveilleux, c'est que ce même autre est convaincu que le con, c'est nous ! Et c'est ainsi que l'on avance dans la vie, naviguant d'un imbécile à un autre et persuadé à chaque fois que l'on est bien plus malin qu'eux ! S'il y a bien une chose qui caractérise notre humanité, c'est que l'on est forcément stupide aux yeux de quelqu'un. Remplis mon verre si tu veux bien.

– Admettons, dit Arthur en servant une tournée.

– Enfin, la bêtise est fraternelle. On admire ceux qui sont glorieux, puissants, parfaits, mais ce respect est une distance, cette admiration est un éloignement. Ce sont nos gaffes, nos boulettes, nos fragilités, nos failles qui nous rendent sympathiques et accessibles aux yeux des autres. Tu veux que je te dise ? La bêtise nous est consubstantielle. Si on nous enlève ça, il ne restera plus rien de notre humanité. Imbéciles de tous les pays, unissez-vous !

– Farpaitement ! s'écrie Joseph en tombant à la renverse.

– Buvons.

– Les BOLA ne vous en laisseront pas le temps. Ils vous auront exterminés avant.

Arthur prend la parole et leur explique en détail le programme Explore et le sort funeste qui les attend. L'heure n'est plus aux atermoiements mais à l'action, plus à la beuverie insouciante mais à la résistance, plus à la débandade mais à l'exploit.

– On ne va quand même pas faire des opérations de sabotage, grogne Martin en ouvrant une autre bouteille de sa cuvée personnelle. Certains s'y sont risqués avec le résultat que l'on connaît…

– On va faire beaucoup mieux que ça, annonce Arthur en vidant son verre d'un trait. On va frapper un grand coup pour les empêcher de mettre leur plan à exécution. Écoutez-moi bien. J'ai un plan à vous proposer.

*

Deux heures plus tard, Arthur vient faire ses adieux à un appartement qu'il ne reverra sans doute jamais. Il se prélasse un bon quart d'heure sous l'eau chaude, ignorant l'alarme qui lui signale une consommation d'eau excessive, et profite une dernière fois de son jacuzzi. Sortant de la douche, il passe la main sur le guidon de son vélo elliptique et sourit en pensant aux milliers de calories brûlées dans cette compétition avec Damien. Il l'appelle.

– Quelle heure est-il ? Et où étais-tu passé ? On t'a cherché partout.

– Six heures. Je suis allé récupérer nos candidats pour la conférence.

– Nos candidats ?

– J'ai bien vu que tu n'avais trouvé personne quand Jules-Édouard nous a questionnés. Est-ce que je me trompe ?

– Non. Mais qui as-tu déniché ?

– Martin de Saint-Denys. Quelque chose me dit que cela ne te déplairait pas de l'envoyer sur Mars…

– Ah ça, oui ! répond Damien, parfaitement réveillé à cette idée réjouissante. Et toi, qui vas-tu présenter ?

– J'ai retrouvé Gédéon Nguyen. Grâce à ton programme d'effacement numérique, cet homme est une page blanche où les BOLA pourront écrire l'humanité nouvelle qu'ils appellent de leurs vœux. Qu'en penses-tu ?

– J'en pense que c'est parfait, vraiment parfait. Comment pourrais-je te remercier ?

– Ne t'inquiète pas. On trouvera bien une façon d'être quittes.

– Merci encore. Je préviens Laura. Elle va être tellement soulagée !

Arthur raccroche. Debout devant la baie vitrée qui donne sur les Champs-Élysées, il regarde le soleil se lever sur l'Arc de Triomphe et relit les premières pages du sixième carnet de son grand-père.

« 3 mai 1944. La victoire nous tend les bras. Demain, dans une semaine ou dans un mois, les Américains débarqueront en France. Il y aura encore des morts, des sacrifices et du sang, mais nous l'emporterons sur la barbarie. J'ai peur et en même temps je suis déterminé parce que je veux venger C. de S.-D. qui a été capturé par la Milice et dont je n'ai aucune nouvelle depuis deux mois. Allons, l'heure des braves a sonné ! »

Fatigué par une nuit de beuverie et d'émotions fortes, Arthur a fini par s'endormir. Une sonnerie le tire de sa rêverie. Il se lève et se dirige en titubant vers la porte d'entrée. C'est Élise. Elle est en larmes.

– Élise ! Que t'arrive-t-il ? C'est à cause de Marcel ?

– Ne me parle plus jamais de ce connard, renifle-t-elle. Je l'ai quitté quand j'ai appris qu'il avait chipé ma place chez les Atlas. Au fait, comment s'est passée la soirée chez Jules-Édouard ?

– Crois-moi, tu n'as rien perdu à ne pas y assister. Mais que se passe-t-il ? Qu'est-ce qui te rend si triste ?

– C'est maman.

– Maman ?

– Maman n'est pas morte dans un accident de voiture. Elle s'est suicidée.

Élise lui raconte tout. Qu'Alexandre a décidé il y a très longtemps de se débarrasser de la Bretaudière et que ni elle ni son frère n'auraient rien pu faire pour l'en empêcher. Que l'accident d'Arthur a précipité la vente en éliminant momentanément la dernière personne qui s'y opposait. Qu'elle s'en veut terriblement de n'avoir pas su le défendre, ni préserver le patrimoine familial. Qu'elle a quand même obtenu qu'Arthur puisse s'y rendre une dernière fois. Que la maison a été débarrassée le jour même. Qu'on lui a rapporté un carton d'affaires de sa mère en fin d'après-midi. Qu'elle a découvert une longue lettre où Helen confie ses doutes et son découragement. Que leur mère ne supportait plus les incessantes querelles avec un mari tyrannique qui imposait ses vérités d'autant plus aisément que c'était lui qui ramenait l'argent à la maison. Qu'elle n'avait plus la force de lutter contre une éducation qui l'horrifiait. Qu'elle ne pouvait espérer trouver de réconfort dans sa propre famille. Que son éducation lui interdisait le divorce. Qu'elle n'avait pas d'autre choix que de projeter son Austin Mini contre un pont de Paris. Qu'il lui avait fallu bien du courage pour braver l'opprobre et fuir l'insupportable. Qu'Élise sort de chez son père. Qu'elle a mis Alexandre face à ses contradictions. Qu'il s'est excusé mollement. Qu'il est trop tard, beaucoup trop tard.

Arthur pleure dans les bras de sa sœur. Pourquoi ces mensonges ? Pourquoi ces trahisons ? Mais très vite il se reprend. Les paroles d'Helen venue le visiter en songe quelques jours auparavant lui reviennent à l'esprit : « Parfois, il vaut mieux s'enfuir que subir. » Par égard pour sa mère, qui est allée au bout de ses idées, il ne reculera pas dans sa lutte contre les BOLA, quitte à y laisser la vie. Arthur sèche ses larmes et prend le visage de sa sœur entre ses mains.

– Cela fait vingt ans que tu me réconfortes et que tu prends soin de moi. À mon tour de m'occuper de toi, mon Élise. Tu te sens trahie par Marcel, bafouée par notre père et salie par cet univers qui concasse l'humain ? Viens avec moi, je vais te donner l'occasion de te venger de tous ceux qui t'ont maltraitée. Mais pour cela, il va falloir que tu fasses tout ce que je te demande de faire… Tu veux bien ? Super ! Tu vas voir, tu ne vas pas le regretter.

Puis il s'habille en toute hâte et se précipite chez Alexandre qu'il verra peut-être pour la dernière fois.

*

Alexandre accueille Arthur, une serviette nouée autour de l'épaule, comme un César blessé qui affronte courageusement la trahison de son rejeton. Il ne semble pas décidé à s'en laisser conter.

– Toi aussi, mon fils ?

– Pourquoi nous as-tu caché le suicide de maman ? Pourquoi as-tu vendu la Bretaudière en faisant si peu de cas de notre opinion ? Pourquoi nous as-tu menti ? Pourquoi nous as-tu trahis ? Tu te doutais bien que l'on finirait par découvrir la vérité.

– C'est un risque que j'ai pris en connaissance de cause. Qu'est-ce que tu crois ? Que je n'étais pas effondré quand j'ai appris le suicide de votre mère ? Que je ne l'aimais pas malgré nos incessantes disputes ? J'avais le choix : soit je vous l'annonçais et je prenais le risque que vous sombriez dans le sentimentalisme, soit je poursuivais l'œuvre que j'avais engagée depuis votre naissance.

– Et tu as choisi cette seconde option.

– Je ne le regrette pas un seul instant. J'aimerais que tu comprennes le monde dans lequel tu es né, Arthur, le suicide de l'Europe au XXe siècle et la déchéance de nos compatriotes qui se vautrent dans la mollesse et le dénigrement. Ces coupables faiblesses me sont insupportables, surtout au regard des progrès que réalisent les Chinois, les Brésiliens et les Indiens qui nous rattrapent à pas de géant. J'ai voulu faire de vous des êtres supérieurs. Et j'ai tout sacrifié pour cette cause parce que je savais que vous en aviez les capacités. Il faut croire que je ne me suis pas trompé puisque tu es un Atlas et que ta sœur a failli l'être également.

– Je ne le serai plus pour très longtemps.

– Ce serait une grave erreur. Nous sommes au début d'une nouvelle ère qui ne repose pas sur les verbiages des philosophes et les utopies des littérateurs mais sur la force solide des mathématiques et de la technologie. Une telle opportunité ne se présente qu'une fois par siècle, et encore. Réfléchis bien avant de commettre l'irréparable.

– C'est tout réfléchi. Désormais, je lutterai de toutes mes forces contre la tyrannie des BOLA.

– Ah ça non ! Tu as le droit de me décevoir et même de ne pas être d'accord avec moi, mais je t'interdis de prendre une décision aussi stupide. Tu n'as pas le droit de déshonorer le nom des Grandin !

– C'est ce que l'on disait à Anatole quand il a décidé d'être résistant.

– Mon père ? C'était un raté. Dois-je te rappeler que ses exploits se sont terminés piteusement ? As-tu oublié qu'il était la risée de la famille ?

– C'était un seigneur. Et si tu l'as vu passer des nuits à écrire dans son bureau, c'est parce qu'il a tant aimé sa jeunesse héroïque qu'il a cherché à la perpétuer.

– Il ne m'a rien transmis.

– Toi, tu m'as beaucoup transmis, et je t'en suis très reconnaissant. Mais tu ne m'as donné aucune cause à défendre, aucun idéal. C'est ce que j'ai trouvé dans les carnets d'Anatole et auprès de Martin.

– Pouah, un idéal, à quoi est-ce que cela peut bien servir à l'heure actuelle ?

– À embrasser un horizon plus vaste. À faire battre mon cœur du sang que je pourrais verser. À porter le flambeau d'une France résistante. À trouver un sens à ma vie qui soit autre chose que l'obéissance aux BOLA.

Sur ce, je dois te laisser. Ma mission commence dans moins d'une heure. D'ici là, voici un peu de lecture.

Arthur jette les carnets d'Anatole sur la table basse et part en claquant la porte. Alexandre ouvre la fenêtre et crie.

– Tu ne seras pas de taille à rivaliser avec eux !

– Je ne suis pas seul, répond Arthur en se retournant.

– Ah bon ? Qui t'accompagne alors ?

Arthur sourit en repensant à Martin et au gang des Cabossés.

– Une belle bande d'imbéciles !

Chapitre 21

Air Log One, l'avion privé de Jack Falkenberg, atterrit à Roissy à neuf heures du matin. Le patron de Logbook, qui déteste sortir de son cocon californien, est de très mauvaise humeur. « Capteurs ! » grogne-t-il et une savante débauchée de la NASA vient mesurer la température, le taux d'humidité et le pourcentage de poussières nocives et autres particules désagréables dans la cabine où son patron vient de dormir. Fort heureusement, toutes les valeurs sont bonnes. « Lingette ! » bougonne-t-il et un chambellan diplômé des meilleures écoles d'hôtellerie vient soulever le masque qui recouvre son visage en veillant à ne pas tirer sur ses boucles rousses avant de passer un linge imbibé d'eau du Kilimandjaro sur ses paupières. « Traitement ! » marmonne-t-il, et un médecin au crâne dégarni vient lui administrer une piqûre dans les fesses.

Le fondateur de Logbook grimace de douleur. Le produit qu'on lui inocule est censé lui garantir une espérance de vie de deux cents ans. S'il est vrai qu'il faut souffrir pour être éternellement jeune, huit piqûres par jour, c'est quand même beaucoup !

– « La France qui gagne » vous souhaite la bienvenue, glapit depuis la tour de contrôle un ancien président venu à sa rencontre en reprenant le slogan de sa dernière campagne. Il est neuf heures du matin et le temps est radieux.

– À ma montre, il est dix heures, ronchonne Jack Falkenberg pendant qu'on l'habille.

– Il est dix heures ! s'égosillent les membres d'équipage.

Aussitôt, tous les officiels venus l'accueillir, qu'ils soient ministres ou scientifiques, sportifs ou musiciens, acteurs ou informaticiens, avancent leur montre d'une heure pour complaire à leur invité prestigieux.

Jack Falkenberg sort de l'avion et s'engouffre dans une limousine qui l'attend au bas de la passerelle. Aphrodite Pitifoule et son médecin personnel prennent place à ses côtés, ainsi que son secrétaire particulier, un petit monsieur bedonnant au teint verdâtre et aux yeux creusés de cernes.

– En route pour la conférence !

– Euh, Jack, je crois qu'un comité d'accueil nous attend là-bas, devant les salons d'honneur. Vous ne croyez pas qu'il faudrait y aller, ne serait-ce que par politesse ?

– Faudrait ? demande Aphrodite.

– C'est du conditionnel, ma chérie, glisse le secrétaire. Ne t'inquiète pas pour ça.

– Qui sera là ?

– Un ancien président, des Prix Nobel, des champions du monde et d'autres célébrités qui tenaient absolument à vous rencontrer. Ils sont tous en catégorie A.

– Tenaient ?

– Bon, tu peux laisser les grandes personnes parler ? gronde Zuckerberg.

Vexée, Aphrodite sort son téléphone pour regarder un dessin animé.

– Il y a des gens de chez nous ?

– Non. Ceux-là nous attendent à l'Agence française de notation des individus. Nous avons rendez-vous à dix heures et demie.

– Dans moins d'une demi-heure. On n'a pas une minute à perdre.

– Et les officiels ?

– On s'en fout. Est-ce qu'ils me servent à quelque chose ? Non. Est-ce qu'ils me permettront de vivre jusqu'à deux cent cinquante ans ? Non plus. Alors, en route !

La limousine passe à vive allure devant l'estrade où se tiennent les personnalités qui, une fois le premier moment de stupeur passé, se ruent vers leur voiture pour rattraper le patron de Logbook.

– Que font les autres ?

Jack Falkenberg est obsédé par les dirigeants des BOLA. Il veut savoir en permanence ce que manigancent Andrei Levin et Harry Rage, ce que Jim Hook invente et de combien s'est enrichi John Bolos. Ses proches ont beau lui dire que le patron d'Opale est plus vieux que lui, que le tycoon d'Abalone n'a pas sa belle chevelure rousse et que les fondateurs de Bubble sont des tarés, cela ne le rassure pas complètement.

– Bon, quel est le programme ?

– Puisqu'on a annulé les officiels, on va commencer par l'Agence française de notation des individus. Cela donne : 10 h 30, arrivée à l'agence ; 10 h 35, discours du directeur…

– On zappe.

– 10 h 45, visite des locaux avec Laura Saltaminor. 11 h 00 à 11 h 30, présentation des candidats sélectionnés par les directeurs des récompenses et des sanctions, Arthur Grandin et Damien Frelon.

– Un quart d'heure pour chacun, c'est trop long ! Cinq minutes suffiront.

– Très bien. Je vais les prévenir. Mais je me dois de vous avertir : si vous changez de programme tout le temps, vos gardes du corps auront du mal à vous suivre…

*

Une grande agitation règne dans les locaux de l'AFNI. Les incessants changements de programme de Jack Falkenberg affolent Laura qui court en braillant d'un étage à l'autre du bâtiment pour s'assurer que la température des lieux est bien comprise entre 19,4 °C et 19,6 °C. Rien ne doit gâcher le moment dont elle rêve depuis tant d'années.

Damien est survolté. Il a cornaqué Martin dès son arrivée au siège de l'agence après avoir remercié Arthur pour cette fabuleuse trouvaille qui lui permet de faire coup double. L'énergumène qui se tient face à lui est non seulement l'emblème du refus du monde dominé par les BOLA mais aussi un rival dans le cœur d'Élise. La présence de Gédéon Nguyen, qui a saccagé son bureau quelques jours auparavant, l'a inquiété une fraction de seconde mais il s'est rendu compte en le voyant deviser paisiblement avec Arthur que la sanction qu'il lui avait infligée l'avait rendu doux comme un agneau.

Éreinté par les excès de sexe, de champagne et de desserts sucrés de la veille, Marcel a salué mollement les autres Atlas avant de s'adosser à un mur pour roupiller quelques instants avant l'arrivée de son idole. Il s'est réveillé en sursaut quand Jules-Édouard lui a intimé l'ordre de surveiller les directeurs de l'AFNI. Ayant admis du bout des lèvres qu'Arthur avait bien fait d'aller chercher des profils inattendus, Marcel tournicote comme une mouche du coche à la recherche d'une faute qu'il pourrait sanctionner.

Arthur affiche au milieu de ce tumulte un calme olympien. Jusqu'à présent, son plan se déroule sans anicroche. Martin est arrivé en side-car à l'heure prévue, suivi quelques minutes plus tard par Gédéon, qui tenait dans ses bras une grosse caisse percée de trous. Il l'a confiée à Marie qui s'est engouffrée dans les entrailles de l'immeuble par l'escalier de service.

Comme il restait plus d'une heure avant l'arrivée du fondateur de Logbook, le directeur des récompenses en a profité pour faire visiter les locaux de l'agence à ses amis du cloître. Il leur a montré son bureau, orné d'une grande affiche portant le slogan de l'AFNI (« Nous sommes tous connectés mais certains sont plus connectés que d'autres »), l'atrium et les services de ses collègues. Puis il leur a présenté Laura, qui était au bord de la crise de nerfs ayant appris que sa présentation serait réduite à la portion congrue.

09 h 27 heure de Paris (10 h 27 Jack Falkenberg time) : tout est en place. Arthur pense à son grand-père. Assurément, Anatole serait fier de lui, de sa vaillance et de son ingéniosité. Arthur songe aussi à la détresse de

Damien et Laura, qu'il s'apprête à trahir. Il sait qu'il en décevra plus d'un mais il doit déjouer le programme Explore avant qu'il n'ait fait des millions de victimes innocentes. À défaut de ses collègues, la postérité lui rendra justice de son acte.

– Que t'arrive-t-il ? Tu es très pâle. Tu as peur ? lui demande Martin.

– Je pense aux implications de notre combat. Que l'on réussisse ou que l'on se plante, une chose est sûre : tous mes collègues seront sanctionnés à cause de moi.

– Mais toi, est-ce que tu es à l'aise avec ta décision ?

– Bien sûr.

– Alors, c'est tout ce qui compte. Sache que le besoin de se justifier est la chose la plus importante au monde. Si l'on ne pouvait pas dire : « Cette fille m'a quitté mais je ne l'aimais plus depuis longtemps », « J'ai loupé cet examen mais je savais que ce n'était pas ma voie », « J'ai été viré comme un malpropre mais cela m'arrangeait bien » ou encore « Je me suis lamentablement planté mais j'avais des doutes dès le départ », cela ferait belle lurette que l'on se serait tous tiré une balle dans la tête. Nous sommes les héritiers d'une longue lignée d'échecs piteux et d'explications confuses. Nos pères, nos grands-pères et tous nos ancêtres avant eux ont passé leur vie à inventer des excuses bidon. Pourquoi faudrait-il que nous nous comportions différemment ?

– Tu ne crois pas en la réussite de notre mission ?

– Je crois que nous avons une chance sur un million, mais cela ne m'empêche pas de te suivre. Les BOLA pouvaient bien faire ce qu'ils voulaient tant qu'ils nous laissaient tranquilles. Mais s'ils s'en prennent à ma sœur, c'est une autre histoire. Mon père ne m'a pas demandé grand-chose, tu le sais, si ce n'est de veiller sur elle. Je ne laisserai personne lui faire le moindre mal.

Arthur n'a pas le temps de lui répondre puisqu'un brouhaha lui indique que Jack Falkenberg est arrivé.

*

09h30 heure de Paris (10h30 JFT) : la limousine de Jack Falkenberg arrive en trombe place de la Madeleine et se gare devant l'entrée de l'Agence française de notation des individus. Le fondateur de Logbook en sort rapidement, suivi par ses principaux collaborateurs. Il traverse au pas de charge une haie d'honneur d'employés de Logbook, salue d'un hochement de tête le directeur général de l'agence et s'engouffre dans l'immeuble. Arthur regarde sa montre.

09h32 heure de Paris (10h32 JFT) : les officiels venus l'accueillir à l'aéroport déboulent les uns après les autres et se garent dans une cohue indescriptible et une cacophonie de klaxons avant de se précipiter vers l'immeuble où ils ne sont pas attendus. Marie a réussi à s'infiltrer dans le faux plafond du salon d'honneur.

09h34 heure de Paris (10h34 JFT) : ayant écourté les discours de bienvenue, Jack Falkenberg traverse l'atrium à grandes enjambées, suivi par une foule compacte qui se bouscule pour toucher le revers de son sweat-shirt, une mèche de ses cheveux ou pour capter son regard, ne serait-ce que fugacement. En tant que directrice des opérations spéciales de l'AFNI, Laura Saltaminor a l'honneur de l'accompagner dans cette visite. Elle essaie tant bien que mal de lui présenter les activités de l'agence, mais le fondateur de Logbook l'ignore ostensiblement. Dehors, Joseph perce discrètement les pneus des voitures garées en double, voire en triple file autour de la limousine de Falkenberg.

09 h 41 heure de Paris (10 h 41 JFT) : Jack Falkenberg entre dans le salon où l'attendent les directeurs de l'AFNI, accompagnés des candidats qu'ils présenteront à la conférence. La tension est palpable. Jules-Édouard, qui n'a pu assister à cette réunion vu sa corpulence, est présent sous la forme d'un hologramme. Le patron de Logbook s'installe sous un dais argenté et prend la parole : « Je très content d'être parmi vous... » Arthur entend un craquement dans le plafond et retient son souffle.

09 h 42 heure de Paris (10 h 42 JFT) : « ... et je tiens à vous remercier pour la qualité de votre accueil... » Laura soupire de soulagement. Il ne peut plus rien se passer de grave maintenant. « Ce qui ne m'étonne pas quand je songe qu'il y a cinq Atlas dans cette pièce. » Damien et Marcel sont en pâmoison. Un second craquement, plus long et plus sourd que le précédent, se fait entendre. Martin lance un sourire complice à Gédéon.

« L'heure est venue de passer à la seconde étape de notre plan... » À cet instant précis, une trappe s'ouvre dans le plafond, libérant une guirlande d'araignées de toutes tailles, de toutes formes et de toutes couleurs, suivies d'une ribambelle de mulots et de rongeurs, puis d'une nuée d'oiseaux qui volent d'un coin à l'autre de la pièce. Un blaireau descend précautionneusement du plafond avant de sauter sur les genoux de Jack Falkenberg.

Aphrodite pousse un cri strident auquel répond un hurlement de terreur de Laura, qui tombe à la renverse. Le médecin personnel et le secrétaire particulier courent dans tous les sens et se rentrent dedans. Marcel se cache sous une table. Damien essaye vainement d'attraper autant de bestioles qu'il peut.

Et Gédéon saute sur Zuckerberg. Il le prend dans ses bras et fonce vers la porte d'entrée, suivi par Arthur et Martin qui galopent vers l'escalier de service en emportant leur otage qui donne des coups de pied dans le vide.

Chapitre 22

– Mais vous êtes complètement malades ! Relâchez-moi immédiatement ou je vous promets que je vous fais empailler ! beugle le fondateur de Logbook après avoir brinquebalé deux étages sur les épaules de Gédéon.

Le géant pose Jack Falkenberg par terre tout en lui tenant fermement les épaules afin qu'il ne soit pas tenté de s'échapper.

– Voilà, c'est mieux comme ça. Mais qu'est-ce qui vous est passé par la tête ? Et puis d'abord, vous travaillez pour le compte de qui ? Je suis sûr que c'est John Bolos. J'ai toujours su que cette ordure essaierait de me voler ma vache à lait… À moins que ce ne soient les deux cinglés de Bubble. Avec eux, on n'est jamais sûr de rien.

– Ni l'un ni l'autre, répond Arthur en se dirigeant vers une pile de cartons entreposés à l'angle d'une porte.

– Qui est votre chef, alors ?

– C'est lui, dit Martin en désignant son ami. Le roi des imbéciles !

– Nous allons renverser les BOLA, ajoute Gédéon.

– À vous trois ?

– Et quelques autres.

Falkenberg éclate de rire.

– C'est bien ce que je disais. Vous êtes complètement malades. Mais qu'est-ce que c'est que cette horreur ? Que comptez-vous faire avec ça ?

Arthur revient en traînant une chute de moquette de deux mètres de long que l'on a retirée du bureau d'un directeur de l'AFNI car elle était infestée d'acariens.

– On va le rouler là-dedans. Ça sera plus pratique pour le transporter.

– Mais vous n'y pensez pas ! Je vous interdis de salir mes beaux cheveux avec ce machin plein de germes ! Allons, on doit pouvoir négocier… Qu'est-ce que vous voulez au juste ? De l'argent ? Des femmes ?

– Nous n'avons qu'une seule revendication. Que vous annuliez le programme Explore, annonce Arthur.

– Pas question !

– C'est bien ce que je pensais. Enrobez-le !

Le patron de Logbook résiste comme un beau diable mais il ne peut rien contre la force combinée d'Arthur et Gédéon qui lui ligotent les mains dans le dos avant de le rouler comme une galette-saucisse. Le colosse vietnamien reprend son chargement sur l'épaule et sort en trombe de l'immeuble. Joseph, qui est allé chercher le side-car de Martin, et Élise, qui chevauche une grosse cylindrée, les attendent à l'angle de la rue Saint-Florentin, prêts à démarrer.

*

Pendant ce temps, c'est le chaos dans le salon d'honneur de l'AFNI. Tout le personnel de l'agence, toutes les célébrités et tous les employés de Facebook qui s'agglutinaient devant la porte se sont précipités dans la pièce qui grouille de rongeurs affolés, d'insectes déboussolés et d'oiseaux traumatisés.

– Papa ! vagit Aphrodite.

Damien lui colle une gifle.

– J'ai la phobie des araignées ! hurle Laura.

Damien se tourne vers elle et lui flanque une baffe. Elle s'évanouit.

– Ma valise ! Mes piqûres ! brame le médecin personnel du patron de Logbook.

Damien s'approche et lui donne un coup de poing dans le nez.

Le calme revient au bout de plusieurs minutes de coups, de cris et de blessures. On réalise alors que Jack Falkenberg a disparu, tout comme Arthur, Martin et Gédéon. Les agents de sécurité de Logbook invectivent les employés de l'AFNI pour leur coupable négligence et morigènent les personnalités qui n'ont rien fait pour empêcher cette tragédie, tout en les suppliant de ne pas ébruiter cette affaire qui pourrait leur coûter beaucoup plus cher que leur poste.

Damien comprend qu'il a été trahi. Ah, elle était belle la promesse de lui rendre service en sortant de nulle part des profils exceptionnels pour la conférence ! Et ce Martin qui vient le narguer après avoir lavé le cerveau de son ancien ami ! Et ces doutes formulés à voix haute, ces escapades mystérieuses, ces absences ! Comment a-t-il pu être assez stupide pour lui faire confiance ? À l'heure qu'il est, Arthur et Martin doivent bien se moquer de sa crédulité.

Ivre de rage, Damien dévale les escaliers en bousculant tous ceux qui se trouvent sur son passage. Mais il est bloqué au rez-de-chaussée par Walid, le poète-vigile, qui a condamné la porte d'entrée de l'immeuble sur ordre d'Arthur. Le directeur des sanctions de l'AFNI finit par débouler place de la Madeleine et assiste à un spectacle ahurissant : bloquées par leurs pneus crevés, les voitures des personnalités ont créé un immense embouteillage qui freine l'intervention des forces de sécurité et empêche la limousine de Falkenberg d'avancer. Damien a juste le temps de voir la moto d'Élise démarrer à toute vitesse, suivie par un side-car qui transporte un rouleau de moquette qui s'agite dans tous les sens. C'est Falkenberg, comprend le *chief punishing officer* qui se précipite à leur rencontre.

*

– Qu'est-ce qu'on est bien en famille ! s'exclame Martin, coincé entre Élise et Arthur sur la moto qui remonte à contresens la rue Saint-Florentin.

– Ne te réjouis pas trop vite, mon coco, sourit Élise. Ton pire ennemi est peut-être plus proche que tu ne le crois.

– Damien ! s'écrie Arthur en voyant son collègue fondre sur eux.

Élise accélère et atteint la rue de Rivoli. Elle évite un camion de pompier, roule sur le trottoir, louvoie entre les automobilistes qui klaxonnent furieusement, zigzague entre les deux-roues et se fraie un passage jusqu'au pont de la Concorde. Joseph, qui est enchanté de participer à son premier enlèvement, la suit tant bien que mal, emportant avec lui Gédéon et sa précieuse cargaison.

Arrivée face à l'Assemblée nationale, Élise tourne brusquement à gauche en direction des Tuileries puis fonce vers le pont de Solferino devant lequel elle s'arrête en faisant crisser ses pneus. Le trio abandonne la moto et se précipite vers un Zodiac caché entre deux péniches. Gédéon arrive quelques instants plus tard, au moment où Arthur largue les amarres. Il jette Falkenberg dans l'embarcation et récupère le casque et la moto d'Élise pour accompagner Joseph au cloître.

L'embarcation a franchi le pont du Carrousel quand la meute des poursuivants arrive à sa hauteur, toutes sirènes hurlantes.

– Vous ne nous échapperez pas ! vocifère Damien, qui a réquisitionné un scooter qui traversait la place de la Concorde.

– Je crois savoir où ils vont, souffle Marcel, qui l'a rejoint en trottinette électrique.

Le zodiac remonte la Seine à vive allure. Avant de libérer son otage de son rouleau de moquette, Arthur jette un œil à son téléphone. Il a reçu trente messages furibards de ses collègues, trois notifications l'informant en lettres capitales de son exclusion immédiate de la caste des Atlas, de son poste de directeur des récompenses de l'AFNI mais aussi de l'association des anciens élèves de Stanford, et un texto de son père. « Ce n'est pas le chemin que j'avais prévu pour toi, mais je dois reconnaître que c'est très courageux de ta part. Je suis fier de toi. Je t'aime. Ton père. » Arthur sourit et montre le message à sa sœur avant de jeter son portable dans le fleuve pour ne pas être traqué. Élise l'imite aussitôt.

– Vous allez me payer cher ces mauvais traitements ! grogne Falkenberg en époussetant ses boucles poussiéreuses qui le font ressembler à un courtisan défraîchi de la cour de Louis XIV.

Arthur soutient crânement son regard. Élise se blottit contre Martin, qui accueille ce rapprochement avec ravissement.

– Je ne comprends pas pourquoi vous vous en prenez à moi. Logbook ne fait de tort à personne. On se contente de mettre les gens en relation et d'alimenter leurs conversations en leur permettant de partager souvenirs et émotions.

– Vous prenez un malin plaisir à semer la discorde et à répandre l'exaspération, gronde Martin.

– Je n'y peux rien si la colère est plus durable que la joie, la tristesse et la compassion.

– Et qu'elle vous rapporte plus d'argent.

– Dans un pays qui n'aime rien tant que polémiquer et se perdre en querelles picrocholines, il faut reconnaître que vous êtes tombé sur une mine d'or, assène Élise.

– L'histoire de France, ce n'est pas qu'une succession de guerres civiles, s'exclame Arthur. Ce sont les Parisiens qui renversent des Bastilles inexpugnables. C'est le peuple de Valmy qui se lève pour repousser l'envahisseur. C'est Gavroche qui tire la langue à l'oppresseur. C'est Arsène Lupin qui le trompe avec astuce. C'est Anatole Grandin, notre grand-père, qui s'engage dans la Résistance quand tous ses proches considèrent que la guerre est perdue et qu'il faut admettre que l'occupant est plus fort. Ces gens-là ont porté haut les couleurs françaises quand les froussards s'étaient couchés, quand les collabos s'étaient ralliés et quand les escrocs commençaient déjà à marchander. Nous sommes l'avant-garde d'une nouvelle Résistance !

Un hors-bord fond droit sur eux. Martin s'en aperçoit et effectue une manœuvre de dernière minute pour l'éviter. Le Zodiac tangue mais ne coule pas et poursuit sa route vers le cloître. Trempé, le fondateur de Logbook essuie ses mèches rousses et reprend la parole :

– Vous pouvez dire ce que vous voulez, mais c'est trop tard. On a définitivement gagné. Et le plus extraordinaire, c'est qu'il nous a fallu moins de quinze ans pour avoir une emprise totale sur vos existences. Parce qu'on ne s'est pas contentés de prendre le relais des anciennes autorités : on a tiré les leçons de leurs échecs pour s'assurer un règne qui n'aura pas de fin.

– C'est insupportable, s'indigne Élise.

– Mais c'est efficace. On s'est réparti les rôles afin qu'aucun pan de l'activité humaine ne nous échappe : Jim Hook est responsable du maintien de l'ordre, John Bolos administre le commerce, Andrei Levin et Harry Rage contrôlent tout ce qui a trait à la connaissance et moi, j'ai pris en charge la politique. Parce que je sais tout de vous. Je connais toutes vos émotions avant qu'elles ne traversent votre petite cervelle.

– C'est odieux ! s'insurge Arthur.

– Mais ça fonctionne à la perfection. Nous avons instauré le règne des plus intelligents. La tyrannie a échoué, l'aristocratie s'est sabordée, la démocratie ne marche pas, le capitalisme est injuste. L'heure est venue de confier le pouvoir aux plus capables.

– Capables, je ne sais pas. Malins, assurément. Une chose est sûre : vous avez trahi toutes les promesses du numérique, lance Martin.

Il s'explique :

– On nous avait promis le savoir encyclopédique, vous nous avez apporté la désinformation. On nous avait promis la démocratie, vous avez imposé la surveillance généralisée. On nous avait promis l'égalité, vous avez créé de nouvelles aristocraties. On nous avait promis la gratuité, mais c'est notre attention qui fait votre fortune.

– C'est à cause de vos trahisons que nous résistons, s'exclame Arthur.

– Et vous résisterez avec qui ? Les vieillards vont s'effacer, les adultes sont d'une incroyable docilité et les jeunes, parlons-en. Quel combat allez-vous mener avec une génération qui est incapable de se concentrer pendant plus de huit secondes ?

Élise se lève, furibarde.

– Je t'interdis de parler des jeunes comme ça. Je les côtoie tous les jours et je peux te dire qu'ils sont décevants, inconstants, fragiles, susceptibles et incultes. Mais nos parents ne disaient-ils pas la même chose de nous il y a une génération ? Attends qu'ils aient un crédit à payer et des enfants à torcher : tu verras qu'ils seront aussi tristes et responsables que nous le sommes devenus. Qu'ils soient riches ou pauvres, blancs ou noirs, européens ou asiatiques, ces adolescents savent que nous les avons embarqués dans une galère dont ils ne sont pas responsables. Il leur faut bien du courage pour être insouciants dans un monde menacé d'effondrement, et beaucoup de bienveillance pour ne pas nous haïr d'avoir mené le monde au bord de l'abîme. Ces jeunes que tu méprises seront les premiers à se révolter contre votre tyrannie parce qu'ils sont généreux, solidaires et attentionnés.

– Ce ne sont que des mots. Moi, ce que je vois, c'est que riches ou pauvres, blancs ou noirs, européens ou asiatiques, ils sont tellement accros aux écrans qu'ils ne s'apercevront pas que l'on est venu enlever leurs propres enfants sous leurs yeux !

– Ils ont une soif d'absolu que vous n'étancherez pas avec des vidéos de chats, lance Martin. Combien de héros, combien de chevaliers sont sortis de vos rangs ?

– Nous ne vous laisserons pas mettre en place le programme Explore ! rugit Arthur.

– Et que comptez-vous faire pour nous en empêcher ?

Arthur réalise qu'il n'a pas vraiment pensé à ça. Il n'imaginait pas que l'enlèvement serait si simple et pensait, dans son ivresse, qu'il devrait se battre avec une horde de gardes du corps. Il regarde Falkenberg qui le toise avec un air mauvais et échafaude en catastrophe un plan d'action qu'il expose sans prendre le temps d'en parler avec ses complices.

D'abord, garder son otage le plus longtemps possible pour contrarier le lancement officiel du programme Explore et instiller le doute dans l'esprit des utilisateurs.

– Nous avons créé une telle attente que tout retard ne fera qu'accroître l'impatience des E qui se battent pour monter dans les premières navettes, ironise Falkenberg.

Ensuite, faire en sorte que le patron de Logbook comprenne, au contact des habitants du cloître, que la course à la performance est vaine. À cela, Falkenberg oppose une profession de foi libertarienne : on ne peut pas accepter, à l'heure où la population mondiale frôle les huit milliards d'habitants, que les plus capables portent le poids de milliards de médiocres.

Enfin, forcer Falkenberg à dire la vérité. Non, les Explorateurs n'iront pas sur Mars où on leur réserve un avenir de colons radieux. Ils finiront en bouillie au centre de la terre.

– Je ne leur dirai jamais cela parce qu'on me soupçonnera de colporter des *fake news*, ricane le fondateur de Logbook.

– Cet homme a réponse à tout, se lamente Arthur. C'est désespérant.

– Faites-le taire ! s'écrie Élise.

– Non, on va plutôt le faire boire.

Martin sort d'un compartiment étanche une nourrice remplie de sa cuvée spéciale. Il sort quatre gobelets en plastique et sert une première tournée. Falkenberg recrache le premier verre le long du bord. Il vomit le second. Il grimace au troisième mais consent sous la menace à en boire une gorgée. Au quatrième, il découvre un goût de menthe qui n'est pas désagréable. Il sirote le cinquième à petites lampées et lui devine des propriétés thérapeutiques. Complètement ivre dès le sixième gobelet, le fondateur de Logbook révèle qu'il a l'alcool triste.

– Au fond, je n'ai jamais eu de véritables amis, se lamente Falkenberg. J'ai mis en relation des milliards de personnes, j'ai des millions de subordonnés et autant de gens qui attendent mes avis comme des oracles, mais je sais bien que personne ne m'aime pour ce que je suis. À qui puis-je me confier un soir de déprime ? Personne. Devant qui accepterais-je de montrer mes petites faiblesses et mes gros défauts ? Personne. Qui viendra me réconforter si je fais faillite ? Personne !

Élise, qui a l'alcool tendre et qui s'est considérablement rapprochée de Martin dès le quatrième verre, se lève en titubant, manque de tomber par-dessus bord et le prend dans ses bras.

– Mais si, Jack, tu as des amis. Nous sommes tes amis, n'est-ce pas, Arthur, que nous sommes ses amis ?

– Des amis pour la vie ! s'écrie Arthur, qui a l'alcool emphatique, avant d'engloutir son septième verre.

Le quatuor arrive passablement éméché au cloître après avoir amarré le Zodiac n'importe comment et zigzagué dans les bois jusqu'au refuge des amis de Martin. Lucie sort de sa cellule pour les accueillir. Elle est consternée.

*

– Mais qu'est-ce qui t'as pris de venir avec ces gens-là ? Pourquoi prendre de tels risques ? Pourquoi gâcher ce que l'on a mis des années à construire ? s'emporte Lucie, qui est encore plus pâle que dans le souvenir d'Arthur, et encore plus ravissante à ses yeux embrumés par l'alcool.

– Je peux tout t'expliquer, rétorque Martin avec un air contrit.

– On a pris Jack Falkenberg en otage ! bredouille Arthur. C'est la première étape de notre plan pour empêcher les BOLA de zigouiller la moitié de l'humanité. Laisse-moi t'expliquer tout cela, ma chérie.

– Je ne suis pas ta chérie.

– En tout cas, moi je suis supercontent d'être leur otage ! bafouille Falkenberg. Il reste quelque chose à boire ?

– Le plan, c'est que je vais épouser ton frère, glousse Élise, et qu'Arthur va se marier avec toi. Comme ça, on va faire un double mariage. On va bien rigoler !

– Est-ce que je pourrais être votre témoin ? demande Falkenberg.

– Je crois que cela ne va pas être possible, coupe Damien.

Le *chief punishing officer* de l'AFNI vient de faire irruption dans le cloître en compagnie de Jules-Édouard et Marcel, des quatre directeurs de Bubble, Opale, Logbook et Abalone et d'une nuée d'agents d'élite qui investissent les lieux en un instant et délogent les rebelles, en particulier Kim qui se débat comme une tigresse et mord les avant-bras de ses ravisseurs.

Poussés hors de leur refuge, Arthur et ses amis assistent à une scène désolante : le monastère est cerné par une armée de pelleteuses, de broyeurs hydrauliques et de boules de démolition qui attendent le signal de l'hologramme de Jules-Édouard pour entrer en action et ravager les lieux.

– Je ne vous dirai qu'un seul mot : merci ! ricane l'évangéliste numérique. Cela fait des mois que l'on cherchait cette enclave où une poignée de relégués disparaissent épisodiquement, des mois que l'on explorait des fausses pistes, et grâce à votre entreprise insensée, nous avons découvert votre cachette. À cet égard, je tiens à remercier mon adjoint Marcel Padvag pour son ingéniosité, et Damien Frelon, qui vient d'être nommé au board de Logbook, pour sa détermination.

– Aucun endroit ne doit échapper au pouvoir des BOLA, proclame Damien en se tournant vers Lucie. Le numérique est une vague qui emporte tout sur son passage. C'est un fleuve impétueux qui s'est engouffré dans les moindres interstices de nos vies. Comment avez-vous pu croire que vous pourriez y échapper ? Autant retenir une cascade avec les mains ouvertes !

– Nous sommes à l'aube d'une nouvelle Renaissance, annonce Laura, qui a rejoint les forces de l'ordre. Je ne comprends pas que vous vous y opposiez, vous qui prétendez incarner une certaine tradition française.

– La Renaissance, c'était Érasme, Rabelais et Pic de la Mirandole, rappelle Martin. Là, on parle d'opportunistes qui créent des applis pour gagner du fric en alignant des bonbons.

– Nous vous connecterons tous ! éructe Marcel, que le triomphe rend hideux.

Lucie jette un regard noir à son frère qui a dessoûlé à toute vitesse et qui regarde fixement ses souliers crottés. Surveillés de près, les derniers occupants du cloître défilent devant eux. Arthur voit passer Nicolas Dufour et Maxime de Chassipoulet, René Bichonnet et Alexis Leduque, Louis et Joseph, Marie et Baptiste, Vianney de Keranval et l'ancienne ministre puis une triste colonne de résistants déconfits. Il verse une larme au passage de Gédéon, qui pleure dans ses larges mains.

Cassandre le Stylite ferme la marche, fier et hautain, précédé par des cadres de Bubble qui sortent du scriptorium, les bras chargés de manuscrits précieux. Au moment où il passe devant Martin, le lanceur d'alerte se retourne et annonce d'une voix forte :

– Ça y est, la nuit est en train de tomber !

– Ne faites pas de mal à mes nouveaux amis ! piaille Jack Falkenberg qui titube d'un pied sur l'autre.

– Nous allons vous sortir de là, rétorque son secrétaire particulier.

– Papa ! beugle Aphrodite en se jetant dans les bras de son mentor, mais Falkenberg la repousse brutalement.

L'adolescente s'assied par terre et pleurniche, inconsolable.

– Je ne veux pas que l'on s'occupe de moi ! Et puis je suis très bien ici avec mes nouveaux copains. D'ailleurs, je refuse de partir. Cela fait des années que je ne me suis pas amusé comme ça !

– Ils vous ont drogué, c'est terrible ! couine l'assistant de Falkenberg. Ces gens-là n'ont aucune humanité !

– Vous devriez prendre votre piqûre de midi, suggère le médecin personnel en faisant un pas vers son patron.

– Je ne veux pas de ma piqûre ! Si vous me forcez à la prendre, je veux que tous mes amis en prennent une dose. Tournée générale !

Damien s'est approché d'Arthur et Élise pendant que des employés d'Abalone emportent l'alambic de Martin et vident le garde-manger de ses dernières provisions.

– Je ne comprends pas. Nous aurions pu être heureux tous les trois. Pourquoi m'avoir trahi ?

– Et collaborer avec les BOLA dans leur programme d'extermination de masse ? Il n'en est pas question ! s'emporte Arthur, qui fredonne *Le Chant des partisans* pour se donner du courage et pour oublier que son épopée se termine aussi misérablement que celle de son grand-père. Vous croyez avoir gagné parce que vous êtes glorieux, puissants et superbes. Mais il y a une chose que vous n'aurez jamais, c'est notre amour. On vous respecte, on vous admire, on vous craint parfois, mais on ne vous aime pas. On ne vous aime pas parce que vous n'êtes pas aimables. Vous n'avez pas de valeurs, si ce n'est cet individualisme libertarien que j'exècre. Vous n'avez pas d'histoire car vous prenez un malin plaisir à couper l'homme de ses racines. Vous n'avez pas d'avenir car vous voulez faire table rase du passé. C'est pour toutes ces raisons que vous êtes un colosse aux pieds d'argile.

Damien crache au visage de son ancien collègue et s'approche de sa sœur. Il a du mal à dissimuler sa rage.

– Et toi Élise, pourquoi m'as-tu trompé ? Cela fait des années que je lutte pour atteindre un taux de correspondance de 80 % et tu m'abandonnes au pire moment. Pourquoi ?

– Parce que je ne veux plus rien avoir affaire avec ton monde de capteurs, d'algorithmes et de compétitivité. Parce que je ne suis qu'un pion sur l'échiquier de tes ambitions et de ton rêve ultime, qui est de dépasser Arthur. Ce n'est pas la peine de le nier, tu es terriblement jaloux de lui depuis le jour où vous vous êtes rencontrés. C'est pour cela que tu n'as aucun charme. Parce que tu es prévisible comme une application, inhumain comme un ordinateur. Martin me correspond beaucoup moins que toi, c'est vrai. Physiquement, ce n'est pas mon type d'homme. Il est paresseux, ivrogne, imprévoyant et bordélique. Mais il est infiniment plus charmant que toi. J'espère que je vais apprendre à le chérir autant qu'il m'aime.

Martin éclate de rire. Damien se tourne vers lui et le gifle de toutes ses forces.

– Pourquoi est-ce que tu rigoles ? Ne vois-tu pas que vous avez tout perdu et que nous allons écraser votre misérable rébellion ?

– Vous n'écraserez rien parce que la flamme qui brûle dans nos cœurs ne s'éteindra jamais, rétorque Martin en relevant la tête. Vous pourrez taper comme des sourds, dévaster le monastère que nous avons patiemment rebâti et éliminer tous ses occupants, rien n'y fera, la flamme faible et vacillante brillera encore dans la nuit qui se lève. Cette flamme, c'est notre âme qui se réfugie dans un coin de notre être comme nous nous sommes réfugiés au milieu de cette forêt pour échapper à la dictature algorithmique que vous nous imposez. Cette flamme, c'est notre conscience qui nous dit que la Terre n'en peut plus de votre démesure. Vous augmentez, vous gaspillez, vous allez vite. Nous vivons à l'inverse dans une frugalité heureuse. Mais c'est déjà trop pour vous parce que vous êtes convaincus que seuls les meilleurs ont le droit de continuer à éreinter notre planète. C'est pour cela que vous voulez nous effacer de la surface de la terre. Mais au moment où vous penserez qu'il ne reste qu'un tas de cendres, notre flamme resplendira ailleurs, plus vive et plus joyeuse que jamais. Car nous sommes détenteurs d'un trésor que vous ne posséderez jamais.

Les agents d'Opale, les employés d'Abalone, les responsables de Bubble et les gardes de Logbook s'arrêtent et tendent l'oreille. Les rebelles se retournent et font tintinnabuler leurs chaînes. Aphrodite essuie ses larmes et se mouche. Arthur contemple son ami et pense à l'une des dernières pages du dernier cahier de son grand-père, rédigée quelques jours avant la fin piteuse de ses aventures contre l'occupant nazi.

« 16 novembre 1944. C'est la dernière bataille. Demain, je mourrai peut-être ou en tout cas je ferai tout pour ne pas être fait prisonnier. Je n'ai pas peur parce que j'ai ma conscience avec moi. Ils verront bien de quoi un Grandin est capable ! »

Élise prend la main de son frère. Le temps semble s'être arrêté.

– Vous aurez beau tout prévoir, tout monitorer et tout organiser, il y aura toujours une part d'impondérable que vous ne pourrez pas maîtriser, ajoute Martin, bravache. Il y aura toujours une part d'incohérence qui viendra gripper vos rouages. Il y aura toujours un doute qui viendra ébranler vos certitudes. Cette faille dans votre domination, c'est l'art, c'est la grâce, c'est la foi qui éveille le cœur de l'homme vers sa quête d'absolu. En fait, vous n'avez jamais rien compris : c'est en descendant vers l'homme que l'on monte au ciel. Et c'est en croyant toucher les étoiles que l'on s'écrase misérablement.

Exaspéré, Jules-Édouard signe la fin de la partie. Il est temps que cette comédie s'arrête et que l'ordre revienne. L'évangéliste lève son bras pour indiquer aux machinistes que l'heure de la déconstruction finale est arrivée… puis disparaît. Au même moment, les téléphones s'éteignent et les machines cessent de fonctionner.

Épilogue

À l'heure où Jules-Édouard lance l'offensive finale, la Californie est frappée par le plus grand séisme de son histoire, d'une magnitude de 9,6 sur l'échelle de Richter, l'épicentre se situant à quelques kilomètres au nord de San Francisco. La faille de San Andreas s'ouvre comme la mâchoire d'un hippopotame, engloutissant les quatre cinquièmes de la Silicon Valley.

En moins de temps qu'il ne faut pour le dire, le Bubbleplex et le siège d'Opale, les bureaux de Logbook et les entrepôts d'Abalone, les immenses *data centers* qui collectent et traitent des milliards de données par seconde, les licornes valorisées à plusieurs milliards de dollars et les start-up ambitieuses, les prestataires de services et les Internet cafés, tout s'éteint à la même minute, provoquant un cri universel de rage et de désespoir.

En moins de temps qu'il ne faut pour le dire, la Californie puis les États-Unis et le reste du monde sont plongés dans le noir.

En moins de temps qu'il ne faut pour le dire, le pouvoir des BOLA s'effondre comme un château de cartes.

*

Au cloître, tout s'arrête. Les armées de Bubble, d'Opale, de Logbook et d'Abalone sont perdues, déboussolées par cette omniprésence de la nature et cette absence de réseau. Les envahisseurs quittent l'antique monastère en ordre dispersé, laissant derrière eux les pelleteuses et les engins de chantier et livrant les rebelles à leur sort.

Tout recommence, mais pas comme avant.

Arthur parvient à convaincre Lucie de la pureté de ses intentions et de la douceur de sa flamme. Ils se marient quelques semaines plus tard, en même temps qu'Élise et Martin, au cours d'une cérémonie baroque présidée par Cassandre le Stylite, qui a repris pour l'occasion son habit d'abbé d'un monastère qu'il n'aurait jamais dû quitter.

Alexandre les a rejoints. Passionné par les cahiers d'Anatole, il a décidé d'en composer une épopée qui s'intitulera tout simplement *Mon père, ce héros.*

Le cloître s'étend, se diffuse, s'élargit, prospère.

Damien erre dans les rues de Paris et s'arrête parfois devant les anciens bureaux de l'AFNI. Il manque cruellement de compétiteurs mais ne peut se résoudre à rejoindre le cloître où, il le sait mais cela ne lui fait pas plaisir, il est attendu à bras ouverts.

Marcel est mort étouffé sous le poids de Jules-Édouard quelques jours après l'abandon définitif du programme Explore. L'évangéliste numérique est tombé de son lit pour attraper un pot de beurre de cacahouète.

Jack Falkenberg est resté au cloître avec Aphrodite, sa fille adoptive, à qui il enseigne la grammaire et les bonnes manières. Il passe ses journées à boire et à chanter la joie d'avoir de véritables amis.

Remerciements

À Jean et Thérèse, à qui je dois tout.

À Alain, qui m'a accompagné
tout au long de ce roman.

À Clara, aimable relectrice.

À Héloïse et Gabriel, premiers supporters.

À Sophie, plus que tout, mais jamais assez.

Table des matières

Prologue 9
Chapitre 1 15
Chapitre 2 24
Chapitre 3 34
Chapitre 4 45
Chapitre 5 55
Chapitre 6 67
Chapitre 7 79
Chapitre 8 92
Chapitre 9 103
Chapitre 10 114
Chapitre 11 126
Chapitre 12 138
Chapitre 13 144
Chapitre 14 154
Chapitre 15 167
Chapitre 16 178
Chapitre 17 191
Chapitre 18 206
Chapitre 19 216

Chapitre 20 229
Chapitre 21 243
Chapitre 22 252
Épilogue 269
Remerciements 273